Nie wieder tot

Irmgard Braun klettert seit 30 Jahren in jenen Gebieten, die in ihrem Bergkrimi eine Rolle spielen: in der Fränkischen Schweiz, den Dolomiten und den Felsen um Arco. Als echte Insiderin der Kletterszene kennt sie sich aus mit der Psyche des Homo kletteriensis non sapiens, egal ob Wettkampfaffe, Bouldergorilla oder Alpinyeti.

In den achtziger Jahren waren ihre Klettereien für eine Frau eher ungewöhnlich: Sie machte Erstbegehungen im Oberen Donautal und stieg namhafte alpine Routen vor, zum Beispiel die Droites-Nordwand und die „Solleder" in der Civetta-Nordwestwand. Später kletterte sie erfolgreich in Wettkämpfen und wurde Mitglied der deutschen Sportkletter-Nationalmannschaft.

Ihre Begeisterung fürs Schreiben entdeckte die ehemalige Gymnasiallehrerin als Redakteurin beim Alpin-Magazin und später beim Süddeutschen Verlag Medien-Service. Sie veröffentlichte zahlreiche Artikel nicht nur übers Klettern und schrieb das Sachbuch „Klettern – aber sicher".

Heute lebt sie als freie Journalistin und Schriftstellerin in München und schreibt Krimis und Fantasy.

Alle Orts- und Routennamen entsprechen der Realität.
Die Handlung ist fiktiv.
Alle im Buch auftretenden Personen sind frei erfunden. Sollte sich jemand darin wiedererkennen, so ist das Zufall.
Die Toten sind mit Sicherheit keiner lebenden Person ähnlich.

Leser, die unbegreiflicherweise nicht klettern, aber jedes Wort verstehen wollen, finden am Ende der Geschichte ein alphabetisches Glossar mit Fachausdrücken und Kletterer-Slang.

Irmgard Braun

Nie wieder tot

Mord am Gardasee

Bergkrimi

Bergverlag Rother

Umschlaggestaltung: Beate de Nijs, www.denijs.de
Lektorat: Carlos Westerkamp, Berlin; Barbara Wickenburg, Murnau
Druck und Bindung: Litotipografia Alcione srl., Trento
Originalausgabe

1. Auflage 2014

ISBN 978-3-7633-7067-2

Der legendäre englische Alpinist Don Whillans
auf die Frage, ob es für eine Frau möglich wäre,
besser zu klettern als ein Mann:
„Never noticed a female monkey not climbing
as well as a male, have you?“

1. KAPITEL

Ein Nashorn. Das hätte Romy mitten in Gößweinstein nicht erwartet. Die Schnauze mit dem gebogenen Horn schob sich aus dem Grün eines bewaldeten Hangs – eine verrückte Silhouette über Dächern, Gärten und Fachwerkfassaden.

Schon die Dimensionen des Ungetüms legten nahe, dass es nicht aus einem Zoo ausgebrochen war: Im Kletterführer war seine Höhe mit siebzehn Metern angegeben. Und es stand still wie eine Statue, so wie es sich für einen fränkischen Felsen gehörte.

Romy folgte Philipp auf einem Pfad, der am Rand einer Wiese entlangführte, vorbei an einem Schuppen und einem Stall voll gackernder Hühner. „So einen Felsklotz hätte ich auch gern hinter unserem Haus", sagte sie.

„Du bist ja sowieso fast jeden Tag in der Kletterhalle", erwiderte Philipp.

Romy gab keine Antwort. Darüber zu diskutieren hatte jetzt keinen Sinn. Sie wollte diesen Tag genießen, einfach nur ausspannen. Das hatte sie bitter nötig – irgendjemand in ihrer Firma mobbte sie. Weg damit! Vergiss es!

Es war ein heißer Sommertag. Romys T-Shirt klebte auf ihrer Haut, es war angenehm, in den Schatten des Felsenmonsters zu tauchen. Sein Horn hing über ihr, es schwang sich aus einer lotrechten Wand weit hinaus in den blauen Himmel. Einen Meter über dem Boden war am Fels mit roter Schrift „Supernase" angeschrieben. Philipp deutete darauf. „Die ‚Supernase' wollte ich schon immer mal machen. Die soll eine der besten Routen in der ganzen Fränkischen sein. Aber für den achten Grad sieht das ganz schön knackig aus."

Romy legte den Kopf in den Nacken und musterte die Reihe der Bohrhaken, die mitten durch den steilsten Teil der Wand führten.

Dass hier ein Mensch hinaufklettern konnte, ohne sich an den Haken festzuhalten, hätte Romy noch vor fünf Jahren für unmöglich gehalten. Aber seit sie kletterte, sah sie Felsen mit anderen Augen. Dieser hier erinnerte an einen gigantischen Schwamm, er war gesprenkelt von Löchern. Was für tolle Griffe! Es juckte sie in den Fingern. Einfach festkrallen und hoch ...

Philipp warf den Seilsack zu Romy hinüber. Damit waren die Rollen verteilt. Er würde vorsteigen, sie sichern.

Romy packte das Seil aus, zog ihren Klettergurt an, befestigte das Sicherungsgerät daran und legte das Seil ein.

Philipp hatte sich zum Klettern bereitgemacht. Nun stand er vor der Wand und studierte das Muster der Löcher.

Romys Blick schweifte über die Dächer der Ortschaft hinüber zur Burg von Gößweinstein mit ihrem zinnenbewehrten Turm. Dahinter schimmerten bläuliche Hügelketten. Es war schön, wieder draußen zu sein und die Aussicht zu genießen. Aber sie wollte klettern und nicht ewig hier herumstehen. Warum brauchte Philipp nur so lange, bis er endlich loslegte?

Er griff tief in seinen Magnesiabeutel und stäubte seine Hände weiß ein. Dann begann er zu klettern. Im senkrechten Teil der Wand bewegte er sich nur langsam, er tastete umher, um die besten Löcher auszuwählen. Im Überhang gab er Gas. Er keuchte, schnappte von Griff zu Griff, stemmte die Füße in Löcher, um sich in der Waagrechten weiterzuschieben. Jetzt hing er über Romy wie ein Gecko an der Zimmerdecke. Er streckte sich weit nach einem Griff – seine Füße verloren den Halt, fielen ins Leere. Er hing an den Armen und strampelte mit den Beinen. „Pass auf!"

Natürlich passte Romy auf. Das konnte nicht lange gutgehen.

„Scheiße!" Philipp fiel.

Das Seil straffte sich, ein Ruck, Romy wurde emporgerissen und schwebte drei Meter hoch über dem Boden.

Philipp schaukelte über ihr am Seil hin und her. „Das ist ja sackschwer. Lass mich runter!“

Sie zog den Hebel des Sicherungsgeräts und ließ das Seil hindurchgleiten. Zuerst landete sie wieder unten auf dem Pfad, dann Philipp.

Er wischte eine schwarze Strähne aus der Stirn. Seine blauen Augen blitzten wütend. „Kannst du nicht besser aufpassen? Ich bin viel zu weit runtergefallen!“

Der Vorwurf war ungerecht, aber verständlich, man flog immer weiter als gedacht. „Tut mir leid“, sagte sie, „die Seildehnung. Und ich bin eben viel leichter als du.“

Er bückte sich, riss die Klettverschlüsse seiner Schuhe auf. „Ich brauche jetzt eine Pause.“

Romy zog das Seil ab; es glitt wie eine Schlange durch die Karabiner und schlug neben ihr auf den Boden.

Sie wandte sich Philipp zu. Sein muskelbepackter Oberkörper glänzte vor Schweiß; er hatte sein T-Shirt ausgezogen und trocknete sich damit ab.

Romy räusperte sich. „Wenn du gerade ausruhen willst – ich würde gern mal versuchen, ob ich ein Stück hochkomme.“

Er warf das Hemd fort. „Du wirst allmählich ganz schön ehrgeizig. Die ‚Supernase‘ ist powerig, nicht dein Ding, Stupsi.“

Philipp hatte diesen Spitznamen erfunden, weil er ihre kurze Nase süß fand. Vor ihrer Heirat hatte ihr das noch gefallen, aber inzwischen nervte es.

Vielleicht war die Route wirklich zu schwer. Aber vor dem Herunterfallen hatte Romy keine Angst mehr, das hatte sie letzten Winter in der Kletterhalle gelernt. Durch Bernd ...

Was, wenn sie die Stelle auf Anhieb schaffte, an der Philipp gestürzt war? Seine Laune würde unter den Gefrierpunkt sinken, der Tag wäre gelaufen.

„Wenn du meinst, dass es zu schwer für mich ist, steige ich lieber nach. Beim nächsten Versuch schaffst du es bestimmt. Bitte hänge mir dann ein Toprope ein.“

Philipp lächelte. „Okay. Du kommst wahrscheinlich schon irgendwie rauf, wenn du an den Haken ausruhst."

Herablassend. Ja, das war er noch immer. Er wollte es nicht wahrhaben, dass Romy inzwischen kaum schlechter kletterte als er. Wie würde er sich fühlen, wenn sie ihren Lehrmeister irgendwann überflügelte?

Philipp wies auf ein Bäumchen, das nahe dem Beginn der Route am Fuß des Felsens wuchs.

„Beim nächsten Versuch sicherst du mich über den Baum. Ich will nicht noch mal so weit runterfallen."

Romy befestigte das Sicherungsgerät mithilfe einer Schlinge am Stamm. So würde sie auf dem Boden bleiben, wenn er stürzte.

Philipp zog seine Kletterschuhe an, band sich ins Seil, kletterte schnell, inzwischen kannte er die besten Griffe. In der Mitte des Überhangs war seine Kraft verpufft. Er fixierte sich am Karabiner, um auszuruhen.

Das würde eine Weile dauern.

Mist. Schon wieder drängte sich die Arbeit in Romys Kopf. Die Entwürfe für die Plakate ließen ihr keine Ruhe. Vielleicht hatte Hauser schon eine Entscheidung getroffen.

Mit dem Bremsseil in der linken Hand zog Romy ihren Rucksack heran, nahm das iPhone aus der Deckeltasche und gab den Code ein. Keine Reaktion. Verwirrt blickte sie auf das Display. Das war nicht ihr iPhone! Es sah so ähnlich aus, aber es gehörte Philipp. Sie hatte es wohl heute morgen beim Packen verwechselt.

In Romys Magen flatterte etwas Heißes, ihr Herz pochte schnell gegen ihre Rippen. Seit ein paar Wochen hatte sie einen Verdacht, wer sie in der Firma mobbte. Es war zwar völlig verrückt, aber immerhin war Philipp der Chef – hatte er …?

Vielleicht konnte sie über sein Smartphone etwas herausfinden.

Bald würde er im Büro anrufen, er machte sich ständig Sorgen, dass ohne ihn das Chaos ausbrach. Dann würde er die Verwechslung bemerken. Jetzt war die Gelegenheit.

Ein schneller Blick nach oben. Philipp schüttelte seine Arme aus, damit mehr Blut in die harten Muskeln strömte.

Den Code kannte sie, er spielte ja dauernd mit seinem iPhone herum. Romy gab ihn ein. Und las eine neue E-Mail:

Der Kunde macht Druck. Soll ich die Plakate für die Kampagne von Gaggelmeier wirklich ablehnen? Hauser.

Ablehnen? Sie las die Mail noch einmal. Und noch mal. Da stand wirklich ‚ablehnen'! Philipp hatte Hauser dazu angestiftet, ihre Plakatentwürfe abzulehnen!

Romys Atem ging schnell, das Handy fühlte sich glitschig an. Wegen dieser Plakate hatte sie Nachtschichten eingelegt, war viel zu wenig beim Klettern gewesen. Jetzt war alles klar ...

Die Schrift verschwamm vor ihren Augen, das iPhone rutschte ihr aus der Hand. Ihr wurde schwindlig, ihre Beine knickten ein. Zitternd hockte sie auf dem Boden. Nein, nein, nein, das durfte einfach nicht wahr sein! Ihre Kehle presste einen Schluchzer hervor.

„Ich gehe weiter", rief Philipp. „Pennst du? Jetzt schau doch wenigstens rauf! Seil!"

Automatisch gehorchte Romy, stand auf, gab Seil aus. Philipp kletterte bis zum Ende des Überhangs, flog in hohem Bogen durch die Luft und baumelte am Haken.

„Scheiße! Ich komme nicht mehr an die Wand ran! Lass mich runter!"

Etwas Rotes wirbelte durch Romys Kopf und explodierte. Sie machte einen Knoten ins Bremsseil. Nun konnte sie es loslassen, Philipp war am Baum bestens gesichert.

Ohne fremde Hilfe konnte er nicht zum Boden zurückkehren.

Sie warf Philipps iPhone in ihren Rucksack, schulterte ihn und marschierte davon.

„He! Was ist los? Spinnst du? Bist du verrückt …?“

Sie achtete nicht auf sein Gebrüll, ging einfach weiter, an der Wiese entlang und den Wald hinauf. Bevor der Pfad hinter den Hügel bog, drehte sie sich kurz um. Sie lachte auf. Es sah komisch aus, wie er da am Seil hing und zappelte und tobte wie Rumpelstilzchen.

2. KAPITEL

Romy ließ Innsbruck hinter sich und fuhr Richtung Brenner hinauf in die Berge.

Inzwischen hatte sicher jemand Philipp aus seiner hilflosen Lage befreit. Wahrscheinlich hatte irgendein Gößweinsteiner die Bergwacht gerufen, unter der Woche kamen selten Kletterer an diesen Fels. Ein Glück für Philipp. Sonst wüsste bald die ganze Szene, wie Romy mit ihm umgesprungen war.

Auf jeden Fall stand er ohne Auto da.

Wie würde er reagieren? Philipp war nicht der Typ, der Demütigungen schluckte.

Ein Kribbeln lief Romys Wirbelsäule hinab.

Das Schild für die Ausfahrt nach Patsch und Igls tauchte auf.

Sie lächelte – zum ersten Mal seit ihrem überstürzten Aufbruch im Frankenjura. Herrlich, diese Tiroler Ortsnamen. Ellbögen war auch gut.

Schluss mit dem Geheul. Sie nahm ein Tempotaschentuch aus dem Seitenfach, schnäuzte sich und wischte die Tränen aus ihrem Gesicht. Sie musste den Tatsachen ins Auge sehen.

Wie in Trance war sie in Philipps Ferrari gestiegen und die ganze Strecke von der Fränkischen Schweiz bis hierher gefahren, hatte nur zwischendurch getankt und einen Cappuccino getrunken.

Auf dem Weg vom Fels zum Parkplatz hatte sie sich gefragt, ob sie nicht überreagiert oder etwas missverstanden hatte. Zurück am Auto hatte sie Philipps Mails aus den letzten Tagen gecheckt, mit fiebrigem Eifer, zitternd und weinend. Die älteren Nachrichten hatte Philipp gelöscht, aber was sie fand, war genug. Es gab keinen Zweifel: Ihr eigener Ehemann mobbte sie.

Gemobbt.

Romy hatte sich so darauf gefreut, aufs Gymnasium zu gehen. Und es war die Hölle.

Sie hockte auf dem mit Plastik beschichteten Boden der Turnhalle. Der Geruch von Schweiß und Gummi mischte sich mit dem billigen Parfum der dicken Lisa neben ihr. Eine von ihnen beiden musste die Letzte sein. Romy war flau im Magen.

Sie blickte zu Bärbel empor, die breitbeinig dastand und die beiden Übriggebliebenen musterte. Wen würde sie für ihre Mannschaft auswählen?

Bei der Ballgymnastik vorhin waren Romy die Drecksdinger immer davongehüpft, vor allem beim Prellen und Laufen, sie hatte noch das Gekicher der anderen im Ohr.

Sport war echt nicht Romys Ding. Ihre Arme und Beine waren irgendwie zu lang, sie wusste nie so recht, wo sie aufhörten. Sie war ungeschickt, klar, aber da waren schon ein paar andere Mädels aufgerufen worden, die keinen Deut besser mit einem Ball umgehen konnten als sie. Voll unfair.

In Bärbels Gesicht stand ein schiefes Lächeln.

Romy ahnte es. Hoffte gegen alle Vernunft. Bloß das nicht. Nicht die Letzte sein! Bitte nicht!

Bärbel streckte den Arm aus, zeigte mit dem Finger auf Romy – grinste breit und schwenkte ihn weiter zu Lisa.

Das Mädchen stemmte sich hoch und stellte sich zu den anderen, offensichtlich erleichtert.

Romy sprang auf und ging zu Lauras Gruppe. In ihrer Kehle saß etwas Dickes, Saures, in ihren Augen staute sich Wasser.

„Du hast uns gerade noch gefehlt", zischte Laura und packte Romys Handgelenk. Lange Nägel, lila lackiert, bohrten sich wie Messer in Romys Haut.

Ihre Augen liefen über.

Sie stürzte davon, hinter sich Lachen, Kreischen und die empörte Stimme der Lehrerin. Raus! Nur raus hier! Romy knallte die Tür hinter sich zu, rannte den Flur entlang, um die Ecken, riss die Tür zur Umkleide auf.

Der Geruch von Haarspray und alten Socken schlug ihr entgegen. Und da war auch noch etwas anderes, Ekliges.

Schnell umziehen und nichts wie weg hier! Vielleicht war die Lehrerin hinter ihr her, wollte sie zurückholen zu diesen hackenden, gackernden Hühnern.

Sie würde sich krank melden, behaupten, ihr wäre schlecht geworden. Ihre Mutter würde ihr sicher eine Entschuldigung schreiben.

Sie streifte ihr T-Shirt und die Jeans hastig über ihre Sportsachen, trotzdem schlackerte alles an ihr. Dürr war sie, ohne Busen. Coole Klamotten und Schminke hätten an ihr völlig bescheuert ausgesehen. Ob die anderen sie mobbten, weil sie so hässlich war?

Romy griff nach ihrem Schulranzen – was war das – das stank wie –

Sie drückte auf den Schnapper – klick –, hob hastig die Klappe, schaute hinein.

Fuhr zurück und ließ die Tasche fallen.

Jemand hatte hineingeschissen.

Romy würgte, schob das Bild und den Gestank fort. Vorbei. Das war lange vorbei. Ihre Hände, die sich um das Leder des Lenkrads krallten, lockerten sich. Sie lehnte sich zurück und schaute in die Landschaft. Aus weiten Tälern erhoben sich mit Schnee überzuckerte Berge. Nach wochenlangem Schlechtwetter leuchteten Dörfer und einzelne Höfe zwischen sattgrünen Wiesen und Fichtenwald.

Ihre Mutter war damals eingeschritten. Die Quälereien hörten auf, aber stattdessen wurde Romy von der gesamten Klasse ignoriert.

Sie gehörte nie irgendwo dazu.

Romys Vater hatte wegen seiner Karriere öfter den Wohnort wechseln müssen; die Familie Weidinger lebte für zwei

Jahre in Brasilien, dann ein halbes Jahr in den Niederlanden, ging nach China. Romy wurde von Hauslehrern unterrichtet und hatte es schwer, Freunde zu finden.

Dann zogen ihre Eltern nach München, diesmal, um zu bleiben, und Romy besuchte ein normales Gymnasium. Dort wurde sie zum Opfer. Und das nicht nur, weil sie sich mit der Kontaktaufnahme ein wenig schwertat. Sie hatte keine Ahnung von Popmusik und TV-Serien, ihre Eltern waren Intellektuelle, die das Fernsehen ablehnten. Und obendrein war Romy eine Spätentwicklerin, die mit dreizehn Jahren noch Playmobil spielte.

In der Oberstufe war dann alles anders: Romy war nun bildhübsch, die Männer waren hinter ihr her. Plötzlich galt sie als cool und genoss es in vollen Zügen. Partys, Jungs, Freunde, das war nun ihr Leben.

Damals fingen Romys Eltern an zu klettern, aber sie hatte zunächst kein Interesse daran. Erst während ihres Studiums begann sie mit ihrer Mutter Cora in die Kletterhalle zu gehen. Und dort begegnete sie Philipp Maiwald. Auf den ersten Blick war er alles, was die Frauen in Kitschromanen ersehnten: erfolgreich, selbstbewusst, schön wie die Männer in den Reklamespots für teures Parfum. Mit ihm zusammen begann sie, draußen in der Natur zu klettern, und es begeisterte sie. Endlich hatte sie das Gefühl, dass ihr ein Sport wirklich lag – obwohl Philipp sagte, sie wäre schon zu alt, um noch richtig gut zu werden. Und er wollte nicht, dass sie als Seilerste ging. Angeblich sorgte er sich um ihre Sicherheit.

Romy ließ sich nicht entmutigen. Durch ihren Halbtagsjob in Philipps Werbefirma hatte sie viel Zeit, in der Kletterhalle zu trainieren. Dort lernte sie Bernd Luchner kennen, der ihr das Vorsteigen und Stürzen beibrachte. Ihr Selbstbewusstsein besserte sich allmählich.

Aber was sie heute in der Fränkischen getan hatte – das war nicht mehr die Romy, die sie kannte. Die sich viel zu viel gefallen ließ und nie wütend wurde.

Vielleicht hatte sie so reagiert, weil zur Zeit ihre Nerven blank lagen. Hauser kritisierte sie ständig, setzte sie unter Termindruck und zwang sie zu Überstunden – von Halbtagsjob konnte nicht mehr die Rede sein. Und neuerdings saß ihr am Schreibtisch eine Zicke gegenüber, die nach Chemieunfall roch und ständig mit schriller Stimme telefonierte. Ihr Mac war gegen einen PC ausgetauscht worden, dessen Verhalten man nur als tückisch bezeichnen konnte.

Philipp war der Drahtzieher. Sie konnte es kaum fassen.

Gestern hatte sie ihm unter Tränen erzählt, sie hätte das Gefühl, dass jemand in der Firma sie mobbte, wahrscheinlich sei es Hauser. Er nahm sie in die Arme und streichelte ihr Haar.

„Das bildest du dir nur ein. Das wird schon wieder. Und morgen fahren wir für einen Tag miteinander zum Klettern, damit du ein bisschen ausspannen kannst."

Romy knirschte mit den Zähnen und umklammerte das Lenkrad. Dieser Heuchler!

Sie hatte sich mit seinen beruhigenden Worten zufriedengegeben. Typisch. Sie hätte darauf bestehen sollen, dass die nervige Kollegin versetzt und der Computer ausgetauscht wird.

Und das Schlimmste: Philipp wusste, dass sie als Kind gemobbt worden war und deshalb immer noch Alpträume hatte.

Sie sah hinüber zum Beifahrersitz, auf dem ihre Kuschelkatze Mao hockte. Seit ihren Kindertagen war sie immer dabei. Ihr getigertes Fell war schäbig, besonders an der linken Pfote, die sie als Kleinkind abgelutscht hatte. Um Maos Schnauze war ein trotziger Zug, den Romy liebte.

Die Berge rückten näher zusammen, Geleise, ein Tunnel, LKW-Reihen.

Stau vor Sterzing, die Mautstelle. Wenn Philipp dabei war, bogen sie hier meistens in die Ortschaft ab, um bei Hofer Wein einzukaufen. Natürlich fuhren sie dann mit dem Porsche Cayenne, der mehr Stauraum bot als der Ferrari, mit dem sie jetzt unterwegs war. Der FF war Philipps Lieblingsspielzeug, sie durfte nur ans Steuer, wenn er müde wurde.

Philipp. Immer wieder Philipp. Sie hatte keine Lust, an ihn zu denken.

Für seinen Verrat konnte sie sich nur einen Grund vorstellen: Er wollte sie zwingen, den Job zu übernehmen, den er ihr zugedacht hatte. Sie erinnerte sich noch genau an ihr letztes Gespräch zu dem Thema.

„Du trainierst ja ständig in der Kletterhalle statt etwas Vernünftiges zu arbeiten“, sagte Philipp. „Dabei wärst du eine erstklassige Abteilungsleiterin für die Grafiksparte. Hauser kann sich dann ums Eventmanagement kümmern.“

„Das ist zu viel Stress für mich“, erwiderte Romy. „Ich bin nicht der Typ, der Leute herumkommandiert. Und ich muss mich ja auch noch um den Haushalt kümmern und die Essen mit deinen Geschäftspartnern.“

Das war nur ein Teil der Wahrheit gewesen. Als Abteilungsleiterin hätte Romy kaum noch Zeit fürs Klettern gehabt, und das war das Einzige, was ihr wirklich noch Freude machte in ihrem Leben zusammen mit Philipp.

Sollte sie mit ihm über seine Mobberei reden?

Ihn anrufen?

Nein. Nein! Sie hatte die Schnauze voll von ihm.

Auf einmal fühlte sie sich frei wie nie zuvor. Sie wählte eines ihrer Lieblingslieder auf dem iPod aus. „Genug ist nicht genug, ich lass mich nicht belügen ...“, tönte Konstantin Weckers Stimme aus der Anlage.

Bald würde sie dort sein, wo das Wetter besser war als im Norden und der Cappuccino auch. Und Felsen, überall Felsen, an denen sie klettern konnte, wie sie wollte.

„Arco“, sang sie, „Arco, ich komme!“

3. KAPITEL

Holger und Cora saßen auf Klappstühlen vor ihrem Wohnmobil. Hinter dem Campingplatz ragte die dunkle Wand des Colodri in den rosa überhauchten Abendhimmel. Von den Zelten und Bussen ringsum klang Geplauder, Gaskocher summten. Unten am Fluss klimperte jemand auf einer Gitarre.

Vor Holger und Cora stand ein mit Essen und Geschirr beladenes Tischchen; aus einer Schüssel stieg der herbe Duft von Rucola. Holger griff nach dem Salatbesteck und ließ es gleich wieder los. Eine stämmige Gestalt steuerte auf ihn zu. Wiebele. Der hatte ihm gerade noch gefehlt. Sein rotes Gesicht strahlte.

„I bin au klettert heut“, rief er und plumpste auf einen der Klappstühle. „Holger, Cora, i habs gschafft! Den Colodri! Des war saumäßig steil!“

Früher bei Siemens war Willi Wiebele wegen seiner Erzählungen von Gipfelerfolgen berüchtigt gewesen. In Holgers Augen waren das einfache Wanderungen; dass Wiebele, ein gestandener Heilbronner Mitte fünfzig, jetzt noch mit dem Klettern angefangen hatte, war schon erstaunlich.

„Welche Route hast du denn gemacht, Willi?“, fragte Cora.

„Ha die Colodriwand äba! I hab mir extra a Klettersteigset und an Gurt kauft.“

Ach so. Er hatte den Colodri-Klettersteig bezwungen.

„Ond jetzt tät i gern wissa, welcher Schwierigkeitsgrad des war.“

„Klettersteige haben eine andere Skala als Kletterrouten, die man mit dem Seil sichert“, erklärte Holger. „Diese Skala geht von A bis E. Der Colodri-Steig ist wahrscheinlich A, die leichteste Stufe.“

Wiebele sah enttäuscht drein. Doch dann sagte er eifrig: „Gell, und beim Seilklettern da hots doch mol ghoißa, a

Sechser isch des Schwerschte, die Grenze des Menschenmöglichen. Ond dr Messner hot den siebta Grad gschafft. Des hat mir imponiert."

„Ja, zu seiner Zeit war das eine außerordentliche Leistung", erwiderte Holger. „Aber heute ist ein Sechser Aufwärmgelände für Leute wie Cora und mich. Und die absolute Weltspitze klettert den zwölften Grad."

„Des gibt's doch net! Du nimmsch mi auf d'Schipp!"

Willi wandte sich mit empörter Miene ab und marschierte davon.

„Jetzt googelt er das, und erst dann glaubt er es", sagte Holger grinsend zu Cora und griff nach einem Stück Oliven-Ciabatta. Sie krachte beim Kauen, das Innere war weich – ein schöner Kontrast. Er schluckte sie hinunter, wickelte eine Scheibe Parmaschinken auf die Gabel, schob sie in den Mund und genoss den würzig-fetten Geschmack. Dabei beobachtete er die jungen Männer vom Zelt gegenüber. Mit ihren breiten Rücken, Rastalocken und der gebückten Gorilla-Haltung machten sie den Eindruck, der zehnte Schwierigkeitsgrad wäre ein Klacks für sie. Merkwürdig – sie starrten mit offenen Mündern in Richtung der Rezeption. Holger folgte ihrem Blick. Klirrend fiel seine Gabel auf den Teller.

Auf dem Teerstreifen zwischen den Parzellen der Camper glitt ein rotes Gefährt heran, das neben den stumpfnasigen Normal-Autos wirkte wie eine Mondrakete zwischen Mülleimern: ein Ferrari FF – Philipps Ferrari!

Direkt vor Holger und Cora stoppte er. Die Türe schwang auf, ein langes Bein schob sich heraus, dann ein zweites, ein zartes Gesicht, umrahmt von einer üppigen, blonden Mähne –

„Romy!" Cora war aufgesprungen und stürzte auf sie zu. Holger brauchte etwas länger – mit seinem Kreuz kam er nicht so schnell aus dem Stuhl hoch –, dann schlang er beide Arme um Cora und Romy und drückte sie fest an sich.

Nach einer Weile lösten sie sich voneinander. Holger sah seine Tochter an, erfüllt von einem warmen Gefühl.

„Schön, dass du da bist, Romy!“, sagte Cora. „Aber wo ist Philipp? Wenn sein Auto da ist, kann er nicht weit sein.“

„Ausnahmsweise lief nicht alles so, wie er es wollte“, erwiderte Romy. „Wir waren in der Fränkischen klettern. Ich habe ihn an einem Überhang am Haken hängen lassen und bin weggefahren.“

Cora begriff wieder einmal eine Sekunde schneller als Holger. „Warum hast du ihn da hingehängt?“, fragte sie.

Romy grinste. „Zum Trocknen, ist doch klar!“

„Hast du nach deiner plötzlichen Abreise jemanden hingeschickt, der sich um ihn kümmert?“, fragte Holger.

„Nein. Ich bin einfach gegangen. Aber verhungern wird er dort nicht, der Fels steht mitten in Gößweinstein.“

Das hätte Holger seiner immer liebenswürdigen Tochter nicht zugetraut. „Bravo. Wir haben also einen klassischen Cliffhanger à la Sylvester Stallone. Die Muskelmasse ist bei Philipp wohl ausreichend für diese Rolle, aber er dürfte kaum imstande sein, sich wie ein wahrer Held selbst aus seiner misslichen Lage zu befreien. Vermutlich ist die Bergwacht oder Feuerwehr ausgerückt. Die Geschichte von der Frau, die ihren Ehemann hängen ließ und mit seinem Batmobil davonbrauste, wird bei den braven Rettern noch jahrelang für Erheiterung sorgen.“

Cora kicherte. „Bei Philipp wohl weniger.“ Sie deutete auf einen Klappstuhl. „Aber jetzt setz dich erst mal hin, Romy, du bist bestimmt hungrig und durstig.“

Sie verschwand im Wohnmobil und kam mit einem Teller, Besteck und einem Weinglas für Romy zurück. Holger schenkte ihr den Riserva aus Mezzacorona ein und prostete ihr zu.

Drei Gläser klickten gegeneinander, begleitet vom Rasseln von Coras Armreifen. „Auf dich, Romy!“, sagte sie. „Ich freue mich, dass du ohne deinen Ehemann aufgekreuzt bist.“

Die direkte Art ihrer Mutter war manchmal peinlich, dieses Mal störte Romy das nicht.

„Den brauche ich nicht mehr. Soll er in Dantes unterster Hölle schmoren, wo die Heuchler sitzen!"

Es dämmerte, während Romy erzählte. Im Wipfel einer Pinie flötete ein Nachtvogel. Die Luft war lau. Holger zündete eine Kerze an. Schwärmer flatterten herbei und schwirrten darum herum.

„Ab jetzt lebe ich, wie ich will!", schloss Romy.

„Das wird schwierig", erwiderte Holger, „Philipp hat da ein Wörtchen mitzureden. Und er ist es gewohnt, sich durchzusetzen, du nicht."

Romy sah ihn wütend an. „Du hältst mich für ein hilfloses Barbiepüppchen, genau wie Philipp. Nur weil ich blond bin."

„Von Natur aus wärst du braun", sagte Cora. „Aber du musstest ja unbedingt deine Haare färben, damit dir alle Männer hinterherstarren."

Holger versuchte abzulenken. „Was hast du jetzt vor, Romy?"

„Ich will klettern. Endlich mal richtig viel klettern."

„Aber du warst doch in letzter Zeit oft in der Halle", sagte Holger.

„Das ist etwas anderes als echter Fels. Und ich konnte bei Weitem nicht so viel trainieren, wie ich wollte. Dafür hat Philipp gesorgt, er hat mir immer mehr Arbeit aufgehalst."

„Ist doch logisch", sagte Cora. „Du hast beängstigend schnell Fortschritte gemacht. Und wie sieht das denn aus, wenn der Mann schlechter klettert als seine Frau?"

Holger schmunzelte. „Ich weiß es zu würdigen, wenn du vorsteigst, Cora, meistens ziehe ich es vor, mich nicht fürchten zu müssen."

Romy lehnte sich in ihrem Stuhl zurück und schlug die Beine übereinander. „Du bist eben ein neuer Mann, Papa, und eine ganz große Ausnahme."

Cora strahlte Holger an. „Ich habe lange nach ihm suchen müssen.“

Er schmolz dahin. Was für eine großartige Frau! Ihr kinnlanges silbernes Haar schimmerte im Kerzenschein und umspielte ihr klassisches Gesicht. Das fließende Hippiegewand passte zu ihrer unkonventionellen Art. Er streichelte ihren nackten Arm.

„Ich habe genug von Philipp“, sagte Romy. „Und in nächster Zeit werde ich von sämtlichen Wesen mit XY-Chromosom Abstand halten!“

„Aha“, kommentierte Cora.

„Ich meine das ernst!“

Cora grinste. „Übrigens ist Bernd auch hier, er gibt einen Kletterkurs. Wirst du mit ihm ins Bett gehen?“

„Mama!“

„Du warst lange genug Philipps Vorzeigefrau und Trophäe. Jetzt solltest du dir ein bisschen Spaß gönnen.“

Eine Stunde später rumste Musik aus Philipps iPhone.

Romy sah ihre Mutter an. „Er ist es. Bestimmt. Was meinst du, soll ich drangehen?“

„Das ist deine Sache.“

Romy hatte überhaupt keine Lust, mit Philipp zu reden. Aber auf Dauer ließ es sich nicht vermeiden, besser, sie brachte es jetzt gleich hinter sich. Sie atmete tief durch und nahm das Gespräch an.

„Wie geht es dir, Romy?“ Philipps Stimme klang sanft.

„Gut. Ich mache Urlaub.“

Schweigen von jenseits der Alpen. Dann die leise Antwort: „Ich verstehe nicht, was in dich gefahren ist, Romy. Wo steckst du überhaupt?“

„An einem Ort, wo du mich nicht mobben kannst.“

„Mobben? Wieso mobben?“

„Spiel nicht den Unschuldigen. Ich habe deine Mails gelesen.“

„Du hast mein Handy an dich genommen und mich ausspioniert! Das war total unfair!“

„Es war deine Mobberei, die unfair war!“

„Du fantasierst, Stupsi. Auf meinem iPhone gibt es bestimmt keine Mail, die etwas mit Mobbing zu tun hat!“

Er klang völlig aufrichtig. Romy drängte ihre aufsteigenden Zweifel zurück. „Verkauf mich nicht für dumm!“

„Romy! Wir müssen darüber reden!“

„Ich brauche erst mal Urlaub, und ich muss nachdenken. Am besten reden wir in zwei Wochen über alles.“

Ein langer Seufzer. „Stupsi. Bitte dreh jetzt nicht durch. Ich liebe dich. Wir sehen uns bald.“

4. KAPITEL

Romy folgte Cora auf dem Pfad bergab, der vom Parkplatz zu den Felsen von Nago führte. Eine Brise wehte ihr eine Haarsträhne ins Gesicht. Sie fühlte sich frei und leicht, wie ein Vogel über der gewaltigen Landschaft, die sich unter ihr ausbreitete. Der Gardasee, bei der Stadt Riva tiefblau zwischen schroffen Bergflanken, streckte sich nach Süden wie der Arm eines Fjords und wurde immer blasser, bis er am Horizont mit dem Himmel verschwamm. Romy blickte hinüber zur Cima Capi über Riva, zu der ein Klettersteig durch Wald und Felsen hinaufführte. Dahinter zackte eine Kammlinie, die sich weit ins Gebirge westlich vom See hineinzog. Seit Langem lockte es Romy, einmal darüberzuwandern. Vielleicht in ein oder zwei Tagen, wenn sich ihre Arme vom Klettern erholen mussten ... Irgendwann würde sie auch den Monte Baldo auf der Ostseite des Sees besteigen, er war ein berühmter Blumenberg, aber jetzt im August war dort die Blütezeit wohl schon vorbei.

Sie querten unter dem Felsriegel entlang, bis sie an einer geneigten Plattenwand am unteren Ende ankamen. Zum Aufwärmen war es hier genau richtig.

Romy kippte ihren Rucksack aus, um Karabiner, Hüftgurt, Magnesiabeutel und Kletterschuhe herauszuholen. Cora legte das Seil bereit und studierte den Führer.

In der Wand, die viele Routen im fünften bis sechsten Schwierigkeitsgrad bot, hing schon ein halbes Dutzend Seile und Kletterer – Vorboten der Massen, die bald über die Felsen herfallen würden.

„Vor zwölf Uhr mittags zu klettern ist eine Zumutung“, sagte Cora. „Aber du konntest es ja nicht erwarten. Ein vernünftiger Mensch hätte erst mal eine Zahnbürste und etwas zum Anziehen gekauft.“

„Ich bin eben nicht vernünftig“, gab Romy zurück.

Cora lachte. „Du bist eine Kletterin.“

Familien mit Kindern rückten an, Decken wurden auf dem ebenen Platz unter der Wand ausgebreitet, Mütter kippten Legokisten und Sandspielzeug darauf und stellten Körbe mit Baguette und Keksen ab. Aus einem Maxi-Cosi brabbelte und gluckste es.

Romy zog den Gurt und die Schuhe an, band sich ein und kletterte los. Der Kalk war fest, Tritte und Griffe waren von zahllosen Händen poliert und fühlten sich an wie mit Butter bestrichen. Egal, das hatte sie locker drauf. Klick, klick, klick schnappten die Karabiner in die Haken und ins Seil, es war ein schönes Gefühl, das Gelände vollkommen zu beherrschen.

Der Umlenkhaken. Romy schwebte hinunter zum Boden.

Jetzt war Cora dran, Romy sicherte.

Dass Philipp seine Mobberei nicht zugab, war typisch. Er war nie schuld. Aber abgesehen davon hatte er völlig anders reagiert, als sie erwartet hatte. War er nicht wütend? Hatte er begriffen, wie sehr er sie verletzt hatte? Vermutlich ahnte er, dass sie bei ihren Eltern in Arco war; er wusste, dass die beiden dort seit ein paar Monaten auf dem Campingplatz lebten.

Laute Stimmen schreckten sie aus ihren Gedanken. Eine Gruppe mit Helmen auf dem Kopf und Kletterschuhen mit Gemüse-Emblem an den Füßen marschierte heran. Ohne Zweifel handelte es sich um einen Anfängerkurs. Ein engagierter Kletterer trug niemals Schuhe, die bequem genug waren, um damit herumzulaufen. Und alle hatten bereits ihre Klettergurte angelegt, obwohl das beim Gehen lästig war. In der Kletterhalle waren solche Leute ein Ärgernis, wenn sie aufs Klo gingen und man dann stundenlang vor der Türe warten musste, bis sie ihre Ausrüstung aus- und angezogen hatten.

Aus dieser Gruppe stach eine einzelne Gestalt heraus: Turnschuhe, der Gang geschmeidig, die sehnigen Arme braun gebrannt. Das schulterlange braune Haar war zu einem Pferdeschwanz gebunden – Bernd!

Vor der Wand blieb er stehen und sah sich um.

Ihre Blicke trafen sich. Sein Gesicht leuchtete auf. „Romy! Das ist ja wunderbar, dass du auch da bist! Ich habe gedacht, du musst arbeiten."

„Müsste ich. Aber das ist mir egal."

Er kam zu ihr, gab ihr einen Kuss auf die Wange und trat schnell zurück. „Jetzt muss ich mich um meine Schäfchen kümmern, aber nach dem Abendessen habe ich frei. Hättest du Lust, dich heute Abend mit mir zu treffen?"

„Gerne. Wann kannst du?"

„So um halb zehn, wenn es dir recht ist."

Eine junge Frau trat hinzu. „Die haben mir zwei linke Schuhe verliehen, was soll ich machen?"

„Einen Moment bitte. Ich kümmere mich gleich darum, nur eine Sekunde", wehrte Bernd ab und wandte sich wieder an Romy. „Dann also um halb zehn vor dem ‚Tarifa'?"

„Okay."

***

Beim Sichern hatte Romy Zeit, Bernd zu beobachten. Er war geduldig und sanft wie ein Schaf und redete nur leise. Aber er hatte Charisma – den hellen Blick eines Mannes, der oft draußen in der Natur war und Gefahren gemeistert hatte.

Allmählich füllte sich der Platz mit Menschen, darunter viele Münchner, die Romy aus der Kletterhalle kannte. Sie grüßte, lächelte, gab Küsschen links, Küsschen rechts wie bei einer großen Party.

Vor einigen Routen bildeten sich Warteschlangen, Hunde kläfften, um Rucksäcke zu verteidigen. Kinder rannten hin und her oder schaukelten an den Bäumen. Auf dem Fels tanzten die ersten Sonnenflecken. Es wurde heiß – Zeit für eine Siesta.

***

Bernd hatte mehrere Seile eingehängt, an denen seine Leute von oben gesichert üben konnten. Er hätte sie genau beobachten und ihnen Tipps geben sollen, aber heute konnte er sich kaum auf seine Arbeit konzentrieren.

Romys Anblick hatte ihn getroffen wie ein Schock.

Seit er sie letzten Herbst in der Kletterhalle kennengelernt hatte, ging sie ihm nicht aus dem Kopf. Im Winter gab er fast nur Hallenkurse, und er hatte zweimal die Woche Zeit gehabt, mit ihr zu klettern. Das war einfach zu viel gewesen. Das prickelnde Gefühl am Anfang wurde zur Schwärmerei, dann verliebte er sich ernsthaft. Romy verfolgte ihn bis in seine Träume. Das war nicht gut.

Zum Glück war er Philipp nie begegnet, Karrieretypen wie er kletterten nicht am Vormittag. Wären sie einander über den Weg gelaufen, so hätte er ihn bestimmt blöd angeredet. Dieser Macho hatte Romy nie ermutigt, als Seilerste zu gehen – er wollte keine starke Frau. Aber da hatte er ihm kräftig in die Suppe gespuckt. Es war schön gewesen zu erleben, wie sie ihre Angst vor dem Fallen überwand. Und inzwischen zeigte sie nicht nur am Fels mehr Selbstbewusstsein und Entschlossenheit.

Er sah zu ihr hinüber, sie schwang den Rucksack auf ihren Rücken, warf ihr langes Haar zurück, lächelte ihm kurz zu und ging den Pfad in Richtung Parkplatz hinunter.

Bernd seufzte. Heute Abend. Er würde den ganzen Tag an heute Abend denken. Er musste wirklich gut auf sich aufpassen.

***

Romy saß neben Bernd auf der Bank neben dem Eingang der „Gelateria Tarifa“ und schleckte Eis. Dabei sah sie den Leuten zu, die nach dem Abendessen in Richtung Bar oder heimwärts strebten.

„Faserpelze sind immer deutsch, Stöckelschuhe italienisch“, sagte Romy. „Schau mal die Rothaarige da, die ist herausgeputzt wie für die Oper!“

„Im Moment interessieren mich Rothaarige eigentlich nicht besonders“, erwiderte Bernd. „Ich möchte gerne wissen, warum du plötzlich hier aufgetaucht bist.“

„Das erzähle ich dir später. Jetzt sollten wir von Überhängen reden und wie man Abstürze verhindert.“

Bernd sah sie verwirrt an.

„Ich würde dran lecken“, sagte Romy. „Dein Eis hängt zu sehr über. Es stürzt gleich ab!“

Bernd blickte auf das pilzförmige Gebilde in seiner Hand und biss ein großes Stück der gefährdeten Zone ab. Er schien peinlich berührt zu sein, dass er so langsam geschaltet hatte. „Ich bin dir zu ewiger Dankbarkeit verpflichtet.“

„Dazu ist unser Leben zu kurz.“

Sie beschäftigten sich schweigend mit ihrem Eis.

Bernd räusperte sich. „Ich würde gerne irgendwohin gehen, wo wir in Ruhe miteinander reden können. Natürlich nur, wenn dir danach ist. Ich richte mich nach dir.“

Romy leckte an ihrem Eis. Hmmm … Mango, fruchtigsüß, und cremige Schokolade. Dabei sah sie Bernd von schräg unten an. Sein Gesicht wurde eine Spur dunkler. Süß! Er errötete wie ein Schuljunge. Seit sie Bernd kannte, flirtete sie ein bisschen mit ihm. Er kletterte wie eine Katze, und er hatte etwas an sich, das sie anzog. Warum sollte sie auf einen miesen Verräter wie Philipp Rücksicht nehmen?

„Gehen wir.“

Sie saß neben ihm im Gras. Ein Himmel voller Sterne leuchtete über dem Fluss. In den Büschen blinkten die grünen

Lichter von Glühwürmchen. Sie erzählte ihm von Philipps Verrat und ihrer Reaktion darauf und schloss: „Ich fühle mich furchtbar. Wie konnte ich nur auf Philipp hereinfallen?“

In ihr stieg ein Schluchzer auf, aber sie nahm sich zusammen. Es wäre peinlich, vor Bernd in Tränen auszubrechen.

Das mit Philipp war vorbei, und das war gut so.

Sie atmete tief, sog den Geruch des Grases ein. Der Fluss rauschte und gluckste.

Bernd nahm ihre Hand und streichelte sie sanft. Wollte er sie trösten – oder war das mehr? Oder beides?

„Du hast mir erzählt, dass du oft Mundharmonika spielst, wenn du draußen in der Natur bist“, sagte Romy. „Hast du sie dabei?“

„Ja. Ich spiele jeden Tag, eigentlich immer, wenn ich allein bin und Zeit habe.“

„Bitte spiele jetzt. Ich finde, das passt perfekt zu einer Sternennacht am Fluss.“

„Das ist ja fast kitschig.“

„Nicht nur fast. Aber egal, spiel einfach.“

Er ließ ihre Hand los, zog eine Mundharmonika aus der Tasche und setzte sie an die Lippen. Romy hörte zu. Sie hätte nie gedacht, dass dieses Instrument so weich und voll klingen konnte. Die Melodie war voll Trauer und Weite, als käme sie aus einem fernen Land mit hohem Himmel. Die Töne flossen durch sie hindurch und ließen etwas in ihr schmelzen. Tränen rollten über ihre Wangen. Sie saß still da und ließ die Trauer aus sich herausrinnen.

Ein langer, zitternder Ton verklang. Er steckte die Mundharmonika ein, zog ein Taschentuch hervor und reichte es ihr. Sie trocknete ihr Gesicht.

„Danke. Du hättest Musiker werden sollen.“

„Früher habe ich davon geträumt, aber ich bin Bergführer geworden, weil ich ein sicheres Einkommen wollte.“

„Du könntest es immer noch versuchen.“

Er seufzte.

„Ach Romy, ich glaube schon lange nicht mehr daran, dass Träume wahr werden."

Er wandte sich ihr zu, sein Gesicht kam näher, sie spürte den Hauch seines Atems auf ihren Lippen. Sein Kuss war so sanft, dass ihre Lippen vibrierten, wurde fester. Seine Arme umschlangen sie, er presste sie an sich, keuchte. Ein süß ziehendes Gefühl stieg in Romy auf.

Plötzlich kam sie frei. Bernd sprang auf, stieg die Böschung empor und verschwand zwischen den Pinien.

Romy fühlte sich alleingelassen. Enttäuscht. Sie holte Mao aus ihrer Jackentasche und legte ihre Wange an das schäbige Fell, das nach Penatencreme und staubigem Dachboden roch.

Eine Weile sah sie den Glühwürmchen zu.

Das Gras war feucht, eine Mücke setzte sich auf ihre Schulter. Sie schlug wütend nach ihr, stand auf und machte sich auf den Weg zu ihrem Zelt. Sie hatte es erst heute gekauft. Hoffentlich schlief sie darin besser als gestern auf der Isomatte unter freiem Himmel.

***

Mitten in der Nacht wurde sie wach. Tappende Schritte. Ein Schatten legte sich über den Zelteingang, der Reißverschluss ratschte. Ein heiseres Flüstern.

„Romy? Darf ich ..."

„Komm rein."

5. KAPITEL

Am nächsten Morgen rief Philipp an. Er war kurz angebunden, sagte Romy, er hätte sie für zwei Wochen Urlaub eingetragen, sie solle sich gut erholen.

Das tat Romy. Die folgenden Nächte verbrachte sie mit Bernd, meistens in seinem Zelt, das etwas größer war als ihres. Er hatte es zwei Parzellen vom Wohnmobil ihrer Eltern entfernt aufgestellt.

Nach dem anstrengenden Liebesspiel musste sie lange ausschlafen, aber das machte nichts, denn die Route, die sie unbedingt klettern wollte, war in Massone, und dort kam der Fels erst ab etwa drei Uhr am Nachmittag in den Schatten. Ihr Projekt, die „Abissi", war eine 38 Meter lange Traumlinie an einer Sintersäule, die mit einem Überhang endete – eigentlich viel zu schwer für sie, glatter neunter Grad. Aber bisher hatte sie sich noch nie die Zeit genommen, sämtliche Bewegungen in einer Route einzuüben, bis sie abliefen wie eine Kür beim Turnen. Wie lange sie dazu brauchen würde, wusste sie nicht, ja sie wusste nicht einmal, ob sie es überhaupt schaffen konnte, die ganze Strecke ohne Ausruhen an den Haken zu klettern.

Nach dem Aufstehen trödelte Romy herum, studierte den Führer, trank Kaffee und noch einmal Kaffee. Lag auf der Isomatte, ließ vor ihrem inneren Auge immer wieder die Griff- und Trittfolgen von „Abissi" ablaufen, las oder döste. Hin und wieder musste sie aufstehen, um die Matte ein Stück weiterzurücken, weil die Sonne sie verfolgte. Sie lag auf dem Rücken, fühlte sich schlaff, schloss die Augen. Es war schön, nichts tun zu müssen. Keine Termine. Kein Hauser, der ihre Plakate zur Sau machte. Kein öder Haushalt. Und letzte Nacht ... Zärtlich. Wild. Süß. Heute Abend wieder ...

„Hallo Romy.“
Sie fuhr hoch. Philipp lächelte auf sie herab.

„Dachte ich's mir doch, dass du nach Arco gefahren bist. Der Urlaub tut dir bestimmt gut. Du warst ja ziemlich gestresst in letzter Zeit.“

Darauf hätte sie einiges antworten können. Sie rieb sich die Augen. „Was willst du hier?“

„Mit dir klettern natürlich. Ich habe mir selbst ein paar Tage freigegeben.“

Er hockte sich ihr gegenüber auf den Boden und sah sie an, mit jenem frechen Lächeln, das sie früher geliebt hatte. „Wohin gehen wir heute Nachmittag?“

Auf dem Mond wäre der richtige Platz für ihn. Klar, irgendwann musste sie mit ihm reden, aber vorher wollte sie gründlich über ihre Situation nachdenken.

„So gegen drei Uhr gehe ich in mein Projekt. Das dürfte dich kaum interessieren.“

„Wie schwer?“

„Ein Neuner.“

Philipp lachte. „Du? Ein Neuner? Da schaue ich dir gerne zu. Darf ich dich sichern?“

Seine selbstzufriedene Fratze mit den Fingernägeln zerreißen – wäre dumm. Sie wollte sich von ihm trennen, aber auf zivilisierte Art.

„Ich klettere nicht mehr mit dir. Das ist doch nur Stress für uns beide.“

„Ich verstehe ja, dass du –“

Der Ferrari schnurrte heran und Holger stieg aus. Philipp sprang auf. Sein Gesicht sah verkniffen aus. „Hallo Schwiegerpapa.“

„Hallo Philipp. Wie bist du denn hierhergekommen?“

„Mit dem Cayenne.“

„Das habe ich eigentlich nicht gemeint. Du hattest wohl einige Unannehmlichkeiten, als Romy sich plötzlich entschloss hierher zu fahren.“

Romy stand auf und trat zu den beiden. „Hör auf damit, Papa." Sie wandte sich an Philipp. „Wenn du jetzt schon mal da bist, sollten wir ein vernünftiges Gespräch miteinander führen. Was hältst du von heute Abend?"

„Einverstanden. Ich lade dich zum Essen im ‚Alla Lega' ein."

Sie musste ihm nicht sagen, dass er ihr den Appetit verdarb. „Lieber nicht. Wie wäre es mit dem ‚Conti', so um zehn Uhr?"

„Das passt mir gut. Bis später, Stupsi."

***

Philipp blickte auf seine Uhr. Viertel nach zehn. Sie kam wieder mal zu spät. Er würde sich zusammennehmen und ihr deshalb keine Vorwürfe machen. Wenigstens war die Terrasse des „Conti" ein angenehmer Aufenthaltsort. Er lehnte sich zurück, beobachtete den großen Platz vor der Kirche. Zwei Jungen mit Mountainbikes fetzten um den barocken Springbrunnen, herausgeputzte Italienerinnen mit Kinderwägen kontrastierten zu Kletterern mit fettigen Haaren, Radler mit grellen Reklamelogos auf den Trikots scheuchten Fußgänger.

Die Bedienung schwang ihre Hüften um die Tische, beugte sich lächelnd zu ihm herab, stellte den Spritz vor ihn hin – „Prego" – und tänzelte weiter.

Er blickte ihr nach. Nett. Schmale Taille. Aber im Vergleich zu Romy wirkte sie blass. Wie die meisten anderen Frauen. Er hatte Romy nie betrogen, obwohl es für einen reichen und gut aussehenden Mann wie ihn viele Versuchungen gab. Es war nicht fair, wie sie sich plötzlich aufführte.

Sie kam quer über den Platz auf ihn zu, er erkannte sie schon von Weitem. Der stolze Gang, das wehende blonde Haar. Schmale Jeans, ein hautenges T-Shirt, das ihre vollen Brüste betonte. In ihrem Kielwasser bewundernde und neidische Blicke, die sie nicht zu bemerken schien.

Sie betrat die Terrasse, sah sich suchend um, dann steuerte sie auf den Tisch am Rand zu, den Philipp ausgesucht hatte. Er stand schnell auf, rückte ihr den Stuhl zurecht. Einen Kuss wollte er jetzt noch nicht riskieren.

„Hallo Romy. Schön, dass du gekommen bist."

Sie nickte kurz. „Hallo Philipp."

„Du siehst gut aus."

„Ich fühle mich auch gut."

Das konnte sogar stimmen. Sie hatte ein Strahlen an sich, das ihr in den letzten Monaten gefehlt hatte. Lag es an der gebräunten Haut, die ihre hellblauen Augen und das Haflingerblond ihrer Haare hervorhob? Auch die Schatten unter ihren Augen waren verschwunden. Wahrscheinlich hatte sie tatsächlich ein bisschen Erholung gebraucht.

Er winkte der Bedienung und bestellte für Romy einen Cappuccino Big, ihr Lieblingsgetränk. Er kannte sie gut.

Sie schwieg. Sah ihn nicht an.

Wie er sich nach ihrem unerwarteten Abgang in der „Supernase" gefühlt hatte, musste sie nicht wissen. Locker und mit humorigem Unterton erzählte er ihr, wie er von zwei Kletterern befreit worden war. Dabei erwähnte er natürlich nicht, wie erleichtert er gewesen war, dass die beiden aus Tschechien stammten und die Story wohl kaum an die Münchner Szene weitergeben würden.

Die Bedienung kam mit dem Cappuccino.

Romy hob die Tasse an die Lippen, schlürfte den Schaum und sagte immer noch nichts.

Philipp würde dieses Gespräch in seinem Sinn lenken. In seinen Manager-Ratgebern wurde empfohlen, zuerst eine gute Atmosphäre aufzubauen. Dazu gehörte Interesse am Gegenüber.

„Erzähl mir von deinem Projekt. Welche Route ist es denn? Wie ist es dir heute dabei gegangen?"

„Ich habe mich in die ‚Abissi' in Massone verliebt. Aber bis jetzt läuft es nicht so toll. Im Überhang am Schluss ist ein weiter Zug, den ich nur hinkriege, wenn ich total frisch bin. Aber nach der langen Sintersäule bin ich schon platt."

„Dass du jetzt einen Neuner versuchst, finde ich sehr mutig."

Sie runzelte die Stirn. „Sag lieber gleich, dass du es mir nicht zutraust."

Sie reagierte ganz schön empfindlich.

„Ich mache mir nur Sorgen um dich. Früher warst du nicht so ehrgeizig. Ich fürchte, dieses Leistungsdenken macht dich nicht glücklich."

„Das sagt der Richtige! Wenn du eine Route nicht raufkommst, bist du stocksauer."

Er zwang sich, ruhig zu bleiben.

„Ich habe nur einen gewissen Anspruch bei allen meinen Unternehmungen. Meinen beruflichen Erfolg würde ich wegen der Kletterei nie gefährden. Aber du vernachlässigst deine Arbeit für einen halben Schwierigkeitsgrad mehr – und wozu soll das gut sein? Jemand, der in deinem Alter anfängt zu trainieren, wird nicht mehr Weltmeister!"

„In meinem Alter, das klingt, als wäre ich steinalt. Ich bin vierundzwanzig, verdammt! Aber es geht mir sowieso nicht darum, ein Star zu werden. Ich will nur besser werden als ich."

„Irgendwie finde ich das nicht normal bei einer so schönen Frau. Ehrgeiz steht dir nicht."

Sie antwortete nicht. Ihre Hände umklammerten die Stuhllehne – kein gutes Zeichen. Irgendetwas lief da schief.

„Tut mir leid, Romy. Ich wollte dir keine Vorwürfe machen, sondern wieder besser mit dir auskommen. Ich gebe ja zu, dass ich dich bei der Arbeit vielleicht ein wenig zu sehr gedrängt habe. Es wäre schön, wenn du Abteilungsleiterin wärst, aber das muss nicht sein, wenn es dir zu stressig ist."

Romys Stimme war so leise, dass Philipp sich nach vorne neigen musste, um sie zu verstehen.

„Ich will nicht mehr in deiner Firma arbeiten. Ich – ich möchte mich von dir trennen."

Sie reagierte oft spontan und baute deshalb Mist. Er glaubte ihr kein Wort.

„Bitte denke erst einmal in Ruhe darüber nach."

Sie wich seinem Blick aus. „Das habe ich bereits. Es hat keinen Sinn mit uns."

Sie würde eine Trennung nicht lange durchhalten. Als Grafikerin verdiente sie einen Hungerlohn, dabei war sie einen noblen Lebensstil gewohnt. Und sie würde seine Schulter zum Anlehnen vermissen. Und noch viel mehr ...

„Hör auf mit dem Unsinn, Stupsi", sagte er lächelnd. „Ich liebe dich."

Sie sah ihn voll an. „Glaubst du, dass es nur darauf ankommt?"

„Natürlich."

„Zum Lieben gehören zwei."

Sie hatte ihn immer attraktiv gefunden und seine Erfolge bewundert. Warum sollte sich das ändern?

„Du kennst deine eigenen Gefühle nicht, Stupsi. Wir gehören zusammen. Für immer."

Er zog die kleine Schachtel aus seinem Jackett, legte sie auf das Tischchen und öffnete sie. Im dunklen Samt funkelte das fingernagelgroße Diamantherz in allen Regenbogenfarben. Ein teures Stück. An ihrem gebräunten Hals würde der Anhänger fantastisch aussehen.

Wut blitzte in Romys Augen auf. „Hast du den aus dem Kaugummiautomaten?"

Das gab ihm einen Stich. Offenbar wollte sie ihn ärgern. „Romy! Es sollte ein neuer Anfang für uns sein. Ich möchte Urlaub machen. Mit dir. Bitte verzeih mir, dass ich in der Arbeit ein wenig unsensibel mit dir umgegangen bin."

Sie schubste das Etui in seine Richtung, er fing es gerade noch auf, bevor es über die Tischkante purzelte.

„Du hast mich gemobbt", flüsterte sie. „Belogen. Verraten."

Das lief alles nicht so, wie Philipp es geplant hatte. Er steckte das Etui in die Tasche seines Jacketts und nahm einen Schluck Spritz, um Zeit zu gewinnen. Es war nicht leicht, den aufsteigenden Zorn unter Kontrolle zu bringen.

„Wenn du das so empfunden hast, tut es mir wahnsinnig leid. Ich habe dich nicht gemobbt, nur versucht, dich in eine Richtung zu bringen, die gut für dich ist. Dass ich im Hintergrund ein paar Fäden gezogen habe, ist vielleicht eine schlechte Angewohnheit aus dem Geschäftsleben. Aber deine Reaktion war vollkommen übertrieben, wahrscheinlich weil du damals in der Schule so unter Mobbing gelitten hast."

„Du hast genau gewusst, wie schlimm das für mich war!"

„Aber ich bin nicht daran schuld, dass du so empfindlich reagierst", gab Philipp zurück. „Was ich getan habe, hatte nichts mit Mobbing zu tun, ich wollte dich fördern, etwas aus dir machen. Bitte versteh das doch, Romy. Und außerdem vermisse ich dich."

Er ergriff ihre Hand, aber sie entzog sie ihm mit einem Ruck. „Fass mich nicht an! Ich habe genug von dir!"

In Philipp stieg ein entsetzlicher Verdacht auf. „Hast du einen anderen?"

Sie schlug die Augen nieder.

Mühsam brachte er hervor: „Wer?"

„Ein Mann, der mich versteht und liebt."

„Ist es dieser Bergführer, mit dem du immer in Thalkirchen geklettert bist? Es war mir schon immer verdächtig, wie begeistert du von ihm erzählt hast."

„Ja!"

In Philipps Magen wirbelte Feuer, es rauschte in seinen Ohren. „Aber der ist doch eine Null", presste er hervor. „Ein Niemand. Der kann doch nichts außer klettern."

„Und du kannst bloß Geld machen. Ich liebe ihn!"

Etwas in ihm riss auseinander, tat irrsinnig weh. Aber er durfte seinen Gefühlen nicht nachgeben. Zuerst musste er ihre Gründe analysieren, dann konnte er handeln. Mit weicher Stimme fragte er: „War es nur das, was du Mobbing nennst, oder habe ich noch etwas anderes falsch gemacht, Romy?“

Ihre Augen waren schmale Schlitze. „Ja. Etwa zweimal pro Woche.“

Philipps Fäuste ballten sich, eine dunkle Woge raste auf ihn zu, schlug über ihm zusammen, er schnappte nach Luft. Das konnte nicht sein. Sie log, um ihm weh zu tun. Seine Stimme gehorchte ihm kaum.

„Vielleicht sollten wir eine Paarberatung machen.“

Romy spielte mit dem Kaffeelöffel. „Das würde nichts nutzen.“

Lag da ein unterdrücktes Lächeln in ihrem Gesicht – Spott?

„Philipp. Es ist aus zwischen uns.“

Er fiel auseinander in viele kleine Teile, die durch ein brennendes Meer trieben.

Haltung. Sich zusammenreißen. Es wäre das Letzte, vor ihr in Tränen auszubrechen.

Philipp stand abrupt auf, eilte quer über den Platz, er rannte fast, rempelte gegen Leute, stolperte beinahe über eine Hundeleine.

Er fiel auf. Das war ja peinlich. Er verlangsamte seine Schritte. In ihm wühlte und kochte es. Er würde sich das nicht gefallen lassen! Bisher hatte er immer erreicht, was er wollte! Er war ein Sieger!

Er würde Romy nicht loslassen. Niemals. Sie war seine Frau.

6. KAPITEL

Sonnenflecken spielten über den Stoff der Zeltwand. In einer Stunde würde es hier drinnen unerträglich heiß sein. Romys Kopf ruhte in der Kuhle von Bernds Schulter. Er roch nach Sex und Schweiß.

Still lag er auf dem Rücken, schon eine ganze Weile. War er wach? Sie rückte von ihm ab, drehte sich auf die Seite und studierte sein Gesicht. Mit offenen Augen starrte er in die Kuppel empor.

„Stimmt irgendwas nicht?", fragte sie.

Er stieß einen langen Seufzer aus. „Ich möchte nie mehr ohne dich sein, Romy. Auch wenn es schwierig ist."

„Was ist daran schwierig?"

„Eigentlich nichts. Ich liebe dich."

Hatte er Probleme damit, dass sie verheiratet war?

„Ich werde mich von Philipp trennen."

Er antwortete nicht, wandte sich ihr nicht zu. Sein Atem ging schnell.

Im Bus nebenan klapperte Geschirr, zwei Typen diskutierten über falsche Schwierigkeitsbewertungen in Massone.

„Warum sagst du nichts?", fragte Romy.

„Irgendwie weiß ich nicht, was ich dazu sagen soll."

Seine Stimme klang eigenartig flach. Freute er sich nicht, dass sie bald frei war?

Er räusperte sich. „Jetzt machen wir erst einmal miteinander Urlaub."

„Ich dachte, du hättest nach dem Kurs noch eine Woche Klettercoaching mit einem Kunden?"

„Der hat gestern abgesagt. Eigentlich ist das eine Unverschämtheit mitten in der Saison, aber jetzt haben wir eine ganze wunderbare Woche für uns."

„Das ist ja super! Warum hast du mir das gestern Abend nicht erzählt?"

„Wir hatten Besseres zu tun. Und dann bin ich eingeschlafen.“

Romy kicherte. „Ich bin ja auch nicht mehr dazu gekommen, dir von meinem Gespräch mit Philipp zu erzählen. Aber das ist toll – Urlaub mit dir! Sobald das Wetter stabiler ist, würde ich gerne ins Gebirge fahren und ein paar von diesen neuen Sportklettereien in den Dolomiten machen, die ‚Ottovolante‘ zum Beispiel soll genial sein.“

Er streichelte ihre nackte Brust. „Was immer du willst. Du kannst dir jede Tour aussuchen, die ich vorsteigen kann.“

„Ich möchte auch vorsteigen!“

„Aber natürlich.“

„Wie wäre es für dich, wenn ich so gut wäre, dass du nachsteigen musst?“

Ein Auto brummte, Türen klackten, ein Kind heulte.

„Schluss jetzt, Maxl!“, kreischte eine Frauenstimme. „Schluss!“

Bernd fuhr mit einem Ruck hoch, drehte sich zu Romy, sein Gesicht orange im Widerschein des Zeltstoffs, die Züge zu einer Grimasse verzerrt.

„Um Himmels willen, Romy“, flüsterte er, „bitte bleib hier liegen, rühr dich nicht, ich erklär’s dir später ... bitte! Bitte!“

Er lehnte sich nach vorne, zog mit einem Ratsch den Reißverschluss am Eingang auf, krabbelte hindurch, zog ihn schnell wieder zu.

Das Geheul verstummte.

„Papa, Papa!“, quietschte eine Kinderstimme.

Was war da los? Romy setzte sich auf, hob mit bebenden Fingern die Klappe über dem Fensterchen in der Zeltwand und spähte hinaus.

In Bernds Armen lag eine etwas rundliche Frau mit hellblondem Pagenkopf. Sie küsste ihn auf den Mund.

***

Bernd fühlte Gerdas feuchte Lippen, zwang sich, den Kuss zu erwidern. Ihre Hände krallten sich in seine Oberarme, ihr vertrauter Geruch nach Kamillenseife stieg ihm in die Nase. Er löste sich von ihr, trat einen Schritt zurück. Seine Hände flatterten. Er versuchte seiner Stimme einen normalen Klang zu geben.

„Das ist aber eine Überraschung!"

„Wir sind heute Morgen um sieben losgefahren. Die Kinder haben die ganze Fahrt über gequengelt. Sie spüren es, wenn ich nicht in meiner Mitte bin."

Gerda hier! Eine Katastrophe. Bei seiner letzten Affäre hatte sie geschrien und geschrien, war mit den Fäusten auf ihn losgegangen, hatte gedroht, sich und die Kinder umzubringen – wurde in eine Klinik eingeliefert ...

Lisa lief auf das Zelt zu, in dem Romy lag. Mit zwei schnellen Schritten war er bei ihr und hob sie hoch. Ihr weicher Körper schmiegte sich an ihn, ihr wuscheliges Haar kitzelte seine Nase. Er küsste sie auf die Wange.

„Meine Kleine."

„Papa, ich hab von Opa Playmobil-Bergsteiger gekriegt."

Maxl tappte auf ihn zu. „Auch! Auch rauf!", plärrte er.

Bernd setzte Lisa ab, nahm Maxl auf den Arm. Ein schneller Blick zu seinem Zelt – nichts rührte sich. Romy reagierte vernünftig. Er musste ihr eine Gelegenheit verschaffen, ungesehen hinauszuschlüpfen. Er gab sich Mühe, fröhlich zu klingen.

„Schön, dass ihr da seid. Ich lade euch auf ein Eis ein!"

„Wir sollten zuerst das Zelt aufbauen", erwiderte Gerda. „Und musst du nicht arbeiten? Es ist schon bald elf!"

„Mein Kunde hat gestern Abend abgesagt."

Gerda lehnte sich an ihn, streichelte seine Wange. „Dann kann ich jetzt Urlaub machen und du kümmerst dich ein bisschen um die Kinder. Du siehst sie ja kaum noch."

Sie hätte auch bei den Großeltern auf dem Hof bleiben können. Die passten gerne auf die Kleinen auf.

„Aber du hast doch nicht gewusst, dass ich frei –“

Sie schnitt ihm das Wort ab. „Irgendetwas sagte mir, dass ich aufbrechen sollte. Also habe ich Opas Auto geliehen und bin hierhergefahren.“

„Eis! Ich will ein Eis!“, sang Lisa und hüpfte im Kreis um Bernd und Gerda herum.

„Später, Lisa“, sagte Gerda scharf. „Wir bauen jetzt das Zelt auf. Erst die Arbeit, dann das Vergnügen.“

Lisa sah trotzig drein. „Böse Mama! Ich will Vergnügen. Jetzt!“

Gerda wies auf eine Pinie in der Nähe von Bernds Zelt. „Das wäre ein guter Platz mit viel Schatten. Pinien sind heilkräftige Bäume.“

Bernds Herz hämmerte, er schwitzte. „Ich fange schon mal an aufzubauen. Inzwischen kannst du dich bei der Rezeption anmelden. Und nimm bitte die Kinder mit, dann stehen sie mir hier nicht im Weg herum.“

Gerda ging zum Skoda und öffnete die Heckklappe.

„Ich habe mich schon angemeldet.“

Verdammte Scheiße. Die Sonne knallte jetzt voll auf Bernds Zelt. Hinter der Stoffwand bewegte sich ein Schatten. Ablenken! Er legte den Arm um Gerda, hob ihr Kinn. Warum hatte er früher diese Kuhaugen und den Schmollmund nur hübsch gefunden? „Lass dich anschauen. Du bist braun geworden, das steht dir.“

„Ich habe viel im Garten gearbeitet. Es tut mir gut, in der Natur zu sein.“

„Gehn wir jetzt endlich Eis essen?“, fragte Lisa. „Ich will mein Eis!“

„Eis, Eis!!“, brüllte Maxl.

Gerda seufzte. „Gehen wir.“

Maxl verstummte schlagartig.

Bernd nahm seine Kinder an die Hand und marschierte los.

***

Nach dem Eisessen lernte Gerda die beiden alten Leute vom Wohnmobil kennen, die sich offenbar mit Bernd angefreundet hatten. Cora mit ihren ausgefransten Shorts und dem Feder-Ohrring war ihr nicht besonders sympathisch, aber sie packte beim Zeltaufbau mit an. Und Holger fand verblüffend schnell heraus, welche Stangen wie zusammengesteckt werden mussten, obwohl sich die Etiketten mit den Nummern teilweise abgelöst hatten.

„Ich war früher Ingenieur", sagte er, „und ‚Herausforderung' war das häufigste Wort in allen Strategiepapieren. Aber im Vergleich zu meiner damaligen Tätigkeit ist dies nun wirklich ein Fall, wo dieses Wort angemessen ist."

Mit seinem karierten Hemd, dem schütteren weißen Haar und leichten Bauchansatz sah er aus wie ein ganz normaler Rentner. Dass er in seinem Alter noch kletterte, war bestimmt nicht gesund. Bernd fachsimpelte mit ihm über Routen und Schwierigkeitsgrade.

Bei diesen Gesprächen fühlte sich Gerda immer ausgeschlossen. Ihre Zeit als Kletterin war seit der Geburt der Kinder vorbei, und sie bedauerte es nicht – sie hatte das Klettern ja nur gelernt, um mit Bernd zusammen zu sein. Und was hatte sie jetzt davon? Sie wollte nicht daran denken.

Die Tochter des Rentnerpaars gefiel Gerda gar nicht. Sie war kein junges Mädchen mehr, aber der Typ, auf den Männer flogen. Haar bis zur Taille, viel Busen. Ihr einziger Schönheitsfehler waren die etwas zu muskulösen Arme und das unechte Blond. Dagegen fühlte sich Gerda wie eine graue Maus – nein, eher wie eine fette Ratte.

Die Blondine nickte der um das Zelt bemühten Gruppe kurz zu, ihre Miene war mürrisch. Anstatt beim Aufbauen zu helfen, verschwand sie im Wohnmobil und ließ sich nicht wieder blicken.

War es Zufall, dass Bernd sein kleines Zelt nicht allzu weit vom Wohnmobil ihrer Eltern aufgebaut hatte? War sie es?

Der letzte Hering wurde eingeklopft und das Hauszelt stand, wenn auch ein wenig schief. Bernd ging mit den Kindern fort, um den Campingplatz zu erkunden.

Endlich hatte Gerda ein bisschen Ruhe.

Sie streckte sich im Schatten der Pinie auf einer Campingliege aus und versuchte, ihre wild herumwirbelnden Gedanken zu sortieren.

Auf den ersten Blick war mit Bernd alles in Ordnung. Aber sie misstraute ihm. Vor zwei Jahren hatte er schon einmal eine Affäre gehabt. Er war daran schuld, dass sie damals krank geworden war. Immerhin hatte er sich für sie entschieden. Was nichts daran änderte, dass ihre Ehe immer schlechter wurde. Ständig gab es Streit. Bernd wollte klettern und sie musste den Haushalt schmeißen und die Kinder hüten.

Es war so ungerecht! Eine Haushälterin und Kinderfrau, mehr war sie nicht. Sie presste die Lippen aufeinander, unterdrückte einen Schluchzer. Ach ja. Trotzdem. Sie würde Bernd um nichts in der Welt verlassen.

Die ganze letzte Nacht hatte sie nur geheult. Ihre Augen waren trocken und brannten. Heute war die Welt aus Watte, unwirklich und gedämpft.

Seit ein paar Monaten flüsterte ihr eine innere Stimme zu, dass Bernd sie betrog, aber es gab keine Beweise. Unter Bergführern war es ein ungeschriebenes Gesetz, die Affären der Kollegen zu decken. Doch dann verriet es der geschwätzige Poldi seiner Frau, und Janine rief Gerda an, um es ihr mit geheucheltem Mitgefühl unter die Nase zu reiben: Bei seinem Kurs in Arco schlief Bernd mit einer fantastischen Blondine im gleichen Zelt.

Ein winziges Stück Hoffnung blieb Gerda noch: Vielleicht war alles nur Klatsch. Oder Janine hatte gelogen, um ihre Ehe zu hintertreiben. Früher war sie selber in Bernd verliebt gewesen, wie die meisten Mädchen in Kochel.

Gerdas Lippen kräuselten sich. Ja, trotz ihrer Trauer und Verzweiflung konnte sie noch lächeln! Damals hatte sie ein wenig von jenem alten weiblichen Wissen angewendet, Kräuter und ein paar Anrufungen ...

Und jetzt?

Zuerst musste sie die ganze Wahrheit erfahren.

Entschlossen stand Gerda auf, um das Zelt zu durchsuchen, das Bernd bis zu ihrer Ankunft benutzt hatte.

Sie fand nichts, was Janines Anklage bestätigte. Nur dass es ein wenig nach Fisch roch, schürte ihren Verdacht.

Am Abend kroch sie in die Schlafkabine des Hauszelts und streckte sich neben Bernd auf der Isomatte aus. Bernd küsste sie flüchtig auf die Wange, murmelte etwas von müde und zu viel Arbeit in letzter Zeit und drehte sich von ihr weg.

Gerda konnte nicht schlafen. Sie wälzte sich von einer Seite auf die andere, fühlte abwechselnd die feuchte Zeltwand an ihrem Gesicht und den glatten Stoff von Bernds Schlafsack. Sie horchte auf seine schnellen, flachen Atemzüge. Normalerweise schnarchte er ein bisschen. Wahrscheinlich war er wach.

Sie drehte sich auf den Rücken, versuchte, sich zu entspannen, die nachtwirren Gedanken abzustellen. So lag sie da, unendlich lange.

Neben ihr raschelte Stoff. Unter halb geschlossenen Lidern sah sie einen schwarzen Berg zwischen Schatten – Bernd hatte sich zum Sitzen aufgerichtet. Seine dunkle Form bewegte sich auf den Ausgang des Innenzeltes zu. Dann ein Knistern – der Reißverschluss wurde ganz langsam aufgezogen, kühle Luft wehte herein. Ein schleifendes Geräusch, Bernd streifte am Zeltstoff, schob sich langsam hinaus. Er versuchte leise zu sein. Wagte er es tatsächlich ...?

Gerda blickte auf die grün leuchtenden Ziffern ihres Weckers am Kopfende der Thermarest-Matte und wartete ein paar Minuten. Dann schlüpfte sie hinaus, im Nachthemd und barfuß.

Am Himmel schwebte ein matter Mond und übergoss Autos, Zelte und die Stämme der Pinien mit silbrigem Licht. Gerda setzte ihre nackten Füße behutsam ins Gras, das kühl und feucht war. Geduckt schlich sie unter dem Fenster des Wohnmobils vorbei. Innen röchelte jemand, vermutlich Holger. Sie überquerte den asphaltierten Fahrstreifen, ignorierte das Pieksen von Steinchen. Noch ein Dutzend Schritte. Aus Romys Zelt drangen flüsternde Stimmen.

In Gerdas Bauch ballte sich etwas zusammen. Sie rückte so nahe an das Zelt heran, dass sie die Zeltschnüre hätte berühren können.

„... du deiner Frau nicht gesagt, was los ist?“, wisperte Romys Stimme.

„Nein, ich –“

„Dann lass mich in Ruhe!“

„Bitte, Romy. Hör mir doch erst mal zu. Ich kann mir vorstellen, was das für ein Schock für dich war. Aber ich liebe dich wirklich, Romy. Lass mir Zeit, das mit Gerda zu regeln. Ich muss an die Kinder denken. So schnell geht das alles nicht.“

Romys Stimme wurde etwas lauter. „Du hast mich belogen. Warum hast du mir nie erzählt, dass du verheiratet bist? Warst du schon immer scharf auf mich?“

„Du drehst das alles ganz falsch hin. Ich habe nie Lust gehabt, über meine Ehe zu reden, Gerda und ich sind nur noch wegen der Kinder zusammen. Dann ist aus meiner Verliebtheit in dich Liebe geworden. Ich habe wahnsinnige Angst gehabt, dich zu verlieren. Ich schäme mich, dass ich so feige war. Bitte verzeih mir. Wir kriegen das schon hin.“

Lautes Atmen. Keuchen. Das Zelt wackelte.

„Lass mich los. Ich finde deine Heimlichtuerei zum Kotzen. Das hat sie nicht verdient. Wenn du zu feige bist, rede eben ich mit ihr!“

„Bitte, Romy, tu das nicht, sie dreht sonst durch. Ich muss sie darauf vorbereiten, einen günstigen Moment abwarten –“

„Raus hier! Raus!“

Aus dem Zelteingang schoben sich ein paar Füße.

„Romy, bitte, es tut mir so leid, ich ...“

Gerda huschte hinüber zum Hauszelt. Kaum hatte sie den Schlafsack über sich gezogen, da schlich Bernd herein, legte sich neben sie und kehrte ihr den Rücken zu. Seine Atemzüge kamen zitternd und unregelmäßig, seine Schultern zuckten.

Gerda hatte keine Tränen mehr. Sie lag da wie in Glas gegossen.

7. KAPITEL

Der Montag begann für Holger mit einer Überraschung. Romy hatte erzählt, dass Philipp nach dem Gespräch im „Conti“ einfach davongestürmt war. Und jetzt klang er fast fröhlich.

„Guten Morgen, Holger“, tönte seine Stimme aus dem Handy. „Wie geht es euch?“

„Moin“, erwiderte Holger. „Alles bestens.“

„Kann ich bitte mit Romy sprechen?“

Holger blickte mit hochgezogenen Brauen zu seiner Tochter, die ihm gegenüber am Frühstückstisch saß. Sie schüttelte heftig den Kopf und zog eine Grimasse.

„Sie möchte im Moment nicht mit dir reden, Philipp.“

Ein Räuspern.

„Ich fürchte, sie hat einiges missverstanden. Aber ich würde auch dir und Cora gerne erklären, wie alles gekommen ist.“

Bei einem Scheidungskrieg zwischen Romy und Philipp wäre Romy die Verliererin, Philipp war gerissen und reich genug, um die besten Anwälte zu bezahlen. Vielleicht konnte Holger vermitteln.

„Ich kann nicht für Cora sprechen, aber ich habe mich noch nicht entschieden, wie ich eure – äh – ehelichen Auseinandersetzungen einschätzen soll.“

„Du bist eben ein klarer Kopf“, erwiderte Philipp. „Ich würde gerne deinen Rat einholen. Und außerdem habe ich keinen Kletterpartner. Hättest du Lust, mit mir klettern zu gehen?“

Holger überlegte. Vielleicht war die Idee nicht einmal so schlecht. Ein Gespräch unter Männern ...

„Was hast du im Sinn, Philipp?“

„Eine längere Route, ganz gern auch eine mit weniger Haken, in der man ein paar Sicherungen selber legen muss.“

Philipp wusste genau, wie reizvoll dieser Vorschlag für Holger war.

„Heute will ich meine müden Glieder pflegen", erwiderte Holger. „Morgen wäre ich zu einem alpin angehauchten Unterfangen bereit. Aber ich muss das noch mit Romy und Cora abstimmen. Ich rufe dich dann zurück."

„Ich habe im ‚Al Sole' eingecheckt. Wir könnten dort miteinander frühstücken und Pläne schmieden", schlug Philipp vor.

„Lieber nicht. Danach wäre ich tagelang bewegungsunfähig. Das Buffet ist köstlich."

Cora hatte keine Einwände; Romy ärgerte sich über Philipps Versuch, ihren Vater auf seine Seite zu ziehen.

„Der will dich einwickeln!"

Holger lächelte. „Ich habe das Kapitel ‚Wie man Menschen überzeugt' in diesen Management-Büchern auch gelesen. Ich bin gewappnet. Brauchst du mich morgen als Kletterpartner?"

Romy schüttelte den Kopf. „Ich gehe mit Cora. Sie sichert stundenlang ohne zu meckern, ganz im Gegensatz zu gewissen ehemaligen Ingenieuren, die noch immer keine Geduld gelernt haben."

Holger ging hinüber zu Bernd, der mit Gerda an einem Klapptisch vor seinem Hauszelt saß, während die Kinder mit Broten in der Hand herumhüpften.

Er ließ sich auf einem freien Stuhl nieder.

„Ich bräuchte einen Routentipp von dir, Bernd. Du bist doch Experte hier in der Gegend."

Bernd nickte eifrig. „Gerne, selbstverständlich." Er griff zur Kaffeetasse und hob sie an die Lippen.

„Ich möchte mit Philipp eine lange Route machen, die ein bisschen alpinen Charakter hat", erklärte Holger.

Der Kaffee schwappte über, Bernd prustete, stellte die Tasse hastig ab. „Romys Mann ist hier?"

„Ja. Und weil Romy nicht mit ihm klettern will, gehe ich mit ihm."

Gerda wandte sich Holger zu. „Ach, Romy ist verheiratet? Ich habe gedacht, sie wäre Single, weil sie mit euch zusammen da ist. Warum klettert sie denn nicht mit ihrem Mann?“

Maxl zupfte mit einer nutellaverschmierten Hand an Gerdas weißen Shorts. Sie beachtete ihn nicht.

„Mit den beiden steht es nicht zum Besten“, erwiderte Holger.

„Und warum nicht?“

„Das musst du Romy selber fragen.“

„Wie schwer soll die Route denn sein?“, fragte Bernd und warf seiner Frau einen unfreundlichen Blick zu. Ihre plumpe Neugier schien ihm nicht zu gefallen. Natürlich nicht.

„Maximal ein Siebener. Nicht wegen Philipp, sondern wegen dieses ein wenig zu prominenten Teils.“ Holger tätschelte sein Bäuchlein. „Vor allem sollte es eine schöne, logische Linie sein. Gute Standplätze wären mir auch wichtig. Und gerade so viel Alpinismus, dass man sich nur ein bisschen fürchten muss.“

Bernd holte den Kletterführer „Hohe Wände im Sarcatal“ aus dem Zelt und schlug einige Routen vor. Die Diskussion ging hin und her, Lisa schüttete Kakao über den Führer, Maxl machte in die Hose und Gerda verschwand mit ihm Richtung Dusche.

Holger entschied sich für die „Archangelo“, eine berühmte Kreation des Yogalehrers Heinz Grill an der Coste dell’Anglone.

Gerda kam mit dem heulenden Maxl an der Hand zurück, sah auf ihre Uhr. „Ich bin dann mal weg.“ Sie gab Bernd einen Kuss auf die Wange und winkte den Kindern zu. „Bis heute Abend.“

Sie stieg in den Skoda und fuhr davon.

„Sie will am Monte Baldo wandern und ich gehe mit den Kindern baden“, erklärte Bernd. „Ich habe ja sonst viel zu wenig Zeit für sie.“

Holger musste die Gelegenheit nutzen, allein mit Bernd zu reden. „Wie soll das jetzt mit Romy weitergehen?“

Bernd wich seinem Blick aus. „Das ist alles sehr kompliziert.“

Holger ließ die Frage in der Luft hängen und beobachtete, wie Lisa das Nutellaglas vom Tisch holte, den Finger hineinsteckte und ableckte. Sie gab es an Maxl weiter, er machte es ihr nach.

Bernds Schweigen zog sich hin. In seinem Gesicht arbeitete es. Endlich sagte er: „Wenn ich mich scheiden ließe, müssten meine Kinder bei Gerda leben. Bei meinem Beruf als Bergführer geht das nicht anders.“

Wieder Schweigen. Dann leise und stockend: „Meine – meine Frau ist – nicht ganz gesund. Ich kann ihr die Kinder nicht überlassen, sie brauchen mich. Wirklich. Bitte versteh das, Holger. Gerda darf nichts von meiner Beziehung zu Romy wissen. Bitte hilf mir, Romy davon zu überzeugen.“

„Romy wird tun, was sie für richtig hält. Aber Cora und ich werden Gerda nichts erzählen, wir mischen uns nicht ein. So viel kann ich dir versprechen.“

Bernd barg das Gesicht in seinen Händen.

Er hätte an seine Kinder denken sollen, bevor er sich auf eine Affäre mit Romy einließ. Holger stand auf und ging zu seinem Wohnmobil, um abzuspülen.

Am späten Nachmittag tauchte Philipp auf. Er begrüßte Holger wie immer: fester Händedruck, offener Blick, strahlendes Lächeln. Mit der „Archangelo“ war er sofort einverstanden, als er hörte, dass man sie nur stellenweise selber absichern musste und die Kletterei maximal ein Siebener war. Philipp war kein Held, das war Holger schon öfter aufgefallen. An der Sturzgrenze fluchte und zeterte er. Was auch daran liegen mochte, dass er das Klettern im Gebirge gelernt hatte, wo Stürze lebensgefährlich sein konnten.

Bei der Planung der Details diskutierten sie über die Wahl des Seils. Holger war für ein Doppelseil. Er argumentierte, damit könnten sie jederzeit abseilen, wenn das Wetter schlecht wurde. Philipp hielt dagegen, dass sie längst oben wären, bevor es regnete, und dann könnten sie zu Fuß absteigen.

„Nehmt doch das neue Achtzig-Meter-Seil“, schlug Cora vor. „Damit kommt ihr überall in der Wand runter. Romy kann in ihrem Projekt den alten siebziger Strick verwenden.“

„Und was hast du morgen vor, Cora?“, fragte Philipp.

„Nichts, außer Romy zu sichern. Ich habe heute in Nago die ‚Titanic‘ probiert und bin schweißgebadet untergegangen. Ich bin total platt.“

Holger holte Friends und ein paar Klemmkeile aus der Metallkiste mit dem Klettermaterial, dann zog er einen ziemlich abgenudelten Strick heraus und reichte ihn Cora. „Wir sollten bald einen neuen kaufen.“

„Zum Ausbouldern ist er noch gut genug“, erwiderte sie und legte das Seilbündel auf Romys Rucksack, der auf dem Beifahrersitz des Wohnmobils stand.

„Bis morgen früh dann“, sagte Philipp. „So um acht Uhr. Und richtet bitte Romy Grüße aus. Ich wünsche ihr viel Erfolg in ihrem Projekt.“

***

Cora hängte ihre tropfende Jeans auf eine zwischen den Pinien gespannte Leine. Curryduft wehte aus dem offenen Fenster des Wohnmobils, Holger bereitete das Abendessen zu. Dieses Mal hatte er an der Fischtheke des Supermarktes etwas erworben, das einer Seeschlange ähnelte. Cora hatte es bei dem Anblick gegruselt, aber Holger war hemmungslos beim Experimentieren in der Küche. Und es kam fast immer etwas Großartiges dabei heraus.

Aus der Richtung der Duschhäuschen kam Gerda auf Cora zu, die blonden Haare dunkel vor Nässe. Sie war gerade erst von ihrer Wanderung zurückgekehrt. Bevor Cora sie danach fragen konnte, eröffnete Gerda das Gespräch.

„Hallo. Wie war es heute beim Klettern?"

„Anstrengend. Ich brauche mal einen Tag Pause."

„Na ja, ab einem gewissen Alter muss man es eben ein bisschen langsamer angehen", erwiderte Gerda. „Wie alt bist du eigentlich, Cora?"

Typisch. Wenn jemand mit ein paar Falten im Gesicht sagte, er bräuchte einen Ruhetag, war immer das Alter schuld.

„Ich bin 62."

Darauf reagierten viele mit dem Kompliment, Cora sehe viel jünger aus – was auch stimmte. Gerda hob die Augenbrauen.

„Und da kletterst du immer noch?"

„Warum sollte ich nicht?"

„Na ja – das ist doch eher ein Sport für junge Männer."

„Das ist ein Klischee."

Gerda lächelte. Einen Augenblick lang sah ihr rundes Gesicht richtig hübsch aus.

„Auf jeden Fall ist es ungewöhnlich, wenn eine Frau in deinem Alter klettert. Gehst du viel ins Fitness-Studio?"

„Ich klettere nur. Und mache ein bisschen Yoga."

„Ich habe gehört, dass deine Tochter konsequent trainiert und sehr ehrgeizig ist."

„Soll das ein Vorwurf sein?"

Die meisten Leute machten einen Rückzieher, wenn Cora sie so direkt ansprach.

„Ehrgeiz schadet der Seele", erwiderte Gerda. „Ich finde diesen Kletterwahn ein bisschen krank bei einer jungen Frau."

Cora ärgerte sich. „Das ist wieder mal typisch. Wenn ein junger Mann trainiert, heißt es: Der wird mal gut. Wenn eine Frau dasselbe tut, hat sie einen krankhaften Ehrgeiz."

„Wie schwer klettert Romy eigentlich?", fragte Gerda unbeirrt.

„Den achten Schwierigkeitsgrad schafft sie oft on sight."

„Das sieht man ihr an. Sie ist ziemlich muskulös."

Cora zwickte die letzte Wäscheklammer fest, klemmte die leere Plastikschüssel unter ihren Arm und ging auf das Wohnmobil zu.

Gerda lief neben ihr her und plapperte weiter. „Ich habe mitgekriegt, dass Romys Ehe wohl nicht so gut ist. Will sie sich scheiden lassen?"

Vermutlich war Gerda nur gekommen, um sie über Romy auszuhorchen, weil sie wusste oder spürte, dass zwischen ihr und Bernd etwas war.

„Das ist ihre Sache."

Cora bückte sich, um die Schüssel unter der vor dem Wohnmobil aufgespannten Plane abzustellen. Als sie sich wieder aufrichtete, sah sie Bernd mit langen Schritten herankommen. Sein Gesicht war angespannt. Wahrscheinlich fürchtete er, sie würde etwas über Romy ausplaudern. Die ganze Situation war unangenehm. Am besten wäre es, das Klettergebiet zu wechseln. Aber Romy hatte ein Projekt hier und wäre wohl kaum damit einverstanden – es sei denn, sie entschloss sich, ins bürgerliche Leben mit Philipp zurückzukehren. Und das würde ihrer Seele bestimmt schaden.

„Hallo Cora, wie lief es denn heute bei dir?", fragte Bernd betont munter.

„Ich bin fix und fertig."

Cora erzählte von ihren Plänen für den nächsten Tag, dann kam Holger dazu und quetschte den Gebietsexperten noch einmal über die „Archangelo" aus.

Bernd ging zum Zelt, um eine Kopie der entsprechenden Seite des Führers zu holen. Inzwischen fragte Gerda die beiden Rentner nach ihrem Leben. Welchen Beruf Cora früher gehabt habe. Ob Romy das einzige Kind sei. Welchen Job sie hätte.

Bernd kehrte mit dem Zettel zurück. Holger schob ihn in die Deckeltasche seines Rucksacks.

„Na dann viel Spaß in der ‚Archangelo‘ “, sagte Bernd und wandte sich zum Gehen.

„Und ich wünsche Romy alles Gute für die ‚Abissi‘ “, fügte Gerda lächelnd hinzu. „Ich verstehe zwar diesen Klettterehrgeiz nicht, aber ich finde es schon mutig, wenn eine Frau eine so schwere Route versucht.“

***

Um drei Uhr in der Nacht näherte sich eine dunkle Gestalt Coras und Holgers Wohnmobil, blieb kurz davor stehen und blickte sich um. Dann trat sie zur Beifahrertür und schob eine Hand durch die halb heruntergelassene Scheibe ins Innere. Klack – die Verriegelung sprang auf. Der Dieb – war es ein Dieb? – fuhr zusammen, wartete ein bisschen und sah sich erneut um. Dann zog er langsam die Türe auf, nahm ein Seilbündel heraus, klemmte es sich unter den Arm und huschte davon.

Eine Viertelstunde später lag das Seil wieder auf dem Rucksack.

8. KAPITEL

Etwas kitzelte Romy an der Nase. Sie öffnete ein Auge halb. Maos Schwanzspitze. Sie zog die Katze an ihre Brust und döste weiter.

Philipp hatte sich immer über ihre kindische Zuneigung zu ihrem Kuscheltier lustig gemacht. Bernd war da anders – nein, sie wollte nicht an Bernd denken, diesen Dreckskerl. Rosa Elefanten waren besser. Sie ließ einen nach dem anderen über einen Zaun springen.

Die Elefanten waren nutzlos, Bernd saß auf einem drauf, dann kam Philipp daher und führte einen blauen an einer Leine.

Philipp. Warum war sie nur auf ihn hereingefallen?

Sie war so jung gewesen damals, hatte gerade erst angefangen zu studieren. Welches Mädchen wäre nicht fasziniert, wenn sie im Korb ihres Fahrrads einen Strauß roter Rosen fände mit einem Zettel: „Für die schönste Frau, die ich je gesehen habe."

Das war an einem Donnerstagmittag vor der Kletterhalle gewesen. Und als Romy eine Woche später wieder mit Cora dort war, steckte zwischen den Rosen eine Karte mit einer Adresse und einer Telefonnummer. Ihre Mutter sagte, sie müsse selber wissen, was sie damit anfangen wolle.

Sollte Romy anrufen? Dazu war sie zu schüchtern. Und außerdem konnte ihr Verehrer ein pickliger Junge mit dürren Waden sein.

Wieder eine Woche später. Mittags war nie viel los in der Halle. Romy ertappte sich dabei, wie sie die Leute beobachtete und versuchte herauszufinden, wer ihr Rosenkavalier war. Einer von der Rentnergang, die sich jeden Donnerstag traf, konnte es wohl kaum sein. Dazu kamen ein paar halbtags jobbende Frauen. Dann waren da noch ein Dicker mit

Adidas-Streifenhosen und ein langer Typ mit Brille. War es einer von den beiden?

In diesem Augenblick betrat ein kräftiger Mann um die dreißig die Halle und steuerte direkt auf sie zu. Schwarze Haare, ein Blick aus blitzblauen Augen. Ein Lächeln.

„Hallo, ich bin der Philipp. Würde es euch etwas ausmachen, mich zu sichern? Ich war bouldern, aber jetzt würde ich gerne noch eine Route mit Seil klettern, bevor ich zurück in die Arbeit muss."

Er seilte sich am Beginn einer der langen Routen an, die durch ein waagrechtes Dach führten, und zog sein T-Shirt aus. Romy blieb einen Augenblick lang die Luft weg – breite Schultern, muskulöse Arme, Sixpacks. Und dann turnte Philipp dynamisch und kraftvoll hinauf. In der Mitte des Dachs hing er an einem Arm und winkte lässig herunter.

„Wenn er die entsprechenden hübschen Federn hätte, würde er ein Rad schlagen", kommentierte Cora. „Aber dieser Kletterbalztanz ist auch nicht übel."

Beim Abschied fragte Philipp mit einem Augenzwinkern, ob Romy Rosen mochte.

Ein Jahr später heirateten die beiden.

Noch während ihres Studiums übernahm Romy wie selbstverständlich die Aufgabe, sich in Philipps Villa um den Haushalt zu kümmern und die Einladungen für seine Geschäftspartner zu organisieren. Vorher stand sie tagelang unter Stress, denn wenn dabei etwas schiefging, war Philipp stocksauer. Und dann musste sie mit einem halben Dutzend Anzugträgern am Tisch sitzen und Gesprächen über Geld, Autos oder Fußball zuhören. Oft langweilte sie sich dabei so sehr, dass sie am liebsten schreiend davongelaufen wäre. Für ihre eigenen Interessen – Klettern, Lesen, Wandern – blieb ihr kaum Zeit, und bald hatte sie das Gefühl, nur noch zu funktionieren.

Philipp hatte kein Verständnis für ihre Probleme. Der rosa Nebel um Romy begann sich zu lichten.

Nach ihrem Examen nahm sie in Philipps Firma einen Halbtagsjob an und nutzte die Chance, öfter in die Kletterhalle zu gehen. Woraufhin Philipp sagte, Muskeln stünden ihr nicht gut, sie würde dadurch viel von ihrer mädchenhaften Ausstrahlung verlieren. Auch sonst tat er alles, um sie kleinzuhalten – er behauptete, Romy hätte kein Gefühl für Mode und Stil, und in ihrer Arbeit wäre sie nicht besonders kreativ.

Romy seufzte, schob die Erinnerung entschlossen weg. Sie würde sich später darüber Gedanken machen, wie sie ihr Leben ohne Philipp weiterführen wollte. Was jetzt zählte, war die Route. „Abissi“ – was für eine schöne Linie, was für eine ausgetrickste, ewig lange Kletterei mit dem Knaller-Überhang am Schluss. Den konnte sie nur schaffen, wenn sie nicht völlig fertig dort ankam.

Wie war das noch mal ...

Eine schwarz-rote überhängende Wand wie eine gigantische, nach außen gewölbte Muschel. Sie war am Band. Rechts antreten ...

Bernd. Immer störte Bernd, sein Gesicht schob sich über die Magnesiaflecken der Wand. Scheißkerl. Betrüger.

Aber ohne ihn hätte sie nie gewagt, vorzusteigen. Nie versucht, etwas auszubouldern. Nie den Mut gefunden, zur Übung ins Seil zu springen und dabei „Juhu“ zu brüllen. Ein guter Psychotrick ... Und Bernd hatte ihr großes Klettertalent gelobt.

An der Sintersäule war angeblich ein Knieklemmer, dadurch konnte man sich ein bisschen ausruhen. Aber wo das genau war, musste sie noch herauskriegen. Vielleicht wussten die Rastamänner von nebenan etwas darüber. Und wie war das noch mal im Abschlussdach – Untergriff, Dynamo links ...

Wuuuuuopp! Die Tür vom Wohnmobil. Klapperndes Geschirr.

Sie blickte auf den Wecker. Viertel vor acht. Für die „Abissi“ musste sie jetzt noch nicht aufstehen. Aber liegen bleiben machte keinen Spaß, solange sie an rosa Elefanten oder Schlimmeres denken musste.

Romy richtete sich zum Sitzen auf und streckte sich nach vorne, um den BH am Fußende der Isomatte zu angeln. Sie hob ihre Brüste hinein, bog die Arme nach hinten, um die Häkchen am Rücken zu schließen. Mist. In den Schultern ziepte es höllisch. Und ihre Finger nestelten ungeschickt herum, sie fühlten sich dick an wie Würstchen.

In diesem Zustand konnte sie unmöglich eine Route ausbouldern, die für sie grenzwertig schwer war. Ein Ruhetag wäre vernünftig. Aber sie hatte keine Lust dazu. Nur beim Klettern konnte sie Bernd und Philipp vergessen.

Ächzend zog sie sich vollends an und krabbelte aus dem Zelt.

Aus dem offenen Wohnmobil ihrer Eltern schlug ihr der Duft von gebratenem Speck entgegen. Sie ging hinüber und spähte zur Tür hinein. Cora war damit beschäftigt, Rührei und Speck in der Pfanne zu wenden, Holger stand dicht hinter ihr, seine Hand an einer Stelle, die ab sechzig angeblich nicht mehr so interessant ist. Als er Romy sah, zog er sie hastig zurück.

„Störe ich?“, fragte Romy grinsend.

Cora lachte. „Natürlich. Aber Holger muss sowieso bald los. Frühstückst du mit uns?“

„Gerne. Ich brauche viel Kaffee. Ich habe nicht gut geschlafen.“

„Kein Wunder.“ Cora nahm die Pfanne vom Herd und kippte die goldgelb-rötlich gesprenkelte Masse auf einen Teller. Holger stellte eine zweite Kanne mit Espresso auf die Gasflamme.

Romy schob sich in die Sitzbank.

„Mama. Ich muss meine Pläne ändern. Für das Projekt bin ich nicht fit genug.“

„Willst du einen Ruhetag machen? Wir könnten nach Verona fahren zum Shoppen.“

„Nein. Ich will lieber klettern, aber nicht so schwer. Wie geht es dir? Würdest du bei einer leichteren langen Route mitmachen?“

Cora stellte eine Tasse vor Romy hin und holte Baguette aus einem Wandschränkchen.

„Es geht mir besser, als ich gestern gedacht habe. Ich bin dabei.“

Sie diskutierten eine Weile und einigten sich auf die Route „Ape Maia“ in San Paolo, eine mit vielen Bohrhaken abgesicherte Linie von sieben Seillängen, davon nur eine im siebten Grad.

Philipp kam pünktlich um acht Uhr, eine kraftvolle Gestalt in leuchtend blauen Hosen, die seine blauen Augen betonten. Er stellte sich in den Türrahmen, begrüßte alle mit „Ich wünsche einen wunderschönen Morgen!“ und zeigte sein typisches Zahnpastalächeln. So offen. Strahlend. Auf den ersten Blick sympathisch.

Er war ein Blender.

Romy nickte ihm nicht einmal zu.

„Na Romy, bist du immer noch schlecht auf mich zu sprechen?“

„Ja.“

„Wir sollten noch einmal miteinander reden. Am besten heute Abend.“

Sie brauchte Zeit, um ihre Gefühle in den Griff zu bekommen. Das mit Bernd war zu frisch.

„Nein. Nicht heute.“

„Ach. Und dabei heißt es bei Eheproblemen immer, die Männer wären diejenigen, die nicht reden wollen.“

Holger stand auf. „Wir sollten jetzt aufbrechen, Philipp.“ Er stieg aus, ging zur Fahrertür und tauschte die auf den Rucksäcken liegenden Seile aus.

„Was soll das?“, fragte Philipp, der ihm nach draußen gefolgt war. „Wenn das Wetter kippt, könnte ein Rückzug mit dem kurzen Seil sehr schwierig werden. Wir sollten den neuen Achtzig-Meter-Strick mitnehmen.“

„Romy und Cora haben ihre Pläne geändert. Sie gehen auch eine lange Route. Wir kommen schon irgendwie mit dem alten Tampen zurecht.“

Philipp strich sein schwarzes Haar aus der Stirn, dann sah er Cora an. „Was habt ihr denn vor?“

„Die ‚Ape Maia‘ in San Paolo“, erwiderte sie. „Wenn es regnet, dann erst heute Nachmittag, und dann sind wir längst durch. Ihr könnt das neue Seil haben.“

Romy und Cora kurvten mit dem Cayenne vom Campingplatz Richtung „Parete di San Paolo“.

„Für das kurze Stück das Auto zu nehmen, finde ich dekadent“, sagte Cora.

„Ich wäre ja gern mit Holgers Rad gefahren , aber der Rahmen ist zu hoch für mich“, erwiderte Romy. „Und jetzt übertreibe mal nicht mit dem grünen Gewissen.“

„Hast du keins?“

„Doch. Ich hätte keinen Cayenne und erst recht keinen Ferrari gekauft.“

„Wenn Holger so was vorhätte, würde ich ihm mit Scheidung drohen. Warum hast du dich nicht gegen Philipps Angeber-Autos gewehrt?“

Romy biss sich auf die Lippen.

„Es ist wahnsinnig anstrengend, sich mit ihm zu streiten, und es bringt nichts. Irgendwie sitzt er immer am längeren Hebel. Er hat das Geld, und ich arbeite in seiner Firma.“

„Das ist kein Grund, sich unterbuttern zu lassen!“

Sie krochen hinter einer Truppe Radfahrer her. Es war zu eng, um zu überholen.

Cora hatte recht. Romy hatte sich von Philipp viel zu viel gefallen lassen. Schon immer.

„Ich war noch nie gut darin, mich durchzusetzen."

„Du kannst das! Philipp in der Wand hängen zu lassen, war ein guter Anfang."

„Ja. Aber da war ich völlig durch den Wind. Sogar wenn ich eine Stinkwut habe, muss ich mich dazu zwingen, mich zu wehren. Und in meiner Angst, doch noch nachzugeben, verfalle ich ins Gegenteil und bin extrem unfreundlich."

Das mit „zweimal pro Woche" war so ein Beispiel gewesen. Sie war übers Ziel hinausgeschossen und hatte Philipp unnötig verletzt.

Romy bog auf den Parkplatz vor dem Restaurant „La Lanterna" ab. Sie fand eine Lücke in den Reihen der Kletterer-Autos, parkte ein und stieg aus.

Ihr erster Blick galt dem Felsriegel gegenüber. Er war etwa zweihundertfünfzig Meter hoch, eine unbedeutende Stufe in den bewaldeten Flanken gewaltiger Berge. Am rechten Rand des Riegels duckte sich die Einsiedelei von San Paolo unter eine weit herauskragende Wand. Im Wandteil links davon wechselten Platten und Überhänge; stellenweise war der Fels durch Absätze gegliedert, auf denen Bäume und Büsche wuchsen. Und überall klebten bunte Punkte.

„Das hätten wir uns denken können, dass San Paolo heute total überlaufen ist", sagte Cora. „Endlich ist es mal nicht so heiß. Und alle wollen durch sein, bevor das Wetter schlecht wird. Wir hätten früher aufstehen sollen."

„Irgendeine Route wird schon noch übrig sein", erwiderte Romy. „Auf geht's!"

Sie schulterten ihre Rucksäcke, überquerten die Straße und stiegen durch den Steineichenwald hinauf. Den Einstieg der „Ape Maia" fanden sie schnell.

Aus der Wand über ihnen tönte Gekreisch: „Nimm mich! Nimm mich!"

Romy grinste. „Was treiben die denn da oben?"

„Nimm mich! Seil ein!"

Romys Blick wanderte am Fels empor, bis sie die Quelle der spitzen Töne fand. Etwa zwei Seillängen über ihnen hing eine Frau in pinkfarbenen Shorts und zappelte herum.

„Wahrscheinlich Hallenfuzzis“, kommentierte Cora. „Da geht nichts vorwärts.“

„Sei nicht arrogant, Mama“, gab Romy zurück. „Ohne die Kletterhalle hätte ich ein paar Jahre mehr gebraucht bis zum achten Grad. Und Spaß macht das Klettern dort auch.“

„Volltreffer!“, erwiderte Cora. „Ich sollte nicht so von oben herab sein, jeder fängt mal an. Aber wenn wir hier einsteigen, kommen uns diese Typen bald in die Quere. Vielleicht finden wir eine andere Route, die noch frei ist.“

Sie wanderten am Wandfuß entlang, aber alle etwas leichteren Linien waren besetzt – oder man musste sie mit Klemmkeilen und Friends selber absichern. Romy ärgerte sich, dass sie keine mitgenommen hatte.

Nach einer guten Stunde Hin und Her kehrten sie zur „Ape Maia“ zurück. Die rosa Shorts waren nun zwei Seillängen weiter oben.

Romy musterte die Wand etwas weiter links. „Spiderman“ war dort mit roten Lettern angeschrieben. Sie schaute noch einmal in den Führer. Acht minus. Vielleicht war die Route deshalb noch frei. So schwer wollte sie heute eigentlich nicht klettern. Egal. Bloß nicht Schlange stehen! Sie musste nur ihre Mutter überzeugen.

„‚Außergewöhnlich lohnende Sportkletterroute, die zu den schönsten in diesem Sektor gehört‘“, las sie laut vor. „Was meinst du, Mama? Die erste Seillänge ist acht minus frei und mit Hakenhilfe maximal sieben. Und dann haben wir das Schwerste schon geschafft.“

Cora seufzte. „Na gut. Ich mache mit, aber du musst die erste Länge vorsteigen.“

Sie nahm das Seilbündel vom Rücken und begann es abzuwickeln. Romy verzog sich in den Wald. Der Drang zu pinkeln überkam sie jedes Mal, bevor sie in eine Wand einstieg – ein Pawlowscher Reflex vermutlich. Zurück am Einstieg zog sie den Klettergurt an, hängte die Expressschlingen in die Materialschlaufen und legte sich zwei Bandschlingen über die Schulter. Die Turnschuhe zog sie aus und klinkte sie hinten an ihren Gurt. Sie würde sie für den Abstieg brauchen, ihre Kletterschuhe waren zu eng dafür. Es machte pfffft, als sie hineinschlüpfte.

Die ersten Meter in der Wand waren nicht einmal senkrecht, aber fies. An ein paar Seitkanten greifen, den Fuß hoch ansetzen, antreten und das Gewicht darauf verlagern. Den ersten Haken klinken. Hände an der Raspelfläche der Wand auflegen, die Füße in Dellen stellen, hochschieben. Wenn sie jetzt abflog, knallte sie auf den Boden. Wieder ein Haken. Uff. Dann in die halbmondförmig nach links oben ziehende Rissspur, an Untergriffen festkrallen, Füße auf Reibung.

Mit betonharten Unterarmen erreichte Romy das Band mit den Standhaken, klinkte die Selbstsicherung ein und atmete tief durch. Diese Seillänge hatte ihr keine Chance gelassen, an irgendetwas anderes zu denken als an den nächsten Griff und Tritt. Aber jetzt drängten sich Bernd und Philipp schon wieder in ihr Hirn. Sie holte das Seil ein, sicherte Cora nach. Und sah Bernd vor sich, der Gerda küsste. Tränen füllten ihre Augen und liefen warm über ihre Wangen.

Als Coras blauer Helm unter ihr auftauchte, wischte sich Romy übers nasse Gesicht.

„Das war nie im Leben eine Acht minus."

„Ich habe gar nicht erst versucht, das frei zu klettern", erwiderte Cora. „Aber jetzt wird es ja leichter. Die Siebener-Länge werde ich schon hinkriegen."

Sie drückte sich an Romy vorbei und kletterte zu einem kleinen Überhang empor. Sie zog sich darüber, rutschte zurück, griff in den Karabiner.

„Drecksmantle!"

Auch die folgenden Seillängen fühlten sich knallhart an für den angegebenen Schwierigkeitsgrad. Romy war nicht sicher, ob das an ihren vom Projekt müden Armen lag, ihrem schlechten psychischen Zustand oder der speziellen Bewertung der Erstbegeher. Sie kamen nur langsam voran, und am Beginn der letzten Seillänge waren sie etwa auf gleicher Höhe wie die Seilschaft in der „Ape Maia" nebenan.

Unter der rötlich-gelben Verschneidung musste Romy den Kopf weit in den Nacken legen, um die Wand zu studieren. Da war Power gefragt, und sie fühlte sich völlig ausgebrannt. Wenigstens konnte sie in dem überhängenden Gelände nicht am Fels aufschlagen, wenn sie stürzte. Trotzdem spürte sie ein Rumoren im Magen.

Cool bleiben! Sie packte den ersten Griff. Durchreißen, weiter an Henkeln. Nun hing sie schief in der Verschneidung, streckte sich weit nach oben, fand nichts. Nichts! Sie schob sich nach links, auf eine abschüssige Leiste zu – erreichte sie – glitschte ab – und flog! Sie hörte etwas wie das Reißen von Stoff, Grau und Grün wischten an ihr vorbei, sie fiel, fiel ...

***

Holger hockte neben Philipp am Stand. Bisher waren sie gut vorangekommen und nun das: Der Nachsteiger der Seilschaft vor ihnen verharrte wie eingefroren am Beginn des Quergangs. Holger beschloss, die Wartezeit für ein Gespräch mit Philipp zu nutzen, bisher hatten sie nur Belanglosigkeiten ausgetauscht.

„Ich würde gerne verstehen, was zwischen Romy und dir vorgefallen ist. Warum hast du sie gemobbt?", fragte er.

Philipp klang empört. „Ich habe sie überhaupt nicht gemobbt! Das bildet sie sich nur ein. Ich habe ihr sogar eine Beförderung zur Abteilungsleiterin angeboten!"

„Und sie hat abgelehnt", gab Holger zurück. „Ihr deshalb Schwierigkeiten in ihrem normalen Job zu bereiten – und das hinter ihrem Rücken –, kann man durchaus als

Mobbing bezeichnen. Doch lassen wir die Diskussion um Worte –"

„Ich wollte nur ihr Bestes!", unterbrach ihn Philipp. „Sie hat sich total ins Klettern verbissen statt zu arbeiten."

In der Nische konnte Holger sitzen, aber der Fels bohrte sich in seinen Hintern. Er verlagerte sein Gewicht auf die andere Backe.

„Warum sollte man arbeiten?"

Philipp ordnete die Karabiner an seinem Gurt. „Ist dir schon einmal aufgefallen, dass man damit Geld verdient?"

„Solange man nicht verhungert, ist Geld doch ziemlich egal", gab Holger zurück.

Philipps Antwort klang scharf. „Das sagt nur jemand, der immer genug Geld gehabt hat. Du stammst aus einer Familie von Bildungsbürgern, Holger. Ich bin als Schüler morgens um halb fünf aufgestanden und habe Zeitungen ausgetragen, weil daheim das Geld hinten und vorne nicht gereicht hat, und deshalb bin ich im Unterricht eingeschlafen und hatte schlechte Noten. Geld ist wichtig, sonst musst du dem Chef in den Arsch kriechen, um auf Teufel komm raus deinen Job zu behalten. Geld ist Freiheit und Ansehen. Ohne Geld bist du eine Null. Geld bedeutet viel mehr, als nicht verhungern zu müssen!"

Ein überraschender Ausbruch. Holger wusste, dass sein Schwiegersohn aus ärmlichen Verhältnissen kam, aber jetzt wurde ihm klar, wie sehr Philipp darunter gelitten hatte und noch immer litt.

„Du hast recht, ich habe es im Gegensatz zu dir leicht gehabt. Aber lassen wir das. Mir geht es um Romy. Ich finde dein Verhalten ihr gegenüber manipulativ und bevormundend. Bitte glaube das einem erfahrenen, alten Mann, Philipp: So kann eine Ehe nicht gelingen, ja nicht einmal eine Freundschaft."

Philipp spähte zu dem Typen hinüber, der versuchte, ein zitterndes Bein ein Stück weiterzuschieben.

„Ich habe Romy vorgeschlagen, zur Paarberatung zu gehen. Da hätte man über solche Dinge reden können. Aber sie hat sich geweigert und ist mit diesem Bergführer ins Bett gegangen.“

Holger seufzte. „Du hast sie wirklich verletzt, Philipp. Wenn du das nicht begreifst, musst du dir bald eine andere Frau suchen.“

„Ich wollte immer nur Romy.“

„Wenn du so weitermachst, wird sie dich verlassen. Und das hat mit diesem Bergführer nichts zu tun.“

Philipps Kiefer mahlten. „Das wird nicht passieren“, knirschte er. „Niemals.“

***

Romy fiel. Zweige peitschten in ihr Gesicht, ihre Hüfte knallte gegen einen Ast, sie schrie auf, brach durch krachendes Geäst – hing in einem federnden Geflecht aus Zweigen und Blättern. Etwas lief warm über ihren Oberschenkel. Sie blickte an sich herab.

Blut tropfte ins Leere.

Unter ihr war Luft, ganz weit unten wogendes Grün.

Sie war in der Krone einer Steineiche gelandet, die sich weit über den Abgrund neigte.

„Romy! Romy!“, hörte sie Cora rufen.

Ein Blick Richtung Standplatz. Romy sah nur Gebüsch und einen Flecken grauen Fels. Das Seil an ihrem Klettergurt hing schlaff durch.

„Seil ein!“, brüllte Romy. „Zieh ein!“

„Romy! Bist du okay?“

„Jaaa!“

Coras Stimme überschlug sich. „Romy! Das Seil ist gerissen! Bleib, wo du bist!“

Romy schaute einen Augenblick verwirrt auf das Seil, das über ihr im Geäst verschwand. Gerissen! Es war gerissen!

Ihr stockte der Atem.

Es knirschte und knackte, sie rutschte nach unten. Eisiges Feuer raste durch ihren Körper. Sie haschte nach Zweigen, Blätter regneten auf sie herab. Ein Ruck – sie hing fest. Wo? An der Materialschlaufe ihres Klettergurts. Sie hatte sich über einen abgebrochenen Ast geschoben. Er war so dünn wie ein Finger.

Romys Atem ging stoßweise, ihre Glieder waren schlappe Anhängsel. Ihre Hand öffnete sich, Blätter fielen heraus und trudelten in die Tiefe.

Fallen – sterben ...

Nein! Nein! Tu was!

Atme. Wie vor einer schweren Kletterstelle. Einatmen. Ausatmen. Langsam. Das ist eine Schlüsselstelle: Genau hinschauen, dann handeln.

Das Seil hatte sich aus dem Geäst gelöst, das ausgefranste Ende pendelte über dem Abgrund. Ein Blick in die Baumkrone. Der Ast da oben war dick. Und unerreichbar, mindestens zwei Armlängen weit entfernt.

Coras Schreie gellten zu ihr hinüber, fremde Stimmen riefen. Romy starrte auf die Materialschlaufe aus Plastik. Sie hatte sich verzogen, war knapp davor zu reißen. Sie durfte nicht auf Rettung warten.

Dreh jetzt nicht durch. Das ist die Schlüsselstelle.

Konnte sie das abgerissene Seilstück einziehen und über den dicken Ast da oben werfen? Kaum. Das Seil war zu leicht.

Mit bebenden Fingern griff sie nach der gedoppelten Bandschlinge, die um ihre Schulter hing, hob sie über den Kopf, klinkte den HMS-Karabiner daran. Ihr Herz sprang wild gegen ihre Rippen. Ganz ruhig jetzt. Konzentriere dich.

Sie schwang die mit dem Karabiner beschwerte Schlinge, schleuderte sie nach oben – verdammt! Sie hatte sich in den Zweigen verfangen. Romy zog vorsichtig daran. Bloß nicht ruckeln, die Materialschlaufe möglichst wenig belasten. Ein bisschen stärker ziehen – die Schlinge fiel herab, der Karabiner schlug gegen ihren Arm.

Nächster Versuch. Locker aus dem Handgelenk werfen – ja! Die Bandschlinge wickelte sich um den Ast, der HMS-Karabiner baumelte über Romys Kopf. Sie griff schnell danach. Krack. Der Zweig, an dem sich ihr Gurt verfangen hatte, brach – ihre Arme streckten sich, ein harter Ruck traf ihre Ellbogen. Mit einer Hand klammerte sie sich an der Schlinge fest, mit der anderen am HMS-Karabiner. Lang ausgestreckt hing sie über dem Abgrund.

Hochkommen – ein Boulderproblem.

Bauchmuskeln anspannen, Beine heben, einen Knöchel und dann ein Knie über den Ast schieben, das andere Knie darüber kreuzen.

Der Zug an ihren Armen war nicht mehr so stark. Sie ließ die Schlinge los, griff mit beiden Händen nach dem Ast. Jetzt hing sie wie ein Faultier daran. So schob sie sich auf den Baumstamm zu. Ihre Handgelenke und Kniekehlen schabten über die Rinde, Zweige piekslen – endlich! Der Stamm! Sie umschlang ihn mit beiden Armen, zog sich in die Astgabel und schluchzte auf.

Von oben tönten Rufe. Die anderen würden sie hier herausholen. Sie war in Sicherheit. Romy atmete tief durch, ihre Brust weitete sich. In ihr war ein warmes Leuchten, eine große Dankbarkeit. Ich lebe. Ich lebe!

9. KAPITEL

Auf dem großen Platz vor der Kirche standen noch Pfützen, aber die flinken Kellner des „Caffè Trentino" hatten die Stühle und Tische auf der Terrasse trocken gewischt. Kletterer, Biker und Touristen hatten sich dort niedergelassen, die meisten mit einem Spritz, begleitet von einer Schale Chips und Erdnüssen.

In der vordersten Reihe hockten der Bergführer Poldi, seine Frau Janine und Willi Wiebele.

„Ond des Soil isch grissa und dann isch des Mädle in en Baum gfloga?", fragte der Schwabe mit einer Mischung aus Entsetzen und Sensationslust. „Ond ihr habt se rauszoga?"

Janine strich ihre schwarzen Locken hinter die Ohren.

„Ja, ich hab den Poldi am Seil runtergelassen bis zum Baum, er hat sich dort festgemacht und Romy ans Seil gebunden. Poldi ist schon ein Profi als Retter!"

Sie sah ihren Ehemann an und klimperte mit den getuschten Wimpern. Poldi nickte gelassen.

„Und diese Romy – die ist echt cool. Sie war überall aufgeschürft und blutig, und sie hatte ein megagruseliges Loch im Oberschenkel. Ich habe gedacht, da muss die Bergrettung her, aber nix da, die ist noch diese Hammerverschneidung hochgemovt!"

„Wie schwär isch die denn?", fragte Willi, der sich inzwischen über Schwierigkeitsgrade informiert hatte.

„Frei geklettert ist das sieben plus bis acht minus", erwiderte Poldi.

Willi stellte das Glas mit dem Spritz ab, dass die Eiswürfel klirrten.

„Hä? Was isch jetzt des wieder? Frei geklettert – moinsch du damit Freeclimbing ohne Soil?"

Poldi grinste. „Du hast da was missverstanden. Freeclimbing oder Freiklettern bedeutet nicht, dass man ohne Seil klettert, das nennt man free solo. Freiklettern heißt, dass man die Wand raufkommt, ohne sich an den Haken festzuhalten oder auszuruhen."

Willi schüttelte den Kopf. „Aber do braucht mr doch jessesmäßig Kraft! Und d'Romy isch a Mädle!"

Janine verzog verächtlich die Lippen, um zu zeigen, was sie von Machos hielt, die dem weiblichen Geschlecht Schwäche unterstellten.

„Frauen haben oft ein besseres Bewegungsgefühl als Männer und wiegen weniger. Und Romy hat viel mit einem Bergführer – äh – geübt, glaube ich."

Poldi sah Janine mit gerunzelter Stirn an.

„Frauen, die besser klettern als ihre Männer, sind aber eine ganz große Ausnahme. Ihr habt zu viel Schiss und lasst lieber uns vorsteigen."

Janine tat so, als bemerke sie den direkten Angriff nicht. „Das ist alles Sozialisation. Und Übung. Wenn ich so viel herumklettern würde wie du als Bergführer, würde ich mich schon dran gewöhnen."

Eine weitergehende eheliche Auseinandersetzung wurde durch das Erscheinen von Bernd und seiner Familie unterbrochen.

„He, altes Haus!" Bernd schlug seinem Kollegen auf die Schulter, gab Janine ein Küsschen auf die Wange. Allgemeines Hallo, Gerda umarmte Janine, Willi stellte sich vor. Bernd und Gerda setzten sich zu den anderen. Die Kinder erkundeten die Terrasse.

„Na, coolen Tag gehabt?", fragte Poldi.

Bernd zuckte die Schultern. „Na ja. Zuerst sind wir nach Massone, da gibts leichte Sachen für Gerda und auch was für mich. Aber dann war Gerda irgendwie schlecht drauf und wir sind nach Torbole an den See. Dort sind wir zuerst von unten und dann von oben nass geworden."

Poldi winkte dem Kellner. „Ich gebe ne Runde aus", verkündete er.

Die Bestellungen wurden aufgenommen, der Kellner wieselte davon.

„Gibt es was zu feiern?“, fragte Bernd. „Hast du ein Projekt abgeknipst?“

Poldi grinste ironisch. „Besser. Ich habe – hm – eine Jungfrau errettet.“

„Vor einem Drachen?“, piepste Lisa dazwischen.

„Nein, aus Bergnot“, sagte Poldi. „Ich glaube, der Bernd kennt das Mädchen. Sie heißt Romy.“

Ein Ruck ging durch Gerda, die gerade Maxl festhielt und ihm das rotzverschmierte Gesicht abwischte. Sie ließ das Tempotaschentuch fallen und starrte Poldi an.

Poldi lehnte sich zurück, nahm einen Schluck Spritz, dann sagte er: „Romy ist im Ausstieg vom ‚Spiderman‘ in der San-Paolo-Wand geflogen. Ihr Seil ist gerissen. Sie hat echt Schwein gehabt, dass sie das überlebt hat.“

Bernd umklammerte mit beiden Händen die Stuhllehne.

„Romy?“

Gerda riss Mund und Augen auf. „Ohhh – das musst du ganz genau erzählen.“

Und das tat Poldi. Ausführlich und mit dem herrlichen Gefühl, der Held des Tages zu sein.

„Ich klettere jetzt schon seit zwanzig Jahren und habe noch nie erlebt, dass ein Seil reißt“, schloss er.

„Ist es über eine scharfe Felskante gelaufen?“, fragte Bernd.

Poldi schüttelte den Kopf. „Keine Chance in dem Gelände da oben. Und das Seil ist durch mehrere Haken gelaufen, da war nicht viel Power drin in dem Sturz. Die einzig mögliche Erklärung ist Batteriesäure.“

Bernd nickte langsam.

„Wieso?“, fragte Willi dazwischen. „Vielleicht war des Soil a Glump!“

„Seile reißen heutzutage nicht mehr, da gibt es Prüfnormen, so eine Art TÜV“, erwiderte Bernd. „Und sogar wenn ein Seil alt und viel benutzt ist, kann es nur bei Monsterstürzen reißen. Aber Poldi hat ja gesagt, dass das bei Romy nicht so war. Es muss also Batteriesäure gewesen sein. Die zerstört ein Seil chemisch und man sieht überhaupt nichts davon. Aber wer ist schon so blöd, ein Seil neben eine auslaufende Autobatterie zu legen?“

Janine kicherte, um anzudeuten, dass ihr nächster Satz nicht wirklich ernst gemeint war. „Vielleicht hat jemand jemanden nicht leiden können?“

Poldi nahm das nicht als Scherz. Er runzelte die Stirn. „Ich kann mir nicht vorstellen, dass jemand ein so nettes Mädel umbringen will. Trotzdem sollte sie das den Bullen melden.“

„Vielleicht läuft hier ein Irrer herum, der Kletterer hasst“, sagte Bernd.

Einen Augenblick lang breitete sich Schweigen in der Gruppe aus.

Gerda sah zu Maxl und Lisa hinüber, die von den leeren Tischen die Zuckertütchen einsammelten.

„Romy ist auf dem Campingplatz, ihr Mann wohnt im ‚Al Sole‘. Das ist schon seltsam.“

„Ich kenn den Typ nicht“, sagte Poldi, „aber –“ Er ließ das Wort eine Weile in der Luft hängen. „Wenn ein Mord passiert, ist es meistens der Ehemann.“

Janines Augen huschten hinüber zu Bernd. „Oder der Liebhaber.“

Bernd stand auf. „Für uns wird es Zeit, die Kinder ... Danke für den Spritz, einen schönen Abend noch. Komm Gerda, gehen wir.“

***

Holger saß vor seinem Wohnmobil am Tisch. Er stützte seine Ellenbogen auf die Platte, sein Kopf lag schwer in seinen Händen. Beinahe hätte er Romy verloren. Er wollte sich gar nicht vorstellen, wie knapp es gewesen war. Und Cora hatte mit ansehen müssen, wie das Seil riss und ihre Tochter ins Leere stürzte.

Bei ihrer Rückkehr hatte sie sich in seine Arme geworfen. Er trug sie zum Bett und mummelte sie in Decken. Mir ist so kalt, kalt, sagte sie immer wieder, sie schlotterte am ganzen Körper und konnte gar nicht aufhören zu weinen. Er legte sich neben sie und nahm sie in die Arme, aber nach einer Weile schickte sie ihn weg.

Anders als ihre Mutter hatte Romy keine Träne vergossen. Ein Arzt zog ihr ein Stückchen Ast aus dem Oberschenkel, säuberte die Wunden und gab ihr ein Schmerzmittel.

Wie sie sich aus ihrer entsetzlichen Lage befreit hatte, war großartig. Er hätte ihr nie so viel Mut und kühle Überlegung zugetraut.

Holger hatte sich bei Poldi genau erkundigt. Das Seil hätte nicht reißen dürfen. Es war mit Sicherheit mit Batteriesäure in Berührung gekommen. Wo? Wie? Der alte Strick hatte lange in der Garage gelegen. Und Holger hatte dort öfter am Auto herumgebastelt. Natürlich kannte er die Gefahr. Aber so genau konnte er sich auch nicht mehr erinnern ...

Was, wenn er selbst an diesem Seilriss schuld war? Holger stöhnte, hob den Kopf. Er sah das Weinglas nur verschwommen, als er danach griff.

„Holger."

Cora kletterte aus dem Wohnmobil. Ihr Gesicht war verschwollen. „Holger, mach dich nicht verrückt."

„Verrückt muss ich gewesen sein, als ich das Seil in der Garage gelagert habe. Was für ein unglaublicher Fehler!"

Sie setzte sich neben ihn und nahm seine Hand. „Wir haben unser Haus vermietet und die Garage als Lagerraum behalten, damit wir ohne Geldsorgen auf Reisen gehen konnten. Du weißt genau, dass es nicht anders ging. Und ich bin sicher, dass du mit dem Seil immer gut aufgepasst hast."

Holger schluchzte auf. „Ich nicht."

Romy kam auf ihn zu. Er riss sich zusammen. Seine Tochter sollte ihn nicht weinen sehen.

„Ich habe mich bei Poldi und Janine noch mal bedankt", sagte Romy munter, doch dann schaute sie Holger genauer an. „Was ist mit dir los?"

Cora erklärte ihr, dass er sich schuldig fühlte. „Und ich bin auch nicht ganz sicher, ob ich nicht in der Garage herumgeräumt und einen Fehler gemacht habe. Wir sollten zur Polizei gehen. Philipp –"

Romy sank auf einen der Klappstühle. „Philipp?"

Cora nickte. „Ich traue ihm alles zu. Ich halte ihn für einen Psychopathen."

„Mama!"

„Ich hatte schon immer das Gefühl, dass er ein Egoist mit charmanter Fassade ist."

„Das hast du mir schon vor der Hochzeit deutlich genug gesagt, und es stimmt. Aber dass er mich umbringen will, kann ich mir trotzdem nicht vorstellen."

„Ich mir auch nicht", sagte Holger. „Du hast eine blühende Fantasie, Cora. Ich war es. Wenn ich am Auto bastle, verschwindet für mich der Rest der Welt. Und es ist so gut wie sicher, dass das Seil durch Säure zerstört worden ist."

Cora nickte. „Ja. Aber vielleicht hat jemand das Seil damit präpariert. Wir müssen zur Polizei gehen."

„Auf keinen Fall!", rief Romy aus. „Wenn sich herausstellt, dass einer von euch beiden schuld war, dann kommt ihr vor Gericht oder so. In Italien! Das Gefängnis ist hier bestimmt furchtbar!"

„Ich habe es verdient", murmelte Holger.

„Mach dich nicht verrückt, Papa! Wir wissen ja noch nicht mal hundertprozentig sicher, dass es Batteriesäure war. Wir sollten die beiden Seilstücke an die Sicherheitsforschung vom Alpenverein schicken, die kennen sich mit Seilrissen aus. Und wenn es dann klar ist, können wir immer noch zur Polizei gehen."

„Das ist keine schlechte Idee, Romy“, sagte Cora. „Ich habe keine Ahnung von den Gesetzen in Italien. Wir sollten zuerst herausfinden, welche Folgen eine Anzeige für uns hätte.“

Romy nickte. „Und bis dahin können wir selber nachdenken und ein bisschen herumfragen. Wer hatte die Gelegenheit, das Seil zu präparieren? Wer hatte ein Motiv?“

„Willst du Kommissarin spielen?“, fragte Cora.

„Ja. Vielleicht läuft hier jemand herum, der mich umbringen will. Und wenn das so ist, kennen wir ihn.“

10. KAPITEL

Cora hatte miserabel geschlafen letzte Nacht, sie fühlte sich flatterig, den Tränen nahe.

Es war Holgers Idee gewesen, heute einen Ausflug nach Torbole zu machen. Er wusste immer, was ihr guttat. Ein Cappuccino auf der Terrasse der „Casa Beust" mit Blick auf die weite Fläche des Gardasees. Blau. So wunderbar blau. Ziemlich weit draußen auf dem See blitzten die Segel der Surfer wie bunte Funken. Hinter der Bucht von Riva stiegen gewaltige Felswände aus dem Wasser. Allmählich kamen ihre wild umherschießenden Gedanken zur Ruhe.

Romy hatte überlebt. Wie oft sie wohl schon in Lebensgefahr gewesen war, ohne dass Cora davon gewusst hatte? Bei einem knappen Manöver mit dem Auto zum Beispiel ... Ein Stein, der sie um einen Zentimeter verfehlte ... Ein nicht fertig geknüpfter Anseilknoten, den sie gerade noch rechtzeitig bemerkt hatte ...

Ein Kind zu haben bedeutete immer Angst. Wenn es ihr nicht gelang, all die Möglichkeiten zu verdrängen, die Romy zu Tode bringen konnten, würde sie verrückt werden.

Wind strich über den See, streichelte ihre Stirn und blies ihr die Haare aus dem Gesicht. Eine dicke Frau saß auf einer Bank an der Strandpromenade und scharte Enten um sich, denen sie Brotbröckchen zuwarf. Holger blickte starr auf das rote Tischtuch. Wahrscheinlich grübelte er noch immer, ob er mit dem Seil einen Fehler gemacht hatte.

Wo blieb Romy nur? Sie hatte erklärt, sie wolle ein bisschen in den Läden herumgucken, die Surferklamotten, die hier angeboten wurden, waren ganz ihr Geschmack. Aber jetzt war sie schon seit eineinhalb Stunden unterwegs. Was, wenn da jemand war, der ... Coras Hand zitterte. Der Cappuccino schwappte über und rann warm über ihre Finger. Sie stellte die Tasse schnell ab.

„Hallo!“, ertönte Romys Stimme hinter ihr. Cora keuchte erleichtert auf und drehte sich um. Dann begann sie zu lachen. „Hu – das ist aber eine Überraschung!“

Holger sah seine Tochter entgeistert an, dann sagte er: „Hast du dich zu einer Renaturierungsaktion entschlossen?“

Romy fuhr mit der Hand durch das igelige braune Haar, dessen Spitzen noch helles Blond zeigten. „Der Frisör hat geweint, aber ich habe ihn gezwungen, die Mähne abzuschneiden. Na, wie gefalle ich euch?“

„Ein höchst erfreulicher Anblick“, sagte Holger geistesgegenwärtig. „Wie immer.“

Romy setzte sich und sah Cora an, in der Erwartung, sie würde ihr klipp und klar sagen, was sie davon hielt.

„Du hast es wirklich nicht nötig gehabt, dein Gesicht hinter so vielen Haaren zu verstecken,“ sagte Cora. „Jetzt sieht man erst richtig, wie schön du bist. Aber du strahlst andere Signale aus. Weniger Sex und mehr Selbstbewusstsein. Was bedeutet, dass dir weniger Männer nachlaufen werden.“

„Da pfeife ich drauf“, sagte Romy. „Und jetzt will ich einen Eisbecher. Eis macht immer glücklich, Männer nicht.“

Cora lächelte. Wahrscheinlich würde Romy eine Weile brauchen, um ihre Erfahrungen mit Philipp und Bernd zu verdauen, aber sie war schon gespannt auf den Nächsten.

Romy winkte der Bedienung und bestellte einen Fruchteisbecher, dann sah sie ihre Eltern an.

„Und jetzt müssen wir ernsthaft überlegen, wie wir bei unseren Recherchen vorgehen.“

„Wir sollten heimfahren und unsere Garage überprüfen“, sagte Holger.

Cora schüttelte den Kopf. „Nein. Wir müssen jetzt Fragen stellen, solange noch alle da sind, die vielleicht etwas mit dem Unfall zu tun hatten.“

Romy nickte. „Da hast du recht, Mama. Nehmen wir mal an, dass es ein Mordversuch war. Wer hätte etwas davon, mich umzubringen?“

Holgers Stimme klang belegt. „Ich bin nicht einmal sicher, dass du das Opfer sein solltest. Es hätte genauso gut Cora treffen können. Und auch Philipp oder ich hätten in der ‚Archangelo' sterben können."

„Nein. Jemand hatte es auf mich abgesehen", erwiderte Romy. „Nur ein Irrer würde ein Seil präparieren ohne zu wissen, wer es hinterher benutzt. Der Möchtegern-Mörder – nennen wir ihn mal Mister X – muss über unseren Plan mit der ‚Abissi' Bescheid gewusst haben. Er ist davon ausgegangen, dass Cora sichert und ich in meinem Projekt stürze, und das hätte meinen Tod bedeutet. In Massone gibt es keine rettenden Bäume. Und der Einstieg zur Route ist an einem Band zwanzig Meter über dem Boden."

„Moment", warf Holger ein. „Wenn du gleich beim ersten oder zweiten Haken gefallen wärst, hättest du auf dem Band landen können."

„Unwahrscheinlich", erwiderte Romy. „Dort ist es noch nicht so schwer und man ist noch nicht müde. Vielleicht war das Mister X klar. Vermutlich versteht er etwas vom Klettern, sonst hätte er nicht die Idee mit der Batteriesäure gehabt. Um ihn zu finden, sind zwei Fragen entscheidend: Wer wusste über unsere Pläne mit der ‚Abissi' Bescheid? Und wer wusste, welches Seil ich benutzen wollte und wo es war?"

Die Kellnerin kam und stellte Romy den Eisbecher hin. Als sie im Inneren des Cafés verschwunden war, sagte Holger: „Philipp kannte deine Pläne, Romy. Und er hat gesehen, wie ich das alte Seil auf deinen Rucksack gelegt habe. Dass er dieses Seil dann am nächsten Morgen nicht verwenden wollte, macht ihn sehr verdächtig."

Cora schüttelte den Kopf. „Nicht unbedingt. Er ist immer auf seinen Vorteil aus, natürlich wollte er das besser geeignete Seil. Und ich Idiot habe es ihm überlassen! Wenn Romy etwas geschehen wäre –"

„Vergiss es, das bringt nichts, Mama", unterbrach Romy. „Aber noch mal zu Philipp. Ich glaube, dass er eine Stinkwut auf mich hat, die er verdammt gut verbirgt. Andererseits ist er nicht dumm. Nach einer solchen Tat wäre er der erste Verdächtige."

„Verdächtig ja", erwiderte Cora. „Aber vielleicht glaubt er, dass es keine Beweise dafür gibt, dass er es war."

Sie blickte auf den See. Das Blau verblasste allmählich, es ging auf Mittag zu.

„Auch Bernd und Gerda haben gewusst, dass wir zur ‚Abissi' wollten", fuhr Cora fort. „Natürlich könnten sie das anderen Leuten erzählt haben ..."

„Klar, theoretisch wusste das der ganze Campingplatz", sagte Romy. „Aber wer außer Philipp wusste, welches Seil zu präparieren war? Ach ja, Bernd natürlich. Er kennt meinen Rucksack und er musste davon ausgehen, dass ich das Seil nehmen würde, das darauf lag. Aber wie steht es mit Gerda?"

Sie nahm das Schirmchen aus ihrem Eisbecher, leckte es ab und legte es auf den Teller. Um Romy bei der Bewältigung des schon ziemlich zerlaufenen Eisgebirges zu helfen, griff Cora zu ihrem Kaffeelöffel, holte sich einen großen Batzen Erdbeereis und schob ihn in den Mund. Wie war das noch mal gewesen, gestern Nachmittag, als Bernd und Gerda zum Wohnmobil gekommen waren?

Ihre Stirn tat weh. Das kam von zu viel Eis auf einmal. Sie legte den Löffel weg und blickte auf ein paar Möwen, die auf den Wellen schaukelten.

„Ich hab's!"

Ihre Stimme war wohl ziemlich laut gewesen, Romy und Holger zuckten zusammen.

„Gerda hat gesehen, dass Holger das Topo von der ‚Archangelo' in die Deckeltasche seines Rucksacks gesteckt hat. Also konnte sie folgern, dass der andere Rucksack Romy oder mir gehörte und dass wir das Seil, das darauf bereitlag, verwenden würden."

„Wunderbar, Miss Marple", sagte Holger.

Romy runzelte die Stirn.

„Na super. Jetzt haben wir drei Verdächtige. Raten wir doch mal spontan. Wer war's"?

„Gerda", erwiderte Cora sofort.

Holger schüttelte den Kopf.

„Auf mich wirkt sie wie eine ganz normale, ein bisschen hysterische Mutter, die ihre Kinder liebt. Und außerdem scheint sie nichts von Romys und Bernds Beziehung zu wissen. Ich tippe auf Bernd. Ich habe mit ihm über Romy geredet und er wirkte zerrissen auf mich, völlig am Ende. Der Gedanke, Romy könnte es Gerda erzählen, erfüllte ihn mit Panik."

„Und ich habe ihm sogar damit gedroht", sagte Romy. „Aber ein Mord passt nicht zu Bernd. Ich glaube, er ist ein romantischer, gefühlvoller Mensch, der sich eher selbst umbringen würde."

Holger lehnte sich zurück und kreuzte seine Hände über seinem Bäuchlein. „Trotzdem dürfen wir keinen der drei Verdächtigen von vorneherein als unschuldig ansehen. Wir sollten zum Beispiel herausfinden, wer die Chance hatte, sich Batteriesäure zu beschaffen."

„Guter Punkt, Holger", sagte Cora. „Vor uns liegt eine Menge Arbeit."

***

Kaum waren sie zurück am Campingplatz, da verzogen sich Holger und Romy ins Wohnmobil, um im Internet über Batteriesäure zu recherchieren. Cora setzte sich mit einem Buch auf einen der Klappstühle und beobachtete nebenbei das Geschehen rund um Bernds Zelt.

Wenig später kam Bernd herüber. Sein braunes Haar war offen und hing ihm wirr um den Kopf, die Augen waren gerötet.

„Hast du ein Aspirin für mich? Gerda sagt immer, Tabletten seien Teufelszeug."

Cora ging ins Wohnmobil und kehrte mit einem Glas Wasser und einer Packung Aspirin zurück.

„Danke, Cora.“ Seine Hände zitterten, als er zwei Tabletten aus der Folie drückte und sie ins Glas warf. „Wie geht es Romy?“

„Gut. Sie hat nur ein paar Kratzer und eine Wunde am Oberschenkel.“ Cora beobachtete ihn genau. „Ein seltsamer Unfall.“

Bernd wich ihrem Blick aus. „Ja. Ich …“ Er rührte das Wasser mit dem Finger um, damit sich die zerfallende Tablette schneller auflöste. „Was habt ihr jetzt eigentlich für Pläne?“

„Im Moment erholen wir uns noch von dem Schrecken“, sagte Cora. „Und was machst du heute? Irgendwas mit den Kindern?“

„Ja, auch das. Und ich wollte mir ein Paar neue Kletterschuhe besorgen, nur diese Kopfschmerzen ... Aber sag mal, Cora …“ Sein Blick huschte hinüber zu seinem Hauszelt, vor dem Gerda mit den Kindern auf einer Decke lagerte und Playmobil-Figürchen herumschob. „Cora, ich muss unbedingt noch einmal mit Romy reden. Es geht um Gerda und die Kinder. Es ist wichtig!“

Romy steckte ihren Kopf zur Türe hinaus. Offenbar hatte sie durch das offene Küchenfenster mitgehört.

„Hallo Bernd. Ich nehme mal an, Gerda soll von diesem Gespräch nichts wissen.“

Bernd starrte sie düster an. „Natürlich nicht. Aber wenn du dazu bereit wärst – ich wäre dir wirklich sehr dankbar. Jetzt wäre eine gute Gelegenheit. Beim Schuhekaufen geht sie sicher nicht mit.“

***

Romy schlenderte durch die Fußgängerzone von Arco. Dabei achtete sie darauf, in gerader Linie zu gehen. Damit verringerte sie das Risiko, von hinter ihr anrückenden Radlern überfahren zu werden, die versuchten, Rücksichtnahme durch Geschicklichkeit zu ersetzen.

Wie viele Geschäfte mit Kletterausrüstung es in Arco gab, hatte sie bisher nicht herausgefunden. Bei ihren Versuchen sie zu zählen war mysteriöserweise jedes Mal eine andere Zahl zwischen elf und fünfzehn herausgekommen. Wer hier den Kauf von Kletterschuhen ernsthaft betrieb – und das tat ein richtiger Kletterer –, der brauchte Stunden, um alle Läden abzuklappern und Modelle und Preise zu vergleichen. Wenn Bernd lange ausblieb, würde sich Gerda nicht wundern.

Die Heimlichtuerei ärgerte Romy, aber immerhin hatte sie nun die Gelegenheit, alleine mit Bernd zu sprechen und ihm auf den Zahn zu fühlen. Welche Fragen sie stellen wollte, hatte sie sich gut überlegt.

Die Gasse endete auf der Piazza mit der Kirche. Bernd saß unter einem Sonnenschirm auf der Terrasse des „Caffè Trentino“ und blickte ihr entgegen.

Sie winkte ihm zu. „Hallo Bernd.“

Er sprang auf. „Romy! Ich hätte dich im ersten Moment fast nicht erkannt.“

„Enttäuscht?“, fragte sie. „Ziemlich unspektakulär, oder?“

Er schüttelte heftig den Kopf. „Ich finde die Frisur total süß, ich muss mich nur noch dran gewöhnen. Was meinst du, sollen wir zur Burg hinaufgehen? Dort können wir in Ruhe miteinander reden.“

War der Weg zur Burg von Arco zusammen mit einem potenziellen Mörder gefährlich? Es war seltsam, auf diese Weise an Bernd zu denken.

Er sah sie mit einem etwas verlegenen Lächeln an.

Das Risiko war gering. Sie würden ständig Touristen und Spaziergängern begegnen. „Einverstanden. Ich war schon lange nicht mehr da oben.“

Ohne ein Wort zu wechseln gingen sie über den Marktplatz, bogen in die Gasse mit dem Schild „Castello“ ein und stiegen bergauf, vorbei an alten Häusern mit Holztoren unter runden Bögen.

Romy überlegte gerade, wie sie das Gespräch beginnen sollte, als Bernd sagte: „Romy – ich habe mir endlos Gedanken gemacht wegen deines Unfalls. Das muss furchtbar gewesen sein, und ich finde es großartig, wie du die Nerven behalten hast. Dass du beinahe gestorben wärst – mir wird schlecht, wenn ich nur daran denke. Ich liebe dich, Romy. Bitte glaube mir das."

Er kehrte den romantischen Liebhaber heraus. Na schön. „Mit einem verheirateten Mann will ich nichts zu tun haben."

Er wandte sich ihr zu, mit den Augen eines geprügelten Hundes. „Ich respektiere das, Romy. Irgendwie hast du recht."

Sie stiegen eine Treppe empor. Dabei überholten sie eine Gruppe Wanderer in Zip-Shorts, deren Rucksäcke an eine fünftägige Trekkingtour mit Zelt denken ließen. Danach führte ein geteerter Fußweg zwischen gemauerten Terrassen mit Olivenbäumen bergauf. Sie konnten bequem nebeneinander gehen.

Bernd räusperte sich. „Wirst du Gerda von unserer – unserer Beziehung erzählen?"

„Bisher habe ich meine Drohung nicht wahrgemacht", gab Romy kühl zurück. „Weiß sie es denn noch nicht? Ich habe das Gefühl, dass sie auf mich eifersüchtig ist."

„Vielleicht spürt sie nur, dass etwas zwischen uns ist – war", erwiderte Bernd.

„Du hast ihr also nichts gesagt", folgerte Romy. „Aber könnte es nicht sein, dass ihr jemand etwas erzählt hat?"

Bernd schüttelte den Kopf. „Sicher nicht. Sie hätte mich angeschrien und eine furchtbare Szene gemacht."

Romy blickte auf das Gewirr der Dächer, Gassen und Hinterhöfe hinab, aus denen der Zwiebelturm der Collegiata-Kirche emporragte. Vielleicht irrte sich Bernd und Gerda schaffte es, ihre Wut und Eifersucht zu verbergen.

„Bist du ganz sicher, dass Gerda nichts weiß? Gibt es jemanden, der es ihr gesagt haben könnte? Der uns vielleicht beobachtet hat?“

„Poldi hat uns zusammen gesehen“, sagte Bernd. „Aber er würde nie etwas ausplaudern. Ich habe ihn auch schon – äh – gedeckt.“

Vielleicht hatte Poldi trotzdem seiner Frau davon erzählt? Romy würde da mal nachhaken.

Bernd unterbrach ihre Gedanken. „Bitte sage Gerda nichts. Sie reagiert manchmal total hysterisch, sie ist psychisch labil. Ich kann mich nicht scheiden lassen, solange meine Kinder so klein sind. Ach Romy, wenn du auf mich warten würdest – wenn ich dich nur manchmal sehen dürfte ...“

Romy antwortete nicht. Wie sollte sie ihn weiter über Gerda ausfragen?

Sie überholten eine pummelige Italienerin, die in ihr Handy quasselte. Am Wegrand wuchsen Agaven, in deren Blätter Spaziergänger ihre Namen eingeritzt hatten, Rosmarinduft stieg in Romys Nase. Zwischen den Olivenbäumen ragten jetzt einzelne Zypressen empor.

Sie waren nicht mehr weit von der Burgmauer entfernt, als Romy eine Tafel mit der Aufschrift „Rilke-Promenade“ entdeckte. Sie blieben davor stehen.

Bernd las mit weicher Stimme das dort angeschriebene Gedicht vor:

„Wir standen Hand in Hand und schwiegen,
und deine Augen träumten hell.
Schon kam die Nacht auf stillen Stiegen
ins abendeinsame Castell.

Und tausend leise Türen gingen,
und seltsam rauschte ein Gewand,
und hoch wie blasse Blüten hingen
die Sterne übern Mauerrand.“

Romy durchlief ein Schauer. Bernd ergriff ihre Hand.

Sie schüttelte sie schnell ab.

„Hör auf damit. Ich wollte kein Gespräch über Liebe mit dir. Mir geht es um etwas anderes.“

„Romy –“

„Vielleicht war es kein Unfall, dass das Seil gerissen ist.“

Bernd starrte sie an. „Du – du meinst ...?“

„Ja. Es ist möglich.“

„Aber wer ...“

Sie gingen langsam weiter, traten durch einen Spitzbogen in der Burgmauer und gelangten zu einer Wiese, hinter der die Türme der Burg zwischen Zypressen emporragten. Romy steuerte auf eine Bank zu und setzte sich. Bernd tat es ihr nach, wobei er eine Ellenbogenlänge Abstand von ihr hielt.

Tief unter Romy scharten sich die Häuser von Arco um den Berg. Ihr Blick glitt über die Dächer hinaus zu der von Feldern und Obstplantagen gemusterten Ebene bis nach Riva. Eine Hügelkuppe verdeckte den größten Teil des Gardasees, nur ein schmaler Streifen Wasser glitzerte in der Ferne. Dahinter stiegen wilde Gipfel empor und ein langgezogener Kamm, der in Romy die Lust weckte, dort zu wandern und die Ausicht zu genießen. Und wohin sie auch blickte, überall standen Felsen herum, an denen man klettern konnte, einfach unverschämt viele. Davon hätte man in München ein paar brauchen können.

Romy gab sich einen Ruck. „Bernd. Hast du wirklich noch nicht daran gedacht, dass jemand das Seil präpariert haben könnte?“

„Doch, aber ich habe versucht, diese furchtbare Vorstellung zu verdrängen. Natürlich kam mir die Idee, dass es dein Mann war. Ich kenne ihn ja nicht, aber so, wie du von ihm erzählst, ist er ein Macho. Und Machos sind oft wahnsinnig eifersüchtig.“

Romy sah ihn von der Seite an. Er hatte den Kopf gesenkt und die Schultern eingezogen.

„Es gibt auch Frauen, die ihre Rivalinnen aus Eifersucht umbringen", erwiderte sie.

Bernd schwieg.

„Nehmen wir mal an, Gerda weiß Bescheid über uns", sagte Romy. „Glaubst du, sie könnte so etwas tun?"

Bernds Antwort war nur ein Flüstern. „Nein. Das ist unmöglich."

„Ist sie in der Nacht vor meinem Unfall aus dem Zelt gegangen?"

Bernd starrte in das plattgetrampelte Gras vor der Bank. Nach einer Weile sagte er: „Nein, das glaube ich kaum. Zur Zeit schlafe ich schlecht, wahrscheinlich hätte ich es gemerkt."

Romy entschloss sich zu einem Überraschungsangriff. „Und wie ist es mit dir? Mein Tod hätte dir allerhand Schwierigkeiten erspart, oder?"

Bernd fuhr auf. „Du bist verrückt! Ich würde dir nie etwas antun!"

Er drehte sich zu ihr, packte sie mit den Händen an den Schultern und zog sie an seine Brust. Seine Arme umklammerten Romy so fest, dass sie kaum Luft bekam. Heftige Küsse trafen ihren Hals, ihr Haar, und Bernd stieß hervor: „Romy, ich halte das nicht aus. Ich muss dich sehen, dich spüren. Ich liebe dich. Irgendwann werde ich mich von Gerda trennen …"

Sie nahm ihre ganze Kraft zusammen und wand sich aus seiner Umarmung.

***

Philipp schlenderte über die Piazza, als er Romy entdeckte, die neben einem drahtigen jungen Mann mit Pferdeschwanz herging. Das musste er sein! Sein Rivale. Der Bergführer, mit dem Romy öfter in der Halle geklettert war. Philipp hatte ihn noch nie getroffen, aber er hatte seine Website gegoogelt und Bilder von ihm gesehen. Und es hatte ihn beruhigt, dass dieser Bernd bei Weitem nicht so gut aussah wie er.

Jetzt wandten sich die beiden in Richtung Palazzo Nuovo. Was hatten sie überhaupt noch miteinander zu schaffen? War es Romy egal, dass Bernd verheiratet war? Wollte er sich scheiden lassen? Es gab genug Männer, die für eine Frau wie Romy ihr altes Leben wegwerfen würden.

Sie bogen in die Via Dosso ab, die Gasse, die zur Burg hinaufführte. Das war mehr als ein zufälliges Treffen! Philipp musste wissen, was mit den beiden los war. Er folgte ihnen mit einigem Abstand.

Als er auf der Wiese unter den Türmen der Burg ankam, sah er Romy neben Bernd auf einer Bank sitzen wie ein Liebespaar – aber wie konnte er sicher sein?

Bernd wandte sich Romy zu, umarmte sie, küsste sie.

Philipp rang nach Atem, alles um ihn verschwamm.

Sie durften ihn nicht entdecken! Schnell drehte er sich um, stolperte den Weg hinunter und bog in einen Olivenhain ab. Unter den Bäumen eilte er weiter, bis man ihn vom Weg aus nicht mehr sehen konnte. Dann warf er sich auf den Boden und trommelte mit den Fäusten auf die Erde.

***

Romy mochte das Restaurant „Alla Lega“, weil es dort außer Pizza auch kräftig gewürzte Wildgerichte und gegrillte Lachsforelle gab. Sie saß im von Weinlaub überrankten Innenhof Philipp gegenüber und stocherte in ihrem geschmorten Kaninchen herum, das wie Styropor schmeckte. Das Tier konnte nichts dafür, es roch köstlich nach Rosmarin und Thymian, aber Romys Geschmacksnerven verweigerten den Dienst. Seit einer halben Stunde redete sie mit Philipp über Belanglosigkeiten wie ihre neue Frisur. Dabei hatte sie das Gefühl, dass er sie belauerte. Kein Wort, keine Geste entging ihm.

Als sie das Gespräch vorsichtig auf ihren Unfall brachte, tat er so, als sei er überzeugt, Holger hätte die Sache mit dem Seil vermasselt. Nichts sprach dagegen, dass Philipp Mister X war. Sie musste versuchen, ihn aus der Reserve zu locken.

„Wie lange willst du eigentlich noch hierbleiben, Philipp?"

„Willst du, dass ich verschwinde?"

„Es hat keinen Sinn mit uns, das habe ich dir doch schon gesagt. Ich will die Scheidung."

Er starrte sie an. „Ist es wegen Bernd?"

Es brachte nichts, ihm lang und breit zu erklären, dass die Sache mit Bernd beendet war.

„Er ist nicht so materiell eingestellt wie du. Durch ihn ist mir klargeworden, dass wir nicht zueinander passen. Du willst Erfolg im Geschäft, reich und angesehen sein. Mir bedeutet das nichts. Ich will klettern, dieses Gefühl, höher zu steigen, frei zu sein. Und ich will etwas erleben und die Welt sehen."

Philipp lächelte breit. „Gerne, Stupsi. Ich spendiere dir ein Flugticket und zehn Tage im Luxushotel in Railay Beach oder in Honolulu, was immer du willst. Und ich lasse dir eine Kletterwand in unserem Keller bauen, da kannst du jeden Abend eine Stunde rumhängen, wenn dir danach ist."

Sie schob den Teller mit dem Kaninchenrücken fort. „Du verstehst mich einfach nicht, Philipp. Ich habe lange genug mit dir zusammengelebt. Abgesehen vom Klettern war für mich diese Zeit grau und leer."

Philipp hob sein Weinglas an die Lippen, trank aber nicht.

„Du willst eine liebenswürdige, schöne und dich bewundernde Ehefrau, die obendrein Karriere macht", fuhr Romy fort. „Du hast mich erdrückt, mich nicht wachsen lassen. Mit dir zusammen habe ich mich gefühlt wie tot. Das ist jetzt vorbei. Ich will nie wieder tot sein!"

Philipp setzte das Weinglas wieder ab, ließ es aber nicht los. „Und mit Bernd ist das alles anders?"

„Ja. Mit ihm fühle ich mich frei."

Es klirrte, das Glas zersplitterte, Rotwein spritzte über den Tisch. Philipp sprang auf, sein Stuhl kippte nach hinten und knallte auf den Boden. Ohne nach rechts oder links zu blicken, marschierte er zwischen den Tischen hindurch und zur Türe hinaus.

Neugierige Gesichter musterten Romy, die Bedienung eilte herbei, sammelte die Glassplitter ein und wischte den Rotwein auf.

Romy blieb sitzen und wartete. Alle paar Minuten blickte sie auf ihre Uhr. Philipp kehrte nicht zurück. Sie bezahlte die Rechnung.

11. KAPITEL

Holger hing mit einer Bierflasche in der Hand in einem Liegestuhl und beobachtete Cora. Sie war mit einem grenzwertigen Bikini bekleidet und saß im Spagat auf einer Isomatte.

„Nichts, niente, nada“, sagte Holger. „So kommen wir nicht weiter. Die hübschen Jungen mit den Zwirbellocken haben in der fraglichen Nacht auch niemanden gesehen. Hast du etwas herausgefunden, Cora?“

„Willi hat was von einer Katze erzählt. Kann sein, dass sie durch die Fensteröffnung geschlüpft ist. Vielleicht hat sie aufs Seil gepinkelt, Urin ist doch auch Säure, oder?“

Holger schüttelte den Kopf. „Urin reicht nicht, um ein Seil zu zerstören. Sonst würde auf allen Gebrauchsanweisungen für Seile stehen, dass Draufpinkeln ein nicht sachgemäßer Gebrauch sei und die Haftung ausgeschlossen werde. Es muss Batteriesäure gewesen sein.“

„Ihr habt ja lange im Internet herumgesucht. Bist du sicher, dass man das nicht in einem normalen Baumarkt kaufen kann?“

„Ziemlich sicher. Vielleicht in einem Fachgeschäft für Landwirtschaft. Flaschen mit Batteriesäure braucht man offenbar für Weidezäune. Aber solche Geschäfte gibt es bestimmt nicht sehr viele, und die Polizei könnte dahinterkommen, wer dort Batteriesäure gekauft hat. Und wenn Mister X das Zeug online bestellt hat, musste er Namen und Adresse angeben. Ich vermute, dass er die Säure aus einer Autobatterie verwendet hat.“

Cora beugte ihren Oberkörper zur Seite, bis er auf ihrem ausgestreckten Bein zu liegen kam.

Holger stellte sein Bier auf den Boden.

„Deine Stretchingübungen behindern meine Gehirnfunktion“, sagte er. „Jedenfalls wenn du derart spärlich bekleidet bist. Wie wäre es mit einem – hmm – Nickerchen im Wohnmobil? Danach kann ich vielleicht wieder –“

Eine schlanke Gestalt in Jeans tauchte zwischen den Zelten auf.

„Romy! Im ersten Moment habe ich gedacht, da kommt eine fremde junge Frau“, sagte Holger. „Ich muss mich noch an diese Veränderung deines nach wie vor bezaubernden Äußeren gewöhnen. Hast du ein neues Seil erstanden?“

Romy fuhr mit den Fingern durch ihr Stoppelhaar. „Sogar zwei. Sicherheitshalber sollten wir auch das Seil ausmustern, das du in der ‚Archangelo‘ dabeigehabt hast.“

Sie setzte ihren Rucksack ab und zog zwei in Plastik verpackte Seilbündel heraus.

„So, die kommen jetzt jede Nacht in unserer Metallkiste hinter Schloss und Riegel. Und tagsüber lassen wir sie keinen Moment allein, dann kann niemand daran herummanipulieren. Hat einer von euch beiden Lust, mich heute Nachmittag in der ‚Abissi‘ zu sichern?“

Ihre Stimme klang für Holgers Geschmack ein bisschen zu forsch.

„Bist du denn schon so weit? Es wäre ja vorstellbar, dass du jetzt ein wenig mehr Bedenken hast beim Bezwingen der Schwerkraft?“

Romy schüttelte heftig den Kopf. „Hör auf mit dem ironischen Gefasel, Papa! Das nervt. Und ich werde verdammt noch mal mein Projekt nicht aufgeben, nur weil vielleicht irgendein Schwein es auf mich abgesehen hat!“

„Ich sichere dich gerne, Romy“, sagte Holger.

Cora klappte die Beine zusammen und sprang auf.

„Ich komme auch mit. Obwohl ich ein bisschen Angst habe, dass ich schon beim Zuschauen die Krise kriege. Aber ich werde das Klettern wegen Romys Unfall nicht aufgeben!“

Holger lächelte. „Es gibt niemanden, der dich dazu zwingt. Wie wäre es mit Golfspielen? Und Nordic Walking ist auch gut geeignet für ältere Semester.“

„Du weißt genau, dass mich andere Sportarten langweilen!“, fauchte Cora. „Du klingst ja schon fast wie dieser spießige Schwabe, dieser Wiebele.“

Holger grinste breit.

Endlich kapierte Cora, dass er sie aufgezogen hatte. Sie brach in Gelächter aus.

„Hast du mit Willi geredet, Mama?“, fragte Romy.

„Ja, und er hat gemeint, das Klettern sei unnötig und gefährlich, das hätte dein Unfall ja gezeigt. Er hat sich immer weiter reingesteigert, und zum Schluss hat er gesagt: ‚So a Bledsinn ghert vrbota!‘ “

***

Um die Mittagszeit ging Cora zu Bernd und Gerda hinüber, um die beiden über ihre Pläne auszuhorchen. Dabei erfuhr sie, dass Bernd sich die kommende Woche für den Familienurlaub freigehalten hatte, danach wollte er mit einem Privatkunden nach Chamonix.

„Schön, dass Bernd in der Hochsaison Zeit für die Familie hat“, sagte Cora.

Gerda kniff die Lippen zusammen. „Familienurlaub im Zelt – das heißt doch bloß, dass ich genau wie daheim kochen und die Kinder hüten muss.“

„Ich mache gerne etwas mit den Kindern, und du kannst wandern oder baden“, erwiderte Bernd.

„Das kenne ich! Du gehst doch lieber mit deinen Bergführer-Kumpels zum Klettern!“

Solche Spannungen waren bei kletternden Paaren mit Kindern normal. Aber in Gerdas Stimme lag mehr als Ärger, es war eine gewaltige aufgestaute Wut. Cora kam eine Idee.

„Klettert ihr denn nie zusammen?“

„Fast nie“, sagte Gerda. „Jemand muss ja auf die Kinder aufpassen.“

„Du könntest mit anderen Leuten klettern gehen und ich bleibe daheim", gab Bernd zurück, „aber du gibst dir überhaupt keine Mühe, Kletterpartner zu finden."

„Das ist eben schwierig, wenn man immer daheim herumsitzt!"

Cora blickte von einem zum anderen.

„Wie wärs, wenn wir heute zu dritt an den Fels gehen? Dann ist immer einer für die Kids da."

Gerda nagte an ihrer Unterlippe. Sie schien unschlüssig. Vielleicht war sie vom Klettern gar nicht so begeistert.

„Aber gerne!", rief Bernd aus. „Das ist ein echt nettes Angebot! Was machen denn Holger und Romy heute?"

„Sie wollen zu Romys Projekt in Massone."

„Massone ist keine schlechte Idee", sagte Bernd. „Ganz links gibt's ein paar Routen, die sich gut für Gerda eignen."

Gerda starrte ihn an. „Sehr rücksichtsvoll. Und du bist in Massone auch besser dran als am Baone oder in Crosano."

Bernd wich ihrem Blick aus. „Leichte Routen machen mir nicht so viel Spaß. Und ich darf doch auch ein bisschen Spaß haben, oder?"

Seine Hand fuhr zu seinem Mund, offenbar war ihm das so herausgerutscht.

Cora beobachtete Gerda. Ihr Gesicht war blank, unlesbar. „Natürlich, mein Schatz. Das finde ich auch."

***

Romy hing am siebten Haken in der ‚Abissi'. Sie fühlte sich wie eingegipst, konnte sich nicht mehr bewegen. Noch zwei Züge, dann kam die erste wirklich schwere Stelle, ein Untergriff, dessen Kante schmaler war als ihre Fingerkuppen.

Auf geht's! Los doch! Das hast du schon ein paar Mal geschafft. Mit dem neuen Seil kann überhaupt nichts passieren!

Ihr Körper weigerte sich.

Wie war sie überhaupt so hoch hinaufgekommen? Bisher war sie ziemlich sicher gewesen, nicht zu stürzen. Dabei war sie so eckig geklettert, als trüge sie Bergstiefel.

Sie könnte den nächsten Haken mit dem Clipstick vorhängen und die schwere Stelle von oben gesichert einüben – nein, das würde nichts helfen. Ihre Angst würde davon nicht verschwinden, im Gegenteil. Sie musste mit den Sturzübungen wieder ganz von vorne anfangen.

„Papa!"

„Ja, Romy?"

„Ich habe Angst."

„Das verstehe ich. Das ist ganz normal."

Er redete ein bisschen wie Bernd. Vergiss Bernd! Aber seine Tipps konnte sie trotzdem nutzen.

„Ich muss erst ein paar Vorübungen zum Stürzen machen, dann kleinere Hüpfer."

„Ich bin bereit."

Die erste Stufe beim Sturztraining war harmlos. Holger ließ Romy ein Stück am Haken herunter und sie kletterte hoch, bis das Seil vor ihrem Bauch ein bisschen durchhing. Jetzt loszulassen erforderte kein Heldentum.

Es ging nicht. Ihre Finger krallten sich in den Fels, ihre Beine zitterten. Sie begann zu weinen, ihre Nase lief. Wenn sie nicht einmal diese leichte Übung schaffte, konnte sie keine schweren Routen mehr vorsteigen.

Sie stieß einen kleinen Schrei aus und öffnete die Finger.

Holger lobte sie, und nun spulte sie die übliche Prozedur beim Sturztraining ab: mehr Schlappseil, fallen lassen. Dreimal, und schon fühlte es sich ganz gut an. Jetzt mit lockerem Seil auf Hakenhöhe loslassen – sie baumelte drei Meter tiefer, die Beine schwabbelweich vom Adrenalin. Noch mal. Und noch mal. Dann ein winziges Stückchen höher klettern, fallen lassen. Und noch ein bisschen höher. Jetzt sprang sie mit dem Haken in Kniehöhe ab. „Juhuuu!" Ihr Schrei hallte in der Wand wider, andere Kletterer blickten zu ihr hinüber.

Während Romy am Seil hin- und herschwang, sah sie auf ihre Uhr. Halb vier. Cora und Bernd samt Familie mussten längst da sein, und nach Coras Plan sollte Holger bald zu ihnen stoßen. „Lass mich runter, Papa!“

***

Die gelben Überhänge von Massone wurden von Kletterern aus ganz Europa geliebt und gefürchtet. Wer nicht den siebten Grad beherrschte, hob dort kaum ab. Nur in einer Zone mit stark gegliederten Platten am Rand des Felsriegels hatten weniger Geübte eine Chance. Dort konnten Kinder gut spielen, aber man musste aufpassen, dass sie nicht über den Rand der gemauerten Terrasse hinunterpurzelten.

Cora hatte eine Decke unter einem Olivenbäumchen ausgebreitet und sich mit Maxl, Lisa und einer Hundertschaft Playmobil-Figuren niedergelassen. Bernd war schon hinaufgehuscht und hatte das Seil eingehängt, damit Gerda von oben gesichert klettern konnte. Nun stand sie am Beginn der Route „Tac“ und legte ihre Hand auf den ersten Griff, der gelblich glänzte.

„Das ist ja total speckig!“

„Versuch es trotzdem, das hält schon“, sagte Bernd.

Gerda wählte zwei Griffe aus und hob ein Bein.

„Großartig!“, rief Bernd. „Du machst das wunderbar!“

So ermutigt kletterte Gerda am straff gespannten Seil höher. Trotz ihrer ein wenig zögerlichen Bewegungen sah man, dass sie früher öfter geklettert war.

Inzwischen streute Cora eine Handvoll Olivenblätter auf die Decke und erklärte Lisa: „Das ist das Futter für die Pferde. Ich glaube, sie brauchen einen Vorrat für den Winter.“

Das Mädchen gab einem der Männchen einen Schubkarren in die Hand und schickte ihn an die Arbeit. Maxl unterstützte das Unternehmen, indem er weitere Blätter vom Baum zupfte und auf die Pferde herabregnen ließ.

Gerda war nun im oberen Drittel der Route angekommen. Ihre Stimme überschlug sich.

„Das ist total glatt! Da komme ich nie hoch!"

„Links, nimm den Griff links, diese Delle", schrie Bernd zu ihr empor. „Nein, nicht rechts! Links! Kannst du links und rechts nicht auseinanderhalten?"

Gerda tastete mit der rechten Hand umher. „Äh – links. Was meinst du damit?"

„Die Delle auf der Seite, wo deine linke Hand angewachsen ist."

„Da ist aber keine Delle!!"

„Natürlich nicht. Weil du nicht links, sondern rechts herumsuchst!"

Cora beobachtete Bernds Gesicht. Es wirkte angespannt.

„Du machst mich ganz wirr!", kreischte Gerda. „Hör auf, mir alles zu erklären! Das bringt überhaupt nichts!"

Bernd verstummte.

Kurz vor dem Umlenkhaken kam Gerda nicht mehr weiter. „Was soll ich jetzt machen?"

„Raufklettern!"

Ihre Stimme klang weinerlich. „Warum hilfst du mir nicht?"

„Du wolltest doch, dass ich nichts sage!"

„Lass mich runter! Ich habe keine Lust mehr!"

Cora konnte sie verstehen. Bernds Verhalten, für das die englischen Kletterer die schöne Bezeichnung „patronizing" verwendeten, war nicht gerade motivierend. In einer Partnerschaft verfiel der bessere Kletterer leicht in dieses Muster.

Mit Romy war Bernd anders umgegangen, das hatte Romy erzählt. Nicht verheiratet zu sein war beim Klettern oft ein Vorteil, vor allem für die Frau. Es sei denn, der Partner war ein Typ wie Holger.

Wo steckte er eigentlich? Er wollte doch gegen vier Uhr herüberkommen. Ah – da war er ja! Er begrüßte alle fröhlich und bot sich an, Bernd im härteren Wandteil von Massone zu sichern. Dass er Bernd oder Gerda für potenzielle Mörder hielt, war ihm nicht anzusehen. Er schauspielerte gut.

Als Holger und Bernd in Richtung der gelben Überhänge verschwunden waren, konnte Cora endlich alleine mit Gerda reden. Sie wusste immer noch viel zu wenig über sie. Auf den ersten Blick war sie eine ganz normale unzufriedene Mutter und Ehefrau.

Nach einigem höflichen Hin und Her zum Thema Kinder sagte Cora: „Ich habe den Eindruck, dass du nicht wirklich gerne Hausfrau bist. Hast du einen Beruf, den du vermisst, Gerda?“

Gerdas Mundwinkel zogen sich nach unten.

„Ich war in der Ausbildung zur Heilpraktikerin, als Lisa kam. Zwei Jahre später war ich mit Maxl schwanger. Ich habe keine Chance gehabt, den Abschluss zu machen.“

Cora verkniff es sich zu sagen, das könne sie irgendwann nachholen.

„Du hast Bernd also kennengelernt, als du noch ziemlich jung warst. Seid ihr miteinander in die Schule gegangen?“

„Wir sind beide im selben Ort aufgewachsen, in Kochel. Ich war dann auf dem Gymnasium, aber er hat nach der Mittleren Reife aufgehört, weil er jede freie Minute in die Berge gerannt ist. Da ist ihm fast nichts anderes übrig geblieben, als Bergführer zu werden. Und das Geld reicht uns gerade so, um über die Runden zu kommen.“

Gerda fuhr mit den Fingern durch die mit Kieseln bestreute Erde, um eine Straße für Maxls Matchbox-Autos anzulegen.

„Wie steht es dann mit eurer Altersvorsorge?“, fragte Cora. Mist, das war fast unhöflich direkt. Aber Gerda schien sich nicht über die Frage zu wundern. „Meine Eltern haben einen großen Hof, der seit der Umstellung auf Bio gut läuft“, sagte sie.

Cora versuchte ihre nächste Frage ein wenig zu verpacken, damit der Kern der Sache nicht auffiel.

„Das muss ja schön sein für die Kinder, ein Hof mit Traktoren, Katzen und glücklichen Kühen – die haben doch sicher auch Kühe, oder?“

„Milchkühe, ja, da gibt es immer echte Frischmilch. Und wir hätten jederzeit dort wohnen können. Aber Bernd wollte unbedingt nach München. Er mag das Dorfleben nicht, er fühlt sich da zu beengt.“

Lisa saß mit konzentrierter Miene da, während sie einen Trupp Playmobil-Männchen die Falten der Decke emporklettern ließ. Gerda schickte ein grünes Matchbox-Auto gegen Maxls roten Ferrari ins Rennen. Natürlich verlor sie. Nach dieser Niederlage fragte sie unvermittelt: „Hat Romy eigentlich einen guten Job?“

„Sie ist Grafikerin in der Firma ihres Mannes“, erwiderte Cora. „Aber sie möchte sich bald etwas suchen, wo sie kreativer arbeiten kann als bisher. Wahrscheinlich verdient sie dabei weniger, aber das macht nichts.“

„Das finde ich auch“, sagte Gerda. „Die persönliche Entwicklung, die Entfaltung der seelischen Kräfte ist wichtiger als alles andere.“

***

Beim gemeinsamen Abendessen im Wohnmobil hörte Holger Cora gespannt zu. Erstaunlich, was sie alles aus Gerda herausgelockt hatte!

„Gerda hätte sich leicht Batteriesäure beschaffen können“, sagte Cora. „Ihre Eltern haben Kühe. Sie sind Biobauern, also stehen die Tiere auf der Wiese. Und da brauchen sie Weidezäune. Es ist gut möglich, dass sie eine Flasche mit Batteriesäure von daheim mitgenommen hat.“

Holger rutschten die aufgerollten Spaghetti vom Löffel.

„Das ist kein Argument dafür, dass es Gerda war. Man kann den Stoff einfach einer Autobatterie entnehmen. Eine Untertasse voll genügt, man wälzt das Seil darin ein bisschen hin und her, und danach ist der Benutzer in Lebensgefahr."

„Aber Gerda ist eher nicht der Typ, der mit Autobatterien herumhantiert", meinte Romy. „Und ein geplanter Mord passt irgendwie nicht zu ihr. Sie ist gefühlsbetont, ziemlich hysterisch. Philipp würde ich das eher zutrauen. Er liebt es, die Dinge in seinem Sinn zu lenken, und geht dabei gezielt und überlegt vor."

Holger wischte sich Sauce vom Kinn. Köstlich. Nur frische Tomaten, Paprika, Kräuter und Knoblauch.

„Bleibt noch das Problem der Zeit", sagte er. „Wenn Philipp der Täter war, müssen wir davon ausgehen, dass er den Anschlag plante, nachdem er von deiner Affäre erfahren hatte. Du hast es ihm am Samstagabend gesagt. Am Sonntag haben wir dann nichts von ihm gehört oder gesehen, was etwas eigenartig ist."

Romy nickte. „Da könnte er sich eine Autobatterie organisiert haben. Vielleicht hat er auch seine eigene genommen, die aus dem Cayenne."

„Aber Gerda war am Sonntag auch sehr lange fort", sagte Cora, „auf dieser Wanderung am Baldo. Das hätte gereicht, um nach Kochel zu fahren und dann wieder hierher. Die Frage ist nur: Weiß sie überhaupt von Bernds Untreue? Und wenn ja, seit wann weiß sie es?"

12. KAPITEL

Philipp lag in seinem Zimmer im „Al Sole“ auf dem Bett und starrte zur Decke empor. Er hatte verloren. Verloren, verloren, verloren ...

Das Wort kreiste durch eine schwarze Leere, und immer wieder schoss es scharf wie ein Pfeil durch ihn hindurch. Wie würde das aussehen, wenn ihn die Frau, um die ihn alle anderen Männer beneideten, plötzlich sitzen ließ, weil sie einen anderen besser fand? Wenn sie einem anderen zulächelte, mit ihm ...

Er war ein Versager. Wie sein Vater.

Mama hob den Deckel vom Topf. Der würzige Dunst von Kassler mit Sauerkraut stieg in Philipps Nase. Es war duster in der orange-braun gekachelten Küche, das in die Höhe geschossene Gebüsch vor dem Fenster ließ wenig Licht durch.

„Geh doch amal und hol den Papa zum Essen“, sagte Mama. Ihre Stimme war flach und grau wie ihre gesamte Erscheinung.

„Ist er – krank?“, fragte Philipp.

„Es wird immer schlimmer.“

Philipp ging durch den Flur und zur Türe hinaus.

Im Hof lag die rostende Karosserie eines Ford Pick-up. Schon vor zehn Jahren hatte Papa seinen Führerschein wegen Trunkenheit am Steuer abgeben müssen. Philipp blickte zu dem plumpen, turmähnlichen Bau hinüber, von dem der Putz blätterte – die Brauerei. Ein Kleinbetrieb, der wie hundert andere in Franken vorzügliches Bier produzierte. Oder besser: produziert hatte.

Philipp überquerte den Hof. Pfützen, Unkraut, ein mit vertrockneten Geranien bepflanzter Autoreifen, ein Gartenzwerg.

Vor einem Monat hatte Papa den letzten Mitarbeiter entlassen. Er stand kurz vor dem Konkurs. Was für ein Versager! Ausgerechnet er hatte Philipp immer vorgeworfen, dass er in der Schule kein solcher Überflieger war wie sein großer Bruder. Philipp gab dem Gartenzwerg einen Tritt, dass er umkippte, öffnete die Türe und trat in einen düsteren Vorraum. Er war vollgestellt mit Säcken und gestapelten Bierkisten, es stank nach Maische. Sein Vater war nirgends zu sehen. Philipp zerrte an der Schiebetür zur großen Halle, bis sie quietschend aufging.

„Papa?“

Seine Stimme klang hohl in dem hohen Raum. Durch große Fenster fiel mattes Licht auf zwei kupferne Braukessel, die von einer Staubschicht bedeckt waren. Philipp kickte eine zerbrochene Flasche fort, ging zu den Kesseln und umrundete sie. Hier war mit Sicherheit niemand. Sein Vater war wohl doch irgendwo draußen auf dem Hof.

Zurück im Vorraum stutzte Philipp. Vorher war ihm nicht aufgefallen, dass der Hocker in der Ecke mit dem Ikea-Schreibtisch umgekippt war.

Philipp schaute genauer hin.

Dort lag eine verkrümmte Gestalt. Papa war wohl wieder mal sturzbetrunken.

Mit ein paar Schritten war Philipp bei ihm. Er bückte sich, packte ihn an den Fußgelenken und zerrte ihn Richtung Ausgang. Sein Vater gab keinen Laut von sich.

Durch die halb offene Tür fiel ein Lichtstrahl, und nun sah Philipp, dass die nackten Arme seines Vaters dunkel verschmiert waren.

Er hatte sich die Pulsadern aufgeschnitten.

Ein paar Tage später, mit Norbert und Mama am Küchentisch. Norbert hatte geweint, Mama nicht. Verständlich. Sie hatte nur deshalb noch einmal geheiratet, um sich und ihre beiden Söhne versorgt zu wissen, aber das war ein Reinfall gewesen. Und jetzt musste sie wenigstens nicht mehr die Kotze aufwischen.

Sie räusperte sich. „Dass der Papa die Brauerei verkauft hat, hätt er mir auch sagen können. Aber er hat ja nie was gsagt."

Philipp horchte auf. „Verkauft?"

„Jo, hat er. Und gar ned so schlecht. Und er hat a Testament gmacht."

Philipps Atem ging schneller. Schon seit Längerem plante er, seinen Job bei der Werbefirma aufzugeben und sich selbstständig zu machen. Da konnte er ein bisschen Startkapital brauchen.

Norbert runzelte die Stirn. „Ein Testament?"

Mutter holte ein Taschentuch aus ihrer Küchenschürze und schnäuzte sich ausgiebig. Dann starrte sie eine Weile auf das rot-weiß gewürfelte Wachstuch. Endlich sagte sie leise: „Ja, es gibt ein Testament. Erben tun der Norbert und ich."

Philipp unterdrückte einen Ausruf.

„Weißt, Philipp, er hat ja immer gedacht, aus dem Norbert wird mal was. Und da hat er ihm unter die Arme greifen wollen, du verstehst scho. So viel Geld is es auch ned. Und der Norbert is so gscheit ..."

„Ist so ein Testament eigentlich gültig?", fragte Philipp.

„Scho. Ihr seids ja ned sei Fleisch und Blut, und er hat euch ned adoptiert."

Philipp fühlte sich leicht schwindlig, als er aufstand.

„Na dann fahr ich jetzt mal zur Monika für die Nacht, hier ist es ja arg eng."

Norbert hielt ihn am Ärmel fest. „Moment. Äh – da hat sich inzwischen allerhand getan. Ich habe mich für heute mit ihr verabredet."

Philipp hatte verloren.

Er beschloss, ein Gewinner zu werden. Mit allen Mitteln.

Viele Jahre später mit Romy bei Norbert auf Besuch.

„Und? Wie steht es mit deinem Geschäft?", fragte Philipp.

„Nicht ganz so gut, wie ich es erwartet habe", erwiderte Norbert. „Der neue Laden gegenüber, der ‚Klettermax', hat eine große Werbekampagne gestartet und macht Sonderangebote, bei denen ich nicht mithalten kann. Ich müsste mein Sortiment aufstocken und auch einiges ins Marketing stecken, aber im Moment bin ich nicht flüssig. Du hast doch in letzter Zeit ganz gut verdient, oder?"

Philipp antwortete nicht.

Romy, bezaubernd in ihrem schmalen weißen Kostüm, saß mit übereinander geschlagenen Beinen in der Sofaecke. „Vielleicht könnte Philipp …"

Typisch. Romy war immer hilfsbereit. Philipp warf ihr einen strengen Blick zu. Finanzen waren seine Sache.

Der unvollendete Satz schwebte in der Luft.

Philipps Blick fiel auf Monika. Ihre fliederfarbene Rüschenbluse betonte ihre madenweißen, fetten Arme und biss sich mit ihrem orangeblond gefärbten Haar.

Norbert stellte sein Sherryglas auf den gläsernen Couchtisch. Die Flüssigkeit schwappte über.

„Ich bräuchte nur eine kleine Summe zur Zwischenfinanzierung und einen guten Spezialisten für Werbung. Philipp, könntest du …"

Philipp sah seinen Bruder an und schüttelte langsam den Kopf.

Norberts Stimme war nur ein Flüstern.

„Bitte, Philipp …"

Philipp verkniff sich ein breites Grinsen. Romy hätte ihm das sehr übel genommen.

Den „Klettermax" verkaufte Philipp mit Gewinn.

Das hatte er damals genial gedeichselt. Heute lebte sein Bruder mit Monika in einer winzigen Mietwohnung und musste den Rest seines Lebens für seine Gläubiger arbeiten.

Philipp hatte doch noch gewonnen.

Etwas rumorte und wuchs in ihm. Er stand auf und marschierte im Zimmer auf und ab. Er musste nur nachdenken.

Und dann die Dinge so lenken, wie er es wollte.

Das Internet würde ihm die Informationen liefern, die er brauchte.

Der Morgen graute, als sich die Umrisse eines Plans abzeichneten.

Beim Frühstück stopfte er Apfelstrudel, Müsli mit frischen Früchten und Marmeladen-Croissants in sich hinein und trank dazu einen Liter schwarzen Kaffee. Dann fuhr er zum Motocross-Gelände bei Pietramurata. Dort endete ein Pfad, den er letztes Jahr etwa um dieselbe Zeit hinabgestiegen war, damals, als er mit Romy die Route „Via dello Spigolo" am Il Dain gemacht hatte. Beim Abstieg hatten sie sich verlaufen, und dort hatte er gesehen, was er jetzt brauchte. Vielleicht brauchte, wenn sich die anderen Möglichkeiten als weniger günstig erwiesen.

Er fand die Stelle nach einer Stunde mühseliger Suche. Genau wie letztes Jahr um diese Zeit war der Strauch voller schwarzblauer Beeren. Genug, um einen tödlichen Saft zu brauen. Wenn er Konservierungsmittel zusetzte, würde er sich wochenlang halten.

***

Romy lehnte an Janines und Poldis VW-Bus und beobachtete, wie Janine das rosa Geschenkpapier von dem Päckchen riss. Romy hatte sich schon längst für die Hilfe nach ihrem Unfall bedankt, aber dann hatte sie dieses besondere Ausrüstungsstück entdeckt und gleich drei Exemplare gekauft: für sich, Cora und Janine.

„Ooooh! Was ist denn das?" Janine drehte die etwa dreißig Zentimeter lange, versteifte Expressschlinge mit den beiden Karabinern in den Händen. Einer dieser Karabiner sah seltsam aus.

„Ein Damenretter", sagte Romy. „Jede Frau unter einem Meter achtzig braucht das."

Sie zeigte Janine die Konstruktion, mit deren Hilfe man einen Haken einhängen konnte, der normalerweise außer Reichweite war.

„Das ist fantastisch!", jubelte Janine und umarmte Romy spontan. „Endlich muss ich mich nicht mehr über diese Riesenlulatsche von Männern ärgern, die Bohrhaken so hoch setzen, dass ich vor dem Clippen erst mal die Schlüsselstelle klettern muss! Romy, das ist großartig!"

„Ich war nicht ganz sicher, ob du so etwas brauchen kannst, ich hatte zuerst den Eindruck, du steigst nur nach, aber Poldi hat gesagt, dass du im vierten und fünften Grad gern am scharfen Ende gehst."

„Und ich hoffe, dass ich mich bald mehr traue. Da ist dieser Damenretter echt gut! Heißt das offiziell so?"

„Mein Papa hat den Namen erfunden. Er hat einen Hang zur Ironie."

Janine schüttelte ihre schwarzen Locken und lachte. „Wie wärs mit Emanzipator?"

Sie plauderten eine Weile und Romy stellte fest, wie dumm ihre Vorurteile gegen Frauen mit viel Schminke und Rosa und Flitterkram gewesen waren. Janine erzählte, sie sei von Beruf Grundschullehrerin und Poldi sei Landschaftsgärtner und arbeite nur nebenberuflich als Bergführer. Dann kamen sie auf Bernd und Gerda zu sprechen. Romy fragte, ob sie die beiden schon lange kannte.

„Seit einer Ewigkeit. Ich komme aus Kochel, genau wie Gerda und Bernd", sagte Janine.

Allmählich ging das Gespräch in die von Romy gewünschte Richtung.

„Dann hätte ich gerne deinen Rat, was Gerda betrifft."

Janine legte den „Damenretter", mit dem sie herumgespielt hatte, auf die Kühlerhaube und sah Romy aufmerksam an.

„Bernd hat mir erzählt, sie sei psychisch anfällig", erklärte Romy. Jetzt musste sie lügen. Hoffentlich wurde sie nicht rot. „Ich mache mir Gedanken, ob ich ihr zumuten kann, was ich ihr sagen möchte.“

Janine kicherte. „Geht es um Bernd?“

Romy nickte.

„Da kann ich dich beruhigen“, sagte Janine. „Sie weiß es längst. Ich glaube, sie ist sogar deshalb hierhergefahren.“

Einen Augenblick lang blieb Romy die Luft weg. Das hatte Gerda aber gekonnt überspielt!

„Woher hat sie es gewusst? Bernd hat geglaubt, sie sei ahnungslos.“

Janine zupfte ihre gerüschte Bluse zurecht. „Also das war so. Poldi war ja schon vor mir in Arco, er hat einen Kurs gehabt. Und dann hat er mir am Telefon erzählt, dass Bernd mit einer tollen Blonden herumturtelt, wahrscheinlich um mir klarzumachen, wie brav er doch ist. Und dann habe ich Gerda Bescheid gesagt. Ich finde wir Frauen sollten zusammenhalten.“

Romy war nicht so sicher, dass Janine Gerda damit einen Gefallen getan hatte.

„Ich finde es sehr seltsam, dass Gerda die ganze Zeit so getan hat, als wüsste sie von nichts.“

***

Bernd schlenderte mit Lisa und Maxl an der Rückseite der Collegiata-Kirche vorbei. Über die Mauer mit der Sonnenuhr wucherten lilafarbene Bougainvilleen, davor wuchsen Palmen, alles atmete Sonne und Süden. Wie sehr er das früher geliebt hatte! Doch jetzt war alles grau geworden. Sinnlos.

Sein Handy vibrierte. Bernd nahm den Anruf entgegen.

„Burger hier, guten Tag Herr Luchner, ich spreche doch mit Bernd Luchner?“

„Ja. Das bin ich. Was kann ich für Sie tun?“

„Ich habe Ihre Nummer von einem Ihrer Kursteilnehmer.“

Die Stimme des Fremden klang forsch. „Er hat mir erzählt, dass Sie noch richtigen Alpinismus betreiben und auf diesem Gebiet ein sehr erfahrener Bergführer sind. Ich möchte Sie engagieren. Ich würde gerne einige der berühmten Routen in der Brenta machen.“

„Das wird schwierig mit einem Termin. Ich bin fast völlig ausgebucht.“

„Wie wäre es kommende Woche? Das Wetter soll recht ordentlich werden.“

„Da muss ich erst einmal darüber nachdenken. Kann ich Sie zurückrufen?“

„Gerne.“

Bernd schob das Handy in seine Hosentasche und nahm Maxl an der Hand. Lisa war schon vorausgerannt zum Spielplatz.

Das eingezäunte Areal war ideal für Eltern, die nicht ununterbrochen auf ihre Kinder schauen wollten. Maxl stürmte zu dem bunten Häuschen und versuchte, die schiefe Ebene mit den Klettergriffen emporzurobben. Lisa schaukelte, dass ihr Röckchen flog.

Der Anblick seiner Kinder munterte Bernd nicht auf.

Dieser Anruf kam genau im richtigen Augenblick. Hier mit der Familie in Arco zu bleiben, während Romy ständig in seiner Nähe war – das machte ihn völlig fertig. Jeden Augenblick rechnete er damit, dass Gerda etwas merkte. Und Romy zu sehen und sie nicht berühren zu können, fühlte sich an wie glühende Kohlen im Bauch.

Die nächste Woche hatte er sich eigentlich für den Familienurlaub freigehalten. Egal. Er würde durchdrehen, wenn er dablieb. Er musste weg von hier.

Gerda würde alle Mittel gegen diesen Plan einsetzen, und er fürchtete nachzugeben. Es war besser, sie vor vollendete Tatsachen zu stellen. Er rief Paul Burger an und sagte zu.

Innerhalb von wenigen Minuten fiel die höfliche Fassade, und er war mit ihm per du. Der Mann hatte schon ein paar beachtliche Touren in den Dolomiten gemacht, die „Cassin“ an der Westlichen Zinne und den Tofana-Pfeiler. Er erzählte, normalerweise ginge er nicht mit einem Bergführer, aber sein Kletterkamerad sei verletzt.

Mit Paul würde Bernd sicher gute Touren machen, und vielleicht würde ihm das helfen, wieder mehr ins Gleichgewicht zu kommen und etwas wie Lebensfreude zu spüren.

Gerda war alles andere als begeistert.

„Der Typ zahlt pro Tag siebenhundert Euro“, argumentierte Bernd. „Wir können ja später miteinander Urlaub machen, zum Beispiel im November, da habe ich wenig zu tun.“

Gerda starrte ihn wütend an. „Du tust das doch nur, weil du selber Lust auf solche Touren hast, mehr Lust, als mit deiner Familie zusammen zu sein. Auf dich kann man sich wirklich nicht verlassen.“

„Im November fahren wir miteinander irgendwohin, wo es dir gefällt“, sagte Bernd.

„Versprochen?“

„Versprochen.“

13. KAPITEL

Der Lago di Molveno leuchtete wie ein türkisfarbenes Juwel in einem Kranz bewaldeter Hügel. Darüber stiegen Felswände empor in ein Wolkengebirge, das waberte und kochte und immer wieder andere Pfeiler und Grate enthüllte.

Bernd fuhr seinen Opel an den Rand und blickte hinauf. Von dieser Seite hatte er die Brentaberge noch nie gesehen. Er spürte einen unbändigen Drang, dort hinaufzurennen, nur zu rennen und zu klettern und dort oben zu sein, wo der Rest der Welt ihn nichts anging.

Wenn sein Gast ein guter Bergsteiger war und kein Angeber, konnte er mit ihm lange Routen durchziehen, großartige Linien, von denen er seit Langem geträumt hatte.

Wenn das Wetter mitmachte.

In dieser Jahreszeit war es für die Brenta typisch, dass es am Vormittag schön war, ab Mittag verdichteten sich die Wolken. Und wenn man Pech hatte oder zu langsam war, geriet man in die gefürchteten Brenta-Gewitter.

Er würde mit Paul zuerst eine Eingehtour machen, um seine Fähigkeiten zu testen. Auf die Guglia di Brenta gab es schöne Routen im fünften Grad, und man brauchte dafür nicht so lang wie für die anderen ganz großen Touren der Brenta, die in dem berühmten Buch von Walter Pause „Im extremen Fels“ empfohlen wurden. Heute galten die Routen der „Pause-Bibel“ nicht mehr als extrem, aber sie forderten noch immer einen erfahrenen und gut trainierten Bergsteiger.

An der Treppe zum Kartenhäuschen der Pradel-Seilbahn wartete ein auffallend schöner, schwarzhaariger Mann von etwa Mitte dreißig und musterte Bernd aufmerksam. Mit seinem vollgepackten Deuter-Rucksack, der bunten Kleidung von Schöffel und seinem strahlenden Lächeln sah er aus wie eine Figur auf einem Werbeplakat.

„Bist du der Paul?“, fragte Bernd.

„Klar doch. Bernd, das ist super, dass du Zeit für mich hast. Ohne meinen alten Kumpel wollte ich zuerst nicht gehen, aber meine Frau hat mich überredet. Sie sagte, ich wäre unerträglich, wenn ich im Urlaub daheim hocken muss.“

Pauls offene, freundliche Art gefiel Bernd.

Sie hüpften in eine der Gondeln, einen Käfig, der bis zur Brust reichte.

Mit etwas Geschick konnte man über den Rand klettern und sich in die Tiefe stürzen. Merkwürdig, dass man bei Brücken Geländer anbrachte, um Selbstmörder aufzuhalten. Und hier, wie überall im Gebirge, war es ganz einfach ...

Pauls Stimme schreckte Bernd aus seinen düsteren Gedanken.

„Du schaust irgendwie skeptisch drein.“

„Ich mache mir Gedanken übers Wetter. Es soll in den nächsten Tagen ungefähr so bleiben wie heute. Ziemlich labil.“

„Macht nichts“, lachte Paul. „Hier gibt es nur an ganz wenigen Tagen im Jahr hundertprozentiges Wetter. Wir brauchen eben ein bisschen Glück.“

Offenbar war dieser Paul ein Draufgänger. Das war nicht gut. Aber Bernd war durchaus danach zumute, sich wieder einmal mit den widrigsten Seiten des Alpinismus herumzuschlagen. Mit vereistem Fels, Hagel und Sturm wurde er immer noch besser fertig als mit seiner Frau, Romy und seinem inneren Chaos.

Von der Endstation der Seilbahn führte ein ausgesetzter, aber fast ebener Weg unter den wuchtigen Wänden des Croz dell'Altissimo hinauf zum Rifugio gleichen Namens. Bernd machte lange Schritte, er rannte beinahe, aber der Kunde schien damit keine Schwierigkeiten zu haben, ja er war sogar imstande, beim Gehen zu reden. Er erzählte, dass er auf der Pedrotti-Hütte für die ganze Woche reserviert hatte und auf der Brentei-Hütte auch.

„Das wird den Hüttenwirten nicht gefallen“, sagte Bernd.

„Das macht jeder so. Wir wissen ja noch nicht, welche Touren wir gehen und wann“, erwiderte Paul. „Und wenn’s sein muss, zahle ich eben doppelt.“

Geld schien für ihn keine Rolle zu spielen.

„Was bist du eigentlich von Beruf, Paul?“

„Ich habe ein eigenes Autohaus. Es läuft gut, aber meistens bin ich ziemlich angehängt. Deshalb ist mir diese Woche auch so wichtig.“

Das verstand Bernd. „Dann machen wir das Beste draus.“

***

Romy bog in die Allee mit den Ahornbäumen ein.

Jugendstilvillen und postmoderne Häuser mit Erkern und Säulchen säumten die Nebenstraße in Gräfelfing, wo sie seit ihrer Heirat mit Philipp wohnte.

Anders als die meisten Anwohner hier hatte Philipp die Villa nicht geerbt, sondern ersteigert. Er stammte aus einer armen Familie. Wie hatte sie ihn dafür bewundert, dass er ohne einen Euro Startkapital eine eigene Werbefirma aufgebaut hatte! Erst jetzt fragte sie sich, ob seine Methoden dabei wirklich sauber gewesen waren.

Sie hielt vor dem in die Mauer eingelassenen Garagentor und bediente den Öffner. Der Cayenne war nicht da, Philipp musste weggefahren sein.

Sie atmete auf und parkte ein. Jetzt konnte sie die Sachen zusammensuchen, die ihr am wichtigsten waren, und sie dann in der Garage ihrer Eltern deponieren. Ihre Mutter hatte ihr dazu geraten, sie meinte, bei einer Scheidung würden gehörnte Ehemänner sich nicht scheuen, Pässe zu zerreißen oder Lieblingsbücher oder -kleider zu verbrennen.

Sie nahm ihre Tasche vom Beifahrersitz und ging durch den Garten. Rosenbeete säumten den mit Naturstein gepflasterten Weg und hüllten sie in eine Duftwolke. Über den

Stamm einer Rotbuche huschte ein Eichhörnchen. Der Rasen war wie smaragdgrünes Fell.

Romy schloss die Eingangstüre auf und tauchte in die Kühle des Flurs.

Sie wollte ganz sicher sein, dass Philipp nicht hier war. „Philipp? Phi-lipp!"

Keine Antwort. Gut so. Sie würde ihre Ruhe haben. Aber wie lange? Er konnte jederzeit zurückkehren.

War er in letzter Zeit hier gewesen?

Sie ging in die Küche. Ihr Blick fiel auf die Granitplatte der Theke. Dunkle Flecken. Sie strich mit der Hand darüber. Sie fühlten sich klebrig an.

Die Putzfrau kam immer am Freitagvormittag, Philipp war eindeutig nach ihr daheim gewesen. Wo war er jetzt? In seinem Büro in Aubing? Warum hatte er auf ihre Anrufe nicht reagiert?

Sie ging hinauf in ihr Zimmer unter dem Dach und begann eilig zu packen. Zuerst die CDs, auf denen sie ihre Fotos und digitalen Bildexperimente gespeichert hatte. Der Laptop war wichtig. Der Kindle. Einige Papiere. Wo war nur ihre Geburtsurkunde?

Ein Auto brummte draußen, Reifen quietschten. Romy eilte die Treppe hinunter, riss die Tür von Philipps Arbeitszimmer auf und blickte durch das Fenster. Am Haus gegenüber parkte ein fremder SUV.

Erleichtert drehte sie sich um.

Hier sah es ja fürchterlich aus!

Ein Stapel Zeitschriften war von einem Stuhl abgestürzt, auf dem Boden verstreut lagen Autozeitschriften und Werbemagazine, Socken, eine Jeans und ein zerknittertes Hemd. Die Computertastatur war mit einem angebissenen Wurstbrot garniert.

Das passte überhaupt nicht zu Philipp.

Er musste völlig durch den Wind gewesen sein. Es sah nach einem plötzlichen Aufbruch aus.

Ihr kam eine Idee. Sie öffnete die Schublade ganz links unten und hob ein paar Unterhosen hoch.

Darunter war nichts.

Verdammt. Er hatte seine Pistole herausgenommen. Wollte er sich umbringen? Oder würde er ihr auflauern, nun, da sein erster Anschlag mit der Batteriesäure gescheitert war?

Sie horchte angespannt. Im Haus war alles still.

Was hatte Philipp mit der Pistole vor?

Sie startete den Computer. Vielleicht konnte sie irgendeinen Hinweis auf seine Pläne entdecken.

Sie starrte auf den Bildschirm mit dem rödelnden Symbol.

Die Pistole hatte er ihr kurz nach ihrer Heirat gezeigt, offensichtlich stolz, eine Waffe zu besitzen.

„Ich fürchte mich nicht vor Einbrechern", sagte er. „Ich kann damit umgehen."

Sie fragte ihn nach einem Waffenschein.

„Nicht nötig", erwiderte er mit breitem Grinsen. „Man muss nur ein bisschen mehr dafür bezahlen als in einem normalen Laden."

Der Bildschirm war aufgeräumt wie immer. Romy ging zu „Ablage" und „suchen", dann zu „Letztes Öffnungsdatum innerhalb der letzten Woche".

Philipp war am Freitagnachmittag und heute um vier Uhr nachts am Computer gesessen.

Er hatte den Internet-Browser benutzt. Sie checkte „Verlauf". Keine Anzeige! Also hatte er „Privates Surfen" eingestellt. Irgendetwas wollte er verheimlichen.

Wie standen eigentlich die Finanzen?

Sie ging zum Online-Banking.

Das Gemeinschaftskonto war leergeräumt. Philipp war ihr zuvorgekommen. Sie mussten endlich ein vernünftiges Gespräch wegen der Scheidung führen. Und in den nächsten Tagen würde sie zu einem Anwalt gehen und sich beraten lassen.

Sie wählte Philipps Handynummer, zum zehnten Mal seit heute Morgen. Er meldete sich nicht. Seltsam. Sonst legte er doch Wert darauf, immer erreichbar zu sein.

In der Hoffnung, einen Hinweis auf seine Pläne zu finden, durchsuchte sie alle Räume, auch die Abstellkammer, den Fitnessraum mit der Sauna und den Vorratskeller, in dem sie ihre Kletterausrüstung in Regalen gelagert hatten.

Der mittelgroße Rucksack von Deuter fehlte. Ebenso die Flexible Friends, Camalots, Philipps Helm, seine Zustiegsschuhe und ein Doppelseil.

Er war ins Gebirge gefahren. Vielleicht steckte er gerade in einem Funkloch.

Sie packte in aller Ruhe und lud Klamotten, Klettersachen und Campingausrüstung in den Ferrari FF. Sie war froh, dass Philipp sich gegen den Berlinetta und für den Viersitzer entschieden hatte. Ein Kletterer brauchte unbedingt etwas Platz für Gepäck.

***

Holger hatte dreißig Jahre lang bei Siemens gearbeitet, zuletzt als Abteilungsleiter. Dann machte die Firma allen älteren Mitarbeitern das Angebot, in Frührente zu gehen. Ob man ihre Fähigkeiten noch brauchte, spielte dabei keine Rolle.

Damals war Holger 58 gewesen. Er ergriff die Chance, aus dem ewig gleichen Trott und Stress auszusteigen und endlich so viel zu klettern und zu reisen, wie er wollte. Für Cora war das kein Problem, sie konnte ihre freiberufliche Arbeit als Übersetzerin aus dem Französischen leicht vom Home-Office ins Wohnmobil verlegen.

„Wir brauchen kein Haus. Das macht nur Arbeit und muss instand gehalten werden“, hatte Holger erklärt. „Eine Doppelgarage ist für unsere paar Habseligkeiten mehr als ausreichend.“

Als Romy die Garage durch die Seitentüre betrat, musste sie die Ellbogen an den Leib pressen, um sich zwischen diesen „paar Habseligkeiten“ durchzuschlängeln: Schränke voll Kleidung, Autoreifen und -ersatzteile, Regale, die von Klettermaterial und Campingausrüstung überquollen, Fahrräder, Bücherstapel und Foto- und Filmausrüstung. Nur in einer Ecke konnte man sich bewegen, ohne blaue Flecken oder Beulen zu riskieren. Dort hatte sich Holger eine Mini-Werkstatt eingerichtet. Er saß an der Werkbank und pfriemelte an einem Friend herum.

„Ah, Romy. Hast du deine Besitztümer aus dem Haus deines Ehegesponses errettet?“

„Ja, das Wichtigste. Aber wohin damit?“

Holger antwortete nicht. Er schien zu überlegen.

Romy deutete grinsend auf einen mannshohen Metallschrank.

„Um Gottes willen!“, stöhnte Holger. „Der Weinlagerschrank ist vermutlich das einzig wirklich sinnvolle Stück hier. Aber der Fernseher kann weg, den haben wir genauso wenig benutzt wie die Brotschneidemaschine. Und den ‚Großen Brockhaus‘ brauchen wir auch nicht mehr, den haben wir jetzt digital.“

Romy ließ sich auf einem Hocker neben Holger nieder. „Sag mal, Papa. Ihr seid doch heimgefahren, um wegen dieser Sache mit der Batteriesäure zu recherchieren. Habt ihr irgendwas herausgekriegt?“

Holger seufzte tief. Dann deutete er mit weit ausholender Geste ringsum. „Wir haben das alles in hoffnungslosen Anfällen von Ordnungswut mehrfach umgeräumt. In der Zone, wo jetzt die Seile hängen, war früher ein Stapel Autoteile, glaube ich – ich bin aber nicht ganz sicher. Vielleicht ist irgendwann ein Seil heruntergefallen. Wir haben dort den Boden mit erheblichen Mühen freigeräumt und ihn untersucht – ohne Ergebnis.“ Holger schüttelte hilflos den Kopf. „Trotzdem ist es möglich, dass wir einen Fehler gemacht haben.“

Romy erzählte ihm von der Pistole.

„Hmmm“, machte Holger. „Hmmm. Vielleicht plant er sein eigenes Ableben. Aber ich befürchte eher, dass du jetzt besonders gut auf dich aufpassen musst. Immerhin spricht einiges dafür, dass er für den Anschlag mit der Batteriesäure verantwortlich war. Es ist besser, wenn Philipp nicht weiß, wo du bist. Du solltest auf keinen Fall in eurem Luxusdomizil übernachten, sondern bei einer deiner Freundinnen.“

„Mach ich. Obwohl ich es mir immer noch nicht recht vorstellen kann, dass Philipp mich umbringen will.“

Am Montagmorgen rief Romy in Philipps Firma an.

„Ihr Mann hat sich für eine Woche abgemeldet“, sagte die Sekretärin. „Dabei geht hier alles drunter und drüber! Und er ist nicht erreichbar, er hat irgendetwas von einem Meditationsseminar im Gebirge gesagt, ich habe es nicht ganz verstanden.“

Es kam Romy unwahrscheinlich vor, dass Philipp mit Helm meditierte.

***

Philipp keuchte den Hang hinauf. Vor ihm Bernds braune Beine in kurzen Hosen, die roboterhaft gleichmäßig dahinstapften. Wie bescheuert dieser Pferdeschwanz aussah! Unordentlich, wie bei einem Alt-Hippie. Zum Kotzen.

Es war nicht leicht, bei diesem Tempo mitzuhalten.

Bei der Selvata-Hütte hatte Bernd sich nach ihm umgedreht und ihn mit einem widerlichen Anklang von Mitgefühl gefragt, ob er eine Pause brauche. Natürlich hatte er ihm diesen Triumph nicht gegönnt. Aber eigentlich war es klar, dass ein Bergführer, der ständig Zeit hatte, seine Kondition zu trainieren, besser drauf war als ein erfolgreicher Geschäftsmann.

Die Pistole, die er tief unten im Rucksack verstaut hatte, drückte ihm ins Kreuz. Hoffentlich brauchte er sie nicht.

Sie war das allerletzte Mittel, eine todsichere Methode, aber ziemlich unelegant. Und nur anwendbar, wenn niemand wusste, wie Bernds Gast wirklich hieß.

Ideal wäre ein Bergunfall, bei dem keiner auf die Idee kam, Philipp hätte nachgeholfen. Aber Bergunfälle zu inszenieren war nicht einfach, oft hatte das Opfer eine gewisse Überlebenschance. Es sei denn, sein Plan mit dem Saft würde funktionieren.

Es kam eben darauf an, flexibel auf die Verhältnisse zu reagieren.

Als die Natursteinmauern und blau-weißen Fensterläden der Tosa- und Pedrotti-Hütte über ihnen auftauchten, war Philipp am Ende seiner Kräfte. Bernd stürmte voran. Der Typ war wirklich gut in Form. Philipp lächelte. Nicht mehr lange.

14. KAPITEL

Zwischen den wuchtigen Burgen der Brenta Alta, der Cima Margherita und der Cima Tosa reckte sich eine schlanke Felssäule 400 Meter hoch in den Himmel, ein irres Gebilde, das eigentlich hätte einstürzen müssen. Der Campanile Basso, den die österreichischen Erstbegeher „Guglia di Brenta" genannt hatten, war einer der berühmtesten Gipfel der Dolomiten. Und die Wirklichkeit war noch eindrucksvoller als die bekannten Bilder dieses Turms, der eine Ikone des Bergsteigens war wie das Matterhorn.

Philipp lockte es, dort hinaufzusteigen. Trotz allem.

Es war acht Uhr morgens, in etwa 2500 Metern Höhe war es im Schatten eiskalt. In den ersten beiden Seillängen der „Fehrmann-Führe" hingen schon Trauben von Kletterern, Schreie ertönten: „Stand!", „Tira!", „Obacht!"

Am Einstieg hatte sich eine Warteschlange von drei Seilschaften gebildet.

Wer nur einen Fünfer draufhatte, musste sich eben unter dieses Volk mischen. Ein Könner wie Philipp hatte hier freie Auswahl. Nur ein Stückchen weiter links, in der „Rovereto" und der „Graffer-Kante", war kein Mensch zu sehen. Damit war das Ziel klar. Natürlich würden sie die schwierigere Route nehmen, die mit sechs plus bewertete „Graffer-Kante".

Am vorigen Abend hatte Philipp Bernd bei einer „Birra Weizen" klargemacht, dass er wirklich klettern konnte, obwohl er mit Bergführer ging. Bernd hatte gelächelt und ihn gefragt, ob er einen Siebener oder Achter nicht nur im Klettergarten, sondern auch im Gebirge beherrschte, wenn es nur Rosthaken und ranzige Schlingen aus den sechziger Jahren gab. Frechheit! Offenbar hielt Bernd ihn für einen Angeber und wollte deshalb nicht sofort mit ihm in eine richtig große Tour einsteigen wie den „Franzosenpfeiler" oder die „Via delle Guide" am Crozzon.

Philipp hatte sich mit der Guglia dann doch einverstanden erklärt. Aus der Beschreibung im Führer war ihm klargeworden, dass sie für ihn einige Gelegenheiten bot.

Als sie den Wandfuß erreichten, holte Philipp die Karabiner und Klemmkeile aus dem Rucksack und hängte sie sich an den Gurt.

„Willst du wirklich vorsteigen?“, fragte Bernd. „Die erste Seillänge sieht nicht so aus, als wäre sie gut gesichert.“

„Logo. Wenn ich tot bin, zahl ich dir ein Bier!“

Trotz seiner kältesteifen Finger kletterte Philipp so schnell wie möglich. Bernd würde sich wundern, wie gut er war. Obwohl das langfristig eigentlich keine Rolle spielte.

Der Fels an der steilen grauen Kante war super, die Sicherungen normal für eine alpine Tour – miserabel bis nicht vorhanden. Aber solange Philipp die Schwierigkeiten voll beherrschte, war das für ihn kein Problem.

Bald hatten sie die übereinander krabbelnden Männlein in der „Fehrmann“ überholt.

Wolken quollen zwischen den Felsen empor, als sie die Schulter mit dem Felsband erreichten, dem man den Spitznamen „Strada provinciale“ gegeben hatte.

Hier endeten die meisten Routen auf die Guglia, auch die „Graffer-Kante“. Der schwerste Teil der Tour war vorbei, und es schien ratsam abzuseilen, da es ringsum immer mehr einnebelte. Bernd fragte nicht einmal, ob Philipp auf den Gipfel wollte. Er blickte kurz hinauf und Philipp nickte.

Nach ein paar Seillängen standen sie auf dem Gipfelplateau. Es war kalt und düster, Bernd war eine Silhouette im Nebel. Philipp wischte sich Tröpfchen aus dem Gesicht und läutete die Gipfelglocke. Bernd trat auf ihn zu und reichte ihm die Hand. „Gut gemacht!“

Wie herablassend das klang! Aber Philipp durfte seine Wut auf keinen Fall zeigen. Er nahm Bernds Hand und drückte sie kräftig.

„Früher hat man ja ‚Berg Heil‘ gesagt, aber das ist aus der Mode gekommen. Danke, dass du mich auf die Guglia – äh – geführt hast!“

Bernd lachte. „Den Zapfen hättest du auch ohne Bergführer gefunden, er ist ja nicht gerade unauffällig. Und als Vorsteiger hast du mich auch nicht gebraucht. Betrachte mich einfach als Ersatzmann für deinen Kumpel.“

„Ein bisschen teurer eben“, erwiderte Philipp mit einem Lächeln. „Aber ich finde, dass Bergführer viel zu wenig verdienen. Immerhin bringen sie sich mit ihrem Beruf manchmal in Lebensgefahr.“

„Wir sollten möglichst schnell hier runter“, erwiderte Bernd. „Es könnte ein Gewitter geben.“

Nach den ersten paar Abseillängen querten sie seilfrei auf der „Strada provinciale“ durch die Nordwand Richtung Ostwand. Das breite Band war die erste Stelle, die Philipp eine Chance bot. Er hielt sich dicht hinter Bernd, alle Sinne angespannt. Von den unfähigen Typen aus der „Fehrmann“ war keiner zu sehen oder zu hören. Und der Nebel verhüllte alles vor den Blicken der Wanderer am Bocchette-Weg, die sonst immer die Kletterer an der Guglia bestaunten.

Bernd ging aufrecht, das Band war etwa einen halben Meter breit. Ein Schubser ... nein! Noch nicht.

Dass ein Bergführer hier stolperte und abstürzte, war allzu unwahrscheinlich. Und obendrein hatte Bernd hier vielleicht die Chance, sich wieder zu fangen. Ruhig bleiben. Nichts übereilen. Wenn die Beschreibung des Abstiegs stimmte, hatte Philipp heute mindestens noch eine Gelegenheit.

Sie hatten schon sieben- oder achtmal abgeseilt, Philipp wusste es nicht genau, nun kam der zweite längere Quergang.

Bernd zog das Doppelseil ab, jeder nahm einen Strick auf. Bernd ging voran. Er balancierte nur eine Armlänge vor Philipp über dem Abgrund. Der Nebel war so dicht, dass man nur ein paar Schritte weit sehen konnte. Philipp blickte sich um – alles klar. Sein Herz pochte gegen seine Rippen, sein

Atem ging schnell. Würde er den richtigen Schwung hinkriegen? War ein Stoß gegen die Körpermitte wirklich am besten? Konnte Bernd sich an ihm festklammern, ihn mit in die Tiefe reißen?

Philipps Arme schienen in einer zähen Masse zu stecken. Feigling! Nun mach schon!

Ein Filmfetzen. Romy nackt, stöhnend, und Bernd, der wild in sie hineinstieß.

Jetzt hatte Bernd die nächste Abseilstelle fast erreicht. Er wandte Philipp sein widerliches Harter-Bursche-Gesicht zu und grinste.

Kraft und Wut schossen in Philipps Fäuste. Er umklammerte mit der linken Hand eine Felsnase und ballte die Rechte.

Bernd griff nach der Schlinge an seinem Gurt, um den Karabiner am Abseilring einzuklinken.

Jetzt!

Ein roter Helm tauchte aus der Tiefe empor.

Philipp zuckte zurück. Er zitterte am ganzen Körper. Seine Beine gaben nach, er klammerte sich mit beiden Händen an den Fels.

Das wäre beinahe schiefgegangen. Wie hätte er auch ahnen können, dass so spät am Tag noch jemand den Normalweg heraufkam? Nur ein absoluter Laie stieg bei diesem Wetter ein, und obendrein so spät. Was für ein Pech!

Es war ein Alleingänger mit einem Seil auf dem Rücken.

„Bist spät dran“, sagte Bernd und drückte sich an den Fels, um den Mann vorbeizulassen. „Sei vorsichtig bei dem Wetter!“

„Wenn ein Gewitter kommt, seile ich ab.“

Als Philipp hinter Bernd her auf dem Bocchette-Weg zur Bocca di Brenta marschierte, hatte er den Misserfolg schon verwunden. Dies war der Anfang einer ganzen Woche. Vielleicht konnte er schon morgen mit dem Kerl fertigwerden, der seine Frau gestohlen hatte. Und dann würde Romy zu ihm zurückkehren. Und dann ...

Am nächsten Tag schlug Bernd die „Detassis“-Route durch die Nordostwand der Brenta Alta vor, aber die war mit Lahmärschen besetzt und sie wichen in die benachbarte „Oggioni“ aus. Was Philipp ganz gut in den Kram passte. Denn die großzügige Verschneidung endete oben in einer Schlucht.

Schluchten waren steinschlaggefährlich.

***

Die Hauptschwierigkeiten waren vorbei, den Rest der Tour konnte Philipp locker im Solo schaffen. Lose Steine und Geröll lagen auf Absätzen. Er hatte einen sicheren Stand, als er Bernd nachkommen ließ.

Bald würde er aus dem Schlund auftauchen.

Bei dem Gedanken, ihn hinunterzuschubsen, hatte Philipp sich nicht wohl gefühlt. Aber das hier war wie ein Schuss mit der Pistole. Er selbst ging dabei keinerlei Risiko ein. Und niemand konnte ihm einen Vorwurf machen, Steine lagen nun mal herum. Manchmal donnerten ganze Lawinen ohne ersichtlichen Grund vom Berg herab.

Philipp gab einem kopfgroßen Stein einen Tritt.

„Stein! Achtung, Stein!“

Das Geschoss verschwand in der Tiefe, es krachte und schepperte, hallte von den Wänden wider, eine Staubwolke stieg auf und es roch nach Schwefel.

Philipp wartete, bis sich der Lärm gelegt hatte. „Alles klar, Bernd?“

„Okay!“

Scheiße! Daneben.

Ein paar Minuten später stieg Bernd aus der Schlucht. Mit einer Macke im Helm und einer Fleischwunde am Oberarm.

„Das war aber ein Kaventsmann, der da runtergekommen ist! Da habe ich vielleicht Schwein gehabt! Das Teil ist gegen die Wand geknallt und zersprungen. Mich haben nur ein paar Splitter getroffen."

„Ich habe gar nicht mitgekriegt, wie das passiert ist", erwiderte Philipp. „Vielleicht ist der Stein von oben runtergekommen."

Bernd rückte seinen Helm zurecht. „Unmöglich, sonst hättest du ihn gehört. Ich glaube eher, dass er sich durch die Seilbewegung beim Einziehen gelöst hat."

Leider hatte Philipp bei dieser Tour keine Möglichkeit für Plan Nummer eins. Dazu war der Abstieg zu kurz und das Wetter zu schön. Aber für die nächsten Tage waren wieder Nachmittagsgewitter angesagt.

Nun war es an der Zeit, die weltberühmten Routen am Crozzon di Brenta anzugehen. Um von dort wieder herunterzukommen, überschritt man einen langen Grat hinüber zur Cima Tosa. Das dauerte gute zwei Stunden, wenn alles glatt lief. Und das würde es nicht. Es sei denn, andere Kletterer wären in der Nähe. Aber wenn es beim Abstieg nach der „Via delle Guide" nicht klappte, konnte Philipp immer noch den „Franzosenpfeiler" machen.

Heute war erst Dienstag. Bis nächsten Sonntag konnte viel passieren.

15. KAPITEL

Am Mittwoch schliefen Bernd und Philipp lange aus und frühstückten in aller Ruhe. Die Wettervorhersage war so schlecht, dass eine Klettertour unverantwortlich gewesen wäre.

Sie erreichten die Brentei-Hütte in strömendem Regen, begleitet von Blitz und Donner.

In der Nähe des Eingangs entdeckte Bernd ein Schild mit der Abbildung eines Klettersteiggehers auf einer Eisenleiter. Daneben stand eine Gebrauchsanweisung in drei Sprachen.

Bernd las die deutsche Übersetzung:

Mehr Freude und Sicherheit! Mit drei oder vier Meter Seil oder Rebbeschnur geknüpft und mit zwei Karabinerhachen (die man abwechselnd auf die metallische Seite anhakt) wird der Weg sicherer und leichter.

Bernd lächelte. Noch vor ein paar Monaten hätte er laut herausgelacht. Aber seit Romy ihn abgewiesen hatte, war alles anders. Er deutete auf das Schild.

„He, Paul, das ist gut!"

Paul las und lachte lauthals. Es klang künstlich.

Den ganzen Vormittag über war er ungewöhnlich still gewesen. Wahrscheinlich machte ihm der Vorfall gestern in der „Oggioni"-Route noch zu schaffen und er hatte Schuldgefühle, weil er zu wenig aufgepasst und seinen Seilpartner beinahe umgebracht hatte.

Bernd trat in die Hütte und hängte seine triefnasse Regenjacke auf.

Natürlich konnte es jedem passieren, dass er Steinschlag auslöste. Aber es war auch eine Frage der Aufmerksamkeit. Und der Erfahrung. Andererseits – Paul hatte erzählt, dass er das Klettern im Gebirge gelernt hatte, seine ersten Unternehmungen seien Grate und Gipfel im zweiten und dritten

Schwierigkeitsgrad gewesen. Im Schrofengelände und brüchigen Fels war er souverän unterwegs.

Die finstere Schlucht, der Schock, als der Felsbrocken auf Bernd herabstürzte – weg damit! Manchmal brauchte man als Bergführer eben Glück, vor allem, wenn man Pech hatte.

Es war warm und gemütlich in dem mit rötlichem Holz getäfelten Raum. An den Wänden hingen alte Schwarz-Weiß-Fotos von Felswänden mit eingezeichneten Routenlinien. Rund um die Tische hockten Kletterer, Klettersteiggeher und Wanderer. Die meisten konnte man mithilfe ihrer Führerliteratur und ihrer Gewichtsklasse leicht in eine der drei Gruppen einordnen.

Bernd schob ein Stück Apfelstrudel in den Mund. Früher hatte er den Kontrast zwischen der Kruste mit dem Puderzucker und der weichen, säuerlichen Apfelfüllung genossen. Er schmeckte fast nichts. Alles war wie mit einem Grauschleier überzogen. Hohl. Sinnlos. Vermutlich hatte er eine Depression. Jetzt konnte er nachvollziehen, wie es Gerda manchmal erging.

Er zuckte zusammen. Pauls laute Stimme.

„Das Wetter wird nicht so toll, aber ich würde trotzdem gerne morgen an den Crozzon gehen. Wir sind ja sehr schnell, spätestens um die Mittagszeit sind wir aus der Wand heraus. Und wenn es ein Gewitter gibt, können wir in der Biwakschachtel am Gipfel bleiben."

Bernd starrte auf das blau-weiß karierte Tischtuch. Dieses muntere Selbstbewusstsein nervte. Er musste sich bemühen, freundlich zu seinem Kunden zu sein.

„Ich weiß nicht recht. Wenn uns das schlechte Wetter in der Wand erwischt, wird es ungemütlich."

„Wir können doch abseilen, oder?"

„Ich kenne die Route nicht", erwiderte Bernd, „das könnte schwierig werden."

Paul grinste ihn an. Mit diesem breiten Zahnpastawerbespotlächeln, das penetranten Optimismus verbreitete.

„Hej, Bernd, was soll's! Auf diese Tour bin ich schon lange scharf. Ich zahl dir mit Vergnügen das Doppelte, wenn's klappt."

Bernd schüttelte den Kopf. „Das ist ein schlechtes Argument. Ich bin für deine Sicherheit verantwortlich."

Nebenan knarrten Stühle. Zwei abgerissene Gestalten, die nach Schweiß und feuchten Socken rochen, ließen sich am übernächsten Tisch nieder und warfen einen Stapel Topos auf den Tisch. Bernd sah nur ihre Rückseite, die eine war blondgelockt, die andere hatte kurzgeschorenes braunes Haar.

Paul blickte zu den beiden hinüber. Er verzog das Gesicht.

„Puuuh. Weiber. Die sollten sich mal waschen."

Jetzt schaute Bernd genauer hin. Tatsächlich. Eine Frauenseilschaft. Was sie wohl vorhatten?

„Vielleicht haben die das ‚Nanga Parbat'-Parfum von Reinhold Messner aufgesprüht", sagte Paul. „Das hat vermutlich eine unvergessliche Note von ungewaschener Unterhose, Yakdung und Angstschweiß."

„Machst du Witze?", fragte Bernd. „Oder stellt Messner tatsächlich Parfums her?"

„Kein Witz, es stimmt", erwiderte Paul. „Ich glaube, es gibt auch noch Parfums mit den Namen ‚Manaslu' und ‚Mount Everest'. Zu jedem Achttausender soll eine spezielle Duftnote entwickelt werden, und zwar in der Reihenfolge der Besteigung durch Reinhold Messner."

Bernd schüttelte den Kopf. „Das ist echt der Gipfel."

Die Bedienung kam, die Frauen bestellten Kaffee und Bier. Die Blonde hatte ein rotbraun verbranntes, fröhliches Gesicht und breite Hüften, die Braunhaarige war eher der sehnig-magere Typ.

Bernd versenkte sich ins Studium des Topos; dabei versuchte er die Chancen für einen eventuellen Rückzug einzuschätzen.

Nach einer Weile kam die Blonde herüber.

„Hallo ihr zwei. Habt ihr den neuesten Wetterbericht?"

„Klar", erwiderte Bernd. „Morgen gibt es höchstwahrscheinlich wieder ein Gewitter, aber erst am späten Nachmittag. Was habt ihr denn vor? Die Nordkante am Crozzon?"

„Den ‚Franzosenpfeiler'."

Das war eine ernsthafte Alpintour.

„Kennt ihr die ‚Via delle Guide'?", fragte Bernd.

Die Blonde strahlte. „Ich hab sie letztes Jahr gemacht, die ist super! Der Fels ist echt obergeil. Für einen alpinen Klassiker jedenfalls."

Bernd nickte. „Das habe ich auch schon gehört. Kann man über die Route abseilen?"

Die Blonde schüttelte den Kopf, dass ihre Locken tanzten. „Eher nicht. Auf jeden Fall müsste man viel Material opfern."

„Und wie ist der Übergang zur Cima Tosa? Wie lange braucht man dafür?", erkundigte sich Bernd.

„Keine Ahnung. Wir sind damals über die Nordkante runter, die ist inzwischen zum Abseilen eingerichtet."

Bernd bat sie, ihm ein paar Hinweise zur Abseilpiste zu geben. Auch die andere kam nun dazu.

„Hallo. Ich bin Julia."

„Ich heiße Anna", sagte die Blonde.

Bernd stellte Paul und sich vor. Paul nickte nur und blickte mürrisch vor sich hin.

Die Frauen erinnerten sich nicht mehr genau an die Abseilstrecke. „Von oben sind die Stände nicht leicht zu finden", sagte Julia. „Im Nebel würde ich es nicht riskieren."

Eine Weile spielten sie Namedropping. Die Frauen punkteten mit der „Via della Soddisfazione" an der Cima d'Ambiez und „Oro e carbone" am Brunecker Turm, Bernd mit den „Modernen Zeiten" an der Marmolada-Südwand.

Paul beteiligte sich nicht an dem Gespräch. Bernd wandte sich an ihn.

„Und, was findest du, Paul, sollen wir morgen versuchen, über die Nordkante runterzugehen?“

Paul zuckte die Schultern. „Kommt aufs Wetter an.“ Er sah die beiden Frauen an. „Wie lange habt ihr für die ‚Via delle Guide‘ gebraucht?“

„Sorry, das weiß ich nicht mehr“, erwiderte Anna. „Na dann viel Spaß morgen!“

Die beiden Frauen gingen hinaus. Inzwischen hatte der Regen aufgehört und die Sonne ließ die Geranien am Fensterbrett rot aufleuchten.

„Ich hätte mich bestimmt erinnert, wie lange ich für die Tour gebraucht habe“, sagte Paul. „Und außerdem schreibe ich so was auf.“

Bernd nickte. „Ich auch. Aber ich glaube, Frauen nehmen Begehungszeiten nicht so wichtig. Warum warst du eigentlich so – äh – wenig interessiert an unserem Gespräch?“

„Die beiden waren nicht mein Typ“, sagte Paul. „Aber ich wäre froh, wenn meine Frau mir solche Touren hinterhersteigen würde.“

Bernd leerte seine Tasse. Der kalte Kaffee schmeckte widerlich. „Geht mir genauso. Hast du versucht, deiner Frau das Klettern beizubringen?“

„Äh – nein. Sie geht lieber shoppen oder macht auf Kultur. Sie findet das Klettern vollkommen sinnlos.“ Paul zwinkerte Bernd zu. „Manchmal glaube ich, sie ist ganz froh, wenn ich nicht daheim bin.“ Er lachte. „Vielleicht hat sie einen Liebhaber oder so. Und wie steht’s mit deiner Frau?“

Bernd antwortete nicht.

Paul stieß ihn in die Rippen. „Na, würde dir eine von diesen beiden Alpinistinnen gefallen, trotz der etwas eigenartigen Geruchskomponente?“

Allmählich wurde Bernd ärgerlich. Die plumpe Vertraulichkeit widerte ihn an.

„Du bist ein Macho, Paul. Ich glaube, bei einem Mann würdest du nicht auf die Idee kommen, seinen Geruch zu kritisieren. Frauen haben das gleiche Recht zu schwitzen wie wir."

***

Bernd spülte einen Keks mit einem Schluck Kaffee hinunter. Es war fünf Uhr morgens. Der Hüttenwirt war noch nicht wach, es gab kein elektrisches Licht. Zum Glück waren zwei Italiener mit Stirnlampen da, sonst hätte er die abgepackte Butter, die Marmelade und das Weißbrot ertasten müssen.

Das Angebot war wie in einem typischen italienischen Hotel. In zwei Stunden würde Bernd bestimmt wieder Hunger haben. Er musste noch ein paar Energieriegel einpacken.

„Na, gut geschlafen?", fragte Paul.

Bernd nickte, was eine glatte Lüge war. Er hatte keine Lust, sich über seine Schlafschwierigkeiten auszulassen.

Als sie die Schneefelder unterhalb der Tosa-Rinne erreichten, war es schon einigermaßen hell. Ein kalter Hauch wehte aus der mit Eis gefüllten Schlucht. Über ihnen baute sich der dunkelgraue Klotz des Crozzon di Brenta auf.

Bernd hatte ein flaues Gefühl im Magen. Unter seinen Füßen knirschte der hart gefrorene Schnee, ein Feld mit einem Muster aus Dellen, in die man die Füße setzen konnte.

Je näher sie an die Wand herankamen, desto steiler wurde der Hang. Eigentlich brauchte man einen Pickel. Ein Ausrutscher konnte tödlich sein.

Der Einstiegsriss war klar. Bernd hätte ihn auch ohne den roten Fleck gefunden. Über ihm hing die Wand. Schluchten und Risslinien wurden von Dächern und Überhängen unterbrochen. Das sah nicht gerade einladend aus.

Im Nordwesten, zum Brentei-Tal hinaus, staffelten sich Bergketten, eine hinter der anderen, bis sie in der Ferne verblassten und fast durchscheinend vor dem fahlrosa Himmel standen.

Bernd zeigte in die Richtung.

„Ich glaube, das da hinten ist die Ortlergruppe mit dem Cevedale."

Paul blickte von seinem Rucksack auf, in dem er herumgekramt hatte. „Auf dem Cevedale bin ich auch schon gewesen. Netter Skiberg." Er zog den Klettergurt hervor, bückte sich und steckte die Füße durch die Schlaufen.

Bernd war längst mit allem fertig und startklar, er hatte das Doppelseil bereitgelegt und sich eingebunden. Es war normal, dass der Kunde viel länger brauchte. Aber es nervte. Vor allem heute, wo er das Gefühl hatte, sie sollten sich beeilen.

Von den beiden Frauen war nichts zu sehen. Wahrscheinlich hatten sie auf den „Franzosenpfeiler" verzichtet, weil ihnen das Wetter zu unsicher war.

Bernd stieg in den Riss ein. Manchmal legte er aus purer Gewohnheit einen Friend, die geschlagenen Haken machten keinen schlechten Eindruck. Seine kalten Finger wurden schnell warm.

Ein paar Seillängen später kletterten sie in der Sonne. Tief unter ihnen lag das mit Schutt gefüllte Tal, aus dem der Pfeiler der Guglia di Brenta emporwuchs. Es war ein fantastischer Anblick. Bernd war froh, dass er diese Schönheit trotz seiner trüben Stimmung empfinden konnte. Wie gerne hätte er die Guglia zusammen mit Romy bewundert! Romy... Seine Kehle wurde eng, er fühlte einen ziehenden Schmerz in der Brust. Gut, dass er jetzt an der Reihe war, die Dachpassage war angeblich die Schlüsselstelle. Er musste sich konzentrieren.

Hauruck und drüber. Den schwarzen Wasserstreifen hatte man von der Hütte aus gut erkennen können, er hatte Bernd Respekt eingeflößt. Natürlich war der Fels klatschnass nach dem Gewitter gestern. Aber die Kletterei war großartig: Man turnte im senkrechten Gelände von Henkel zu Henkel.

Bernd klinkte sich am Stand ein und holte Paul nach.

Was für eine grandiose Seillänge das gewesen war! Früher hätte er dort laut gejubelt. Warum hatte er sich jetzt nicht wirklich darüber gefreut? War das die Depression?

Vielleicht. Aber es war auch etwas anderes. Ein intensives Gefühl der Dringlichkeit, der Eile. Wenn Paul an einer Stelle zögerte, hätte er ihn am liebsten angeschrien.

Hinter der Brenta Alta quollen aus einer Schicht dunkler Wolken weiße Türme empor.

Ein paar Seillängen weiter oben waren die Schwierigkeiten vorbei, sie kraxelten über Schrofen. Jetzt hatten sie nur noch zweihundert Höhenmeter bis zum Gipfel. Der Himmel hinter der Brenta Alta war schwarz. Wolken brodelten in den Tälern und krochen über die Grate.

Sie hasteten über Geröll und splittriges Gestein. Bei einem kleinen Aufschwung im dritten Schwierigkeitsgrad wehten Schwaden zu ihnen herauf.

Der Gipfel war eine mit Schutt bedeckte Insel im Nebel.

Bernd reichte Paul die Hand. „Eine schöne Tour."

Paul strahlte. „Ja. Es war super. Vielen Dank, Bernd!"

Sonne brach durch den Nebel. Das Metall der Biwaktonne leuchtete auf.

Bernd warf einen Blick auf die Uhr. Halb eins. Das Gewitter sollte sich erst am Nachmittag entwickeln und sie waren früh dran. Wahrscheinlich hatte er sich ganz umsonst Sorgen gemacht wegen des Wetters; zur Zeit waren seine Nerven dünn.

Er ging zur Biwakschachtel hinüber. Die angerosteten Riegel quietschten beim Öffnen. Er steckte den Kopf hinein. Helles Holz, vier Lager mit Leintüchern und Decken. Eine Tüte Knorrsuppe, eine Gaskartusche und sogar ein paar Bücher. Hier konnte man es aushalten.

Es wäre vernünftig, hierzubleiben.

Wäre nicht Paul dabeigewesen. Das Gerede dieses Typen ging ihm immer mehr auf den Geist. Fast so sehr wie seine eigenen, quälenden Gedanken, denen er hier den ganzen

Nachmittag und die lange Nacht über nachhängen würde. Untätigkeit war die Hölle.

„Na, gehn wir weiter?“, fragte Paul.

Das war Wasser auf Bernds Mühlen. Aber er tat seine Pflicht dem Kunden gegenüber. „Es wäre sicherer, hierzubleiben.“

„Ach, scheiß drauf!“, sagte Paul. „Komm, Mann, bis rüber zum Tosa-Gipfel sind es doch nur zwei Stunden. Der Abstieg ist leicht und geht sicher schnell. Und wenn wir erst mal ein Stück weiter unten sind, ist ein Gewitter nur halb so schlimm.“

Bernd blickte sich um. Es hatte wieder zugezogen, ringsum wölkte Nebel.

Über die Nordkante abzuseilen, war bei so wenig Sicht unverantwortlich. Und die Strecke zur Cima Tosa war laut Topo gut mit Steinmännern markiert.

Paul hatte seinen Rucksack geöffnet und zog eine Siggflasche heraus. „Noch ’nen Schluck, Bernd?“

„Danke, ich habe selber etwas zu trinken.“

Paul setzte den Becher an die Lippen und schlürfte. Dann stellte er ihn ab.

„Super. Das ist eine Powermischung, die musst du unbedingt probieren.“

„Na gut.“ Bernd nahm den Becher entgegen. Das Getränk schmeckte fruchtig, leicht säuerlich. Viel besser als sein mit Mineralstofftabletten versetztes Wasser. Er trank aus und reichte den Becher zurück. „Danke, das schmeckt gut. Ziemlich natürlich, fast wie frischer Saft.“

Paul nickte und schob sich einen Müsliriegel in den Mund.

Ein paar Minuten später seilten sie zwanzig Meter hinunter in eine Scharte. Danach ging es wieder bergauf, sie querten einen schotterdurchsetzten Hang. Im Abgrund brodelte Nebel und kochte hoch, gespenstische Gestalten stiegen empor und verwehten. Manchmal erhaschten sie einen Blick auf eine Felswand und mit Schnee gefüllte Rinnen, die in die

Tiefe hinabschossen, dann zogen wieder Schwaden darüber und verhüllten alles. Es wurde immer dunkler. Die Steinmänner sahen im Nebel aus wie missgestaltete Zwerge.

Bernd fühlte sich schwummerig. In der Ferne grollte Donner. Das Gewitter war noch weit weg, aber sie durften nicht trödeln. Bernd befahl seinen Beinen, sich zu beeilen, aber sie gehorchten nicht und seine Schritte waren unsicher, als wäre er ein bisschen betrunken. Sein Kopf fühlte sich schwer und benommen an, in seinem Magen grummelte es. Mit jedem Schritt wurde es schlimmer.

Auf dem Biwakplatz am Mittelgipfel sank er auf den Boden. Ihm war speiübel.

„Irgendwas stimmt nicht mit mir“, flüsterte er. „Vielleicht werde ich krank oder so. Mir ist schlecht. Und der Kopf fühlt sich komisch an.“

Paul sah ihn an. „Du siehst wirklich blass aus. Magst du ein Aspirin?“

Bernd nickte und wischte sich den Schweiß von der Stirn. Paul setzte sich neben ihn, nahm ein Päckchen aus der Deckeltasche und reichte Bernd eine Tablette. Dann holte er seine Trinkflasche heraus und goss einen halben Becher voll ein.

Bernd schluckte die Tablette, griff nach dem Getränk. Seine Hände zitterten so sehr, dass der Saft überschwappte. Er nahm einen tiefen Zug und gab Paul den Becher zurück.

Bernds Zunge war pelzig, die Lippen fühlten sich an wie aufgebläht. Seine Worte kamen nur undeutlich heraus. „Ich – ich brauche nur eine Pause.“

„Klar doch, Bernd. Du hast Grippe oder so. Das wird schon wieder.“

Braver Paul. So besorgt. Es war ungerecht, ihn nicht zu mögen.

Bernd war gleichzeitig heiß und kalt. Alles um ihn verschwamm.

Pauls Stimme drang zu ihm wie durch eine Schicht dicken Stoffs. „Also ich gehe jetzt und bereite die Abseilstelle vor, dann lasse ich dich hinunter. Und wenn es dir nicht besser geht, sichere ich dich dabei."

In Bernds Kehle stieg etwas Säuerliches empor. Er würgte, konnte aber nicht kotzen. Schwirrende Nebel tanzten um ihn.

Pauls Stimme.

„Ich habe alles vorbereitet. Wie geht es dir?"

Bernd öffnete den Mund, brachte nur ein Brabbeln hervor.

Pauls Arm, Hand. Griff in Bernds Rucksack – wieso? Ah – trinken. Meine Flasche? Was …

Etwas knisterte vor Bernds Gesicht, Kühles streifte seinen Hals. Weiß-goldenes Funkeln. Eine Rettungsdecke ...

„Pa … Paul?"

Seine Gestalt löste sich im Nebel auf.

Nachdenken. Bernd musste ... was musste er? Wie lange ... zu lange ... Wo war Paul?

Der Himmel wurde hell, vibrierendes Licht.

Bernd kicherte. Seine Knie zuckten, er fuchtelte mit den Armen. Hei, das gab ein Gewitter!

***

Philipp ließ einen Strang des Doppelseils hängen. Das machte einen besseren Eindruck, wenn er später von Bernds Unfall berichtete.

Er hastete über Bänder, stieg ab, querte eine mit Schnee gefüllte Rinne.

Am Himmel flackerte Licht, das Rollen des Donners hallte an den Wänden wider.

Jetzt musste er noch weiter bergauf, dabei wollte er runter, bloß runter, so schnell wie möglich.

Philipps Kehle war wie mit Sandpapier beschichtet, seine Beine waren schwer. Vor ihm breitete sich eine Wüste aus Schutt und Schneeflecken aus. Nebel wogte, wirbelte, tanzte, schloss sich dicht um ihn. Ein Gipfelkreuz war nirgends zu sehen, nur die Umrisse eines Steinmanns ein Stück weiter unten. Er stolperte über das Schotterfeld hinab darauf zu, so schnell er konnte. Da unten – der nächste Steinmann. Schneller! Abwärts! Er war der Blitzableiter!

Weiter hinunter über Schuttbänder und Felsstufen. Am Himmel zerplatzte grelles Licht, Donner krachte. Das Gewitter war ganz nah.

Dreh jetzt bloß nicht durch! Reiß dich zusammen, konzentriere dich, sonst stürzt du in dem Drecksgelände ab!

Hagelkörner prasselten auf Philipps Helm und Schultern. Feurige Zackenlinien fuhren über den Himmel, der Donner rumpelte und dröhnte in den Ohren. In den kurzen Pausen hörte Philipp ein unheimliches Summen und Knistern.

An seinen Fingerspitzen zuckten Flämmchen. Es fühlte sich an, als liefe er in ein Spinnennetz.

Runter! Nur runter!

Hagelkörner strömten in Bächen über die Felsstufen hinab, das Gestein war dunkel, splittrig. Steine pfiffen an Philipp vorbei.

Er hetzte bergab, querte, irrte herum, fand immer wieder einen Steinmann.

Das Elmsfeuer war verschwunden.

Der Hagel ließ nach.

Hemd und Hose klebten triefnass auf Philipps Haut, die Schuhe quietschten. Kälte schüttelte ihn.

Da – die Abseilstelle über dem Kamin.

Philipp nahm das Seil vom Rücken und wickelte es ab. Er war der elektrischen Hölle da oben entronnen. Es wäre zu blöd, jetzt noch in einem Zweier hinunterzufallen.

16. KAPITEL

Romy hockte auf dem breiten Absatz vor dem letzten Aufschwung des ersten Sellaturms und holte das Seil ein. Ihre Kletterschuhe baumelten an einem Karabiner, den sie am Stand eingehängt hatte. Sie spreizte die nackten Zehen. Was für eine Wohltat, aus den superengen Schuhen herauszukommen, die sie bei schwierigen Routen immer benutzte! Es hatte sich gelohnt, sie hatte die Schlüssel-Seillänge der „Icterus“ auf Anhieb geschafft und war stolz darauf. Sie war nicht steil gewesen – knapp senkrecht – und mit acht angegeben. Aber der Regen hatte alle Magnesiaspuren von den winzigen Griffen abgewaschen und sie hatte sich ein paarmal verklettert.

Coras blauer Helm tauchte unter ihr auf. Ihre grauen Haare klebten an ihrer Stirn, ihr Gesicht war gerötet. Sie strahlte.

„Was für eine super Route! Das hat echt Spaß gemacht. Aber jetzt habe ich Durst.“

Sie klinkte sich am Stand ein, ließ sich neben Romy nieder und nahm den Mini-Rucksack von ihrem Rücken.

„Magst du auch was?“

Sie zog eine Halbliterflasche Apfelschorle heraus.

„Gerne. Ach ist das schön hier!“

Romy deutete in die Runde. Am Himmel segelten Schäfchenwolken, gegenüber leuchtete die schneebedeckte Kuppe der Marmolada vor tiefem Blau. Romys Blick glitt hinüber zur Westwand des Pordoi, die schwarz und abweisend aus Schuttkaren und Wäldern emporstieg. Die „Niagara“ wäre auch eine spannende Aufgabe.

„Schade, dass du am Sonntag heimfahren musst“, sagte Cora. „Das Wetter bleibt noch ein paar Tage schön.“

Romy seufzte. „Ja, ich muss zurück ins Büro, mein Urlaub ist dann vorbei. Und ich habe noch nicht offiziell gekündigt.“

Sie nahm einen langen Schluck. Das Getränk prickelte im Mund und rann säuerlich-kühl ihre Kehle hinab.

„Wann willst du denn kündigen?“, fragte Cora.

„Erst wenn ich einen neuen Job habe. Der Anwalt hat gesagt, es dauert sicher eine Weile, bis Philipp und ich unsere Finanzen auseinanderklamüsert haben. Aber lassen wir das. Heute ist es so schön, da möchte ich nicht an den ganzen Mist –“

Tirittirriri, tirittirriri ... dudelte es aus dem Rucksack. Romy nahm ihr iPhone heraus.

„Romy Maiwald.“

„Hallo Romy. Ich bin's, Janine.“

„Hi Janine, wie geht's?“

„Bei mir ist alles okay. Aber – aber jetzt muss ich dir was erzählen. Setz dich am besten hin.“

Das klang seltsam. Ernst. „Ich sitze schon.“

Romy stellte das Handy auf Lautsprecher, damit Cora mithören konnte.

„Was ist los, Janine?“

Die Antwort war kaum zu verstehen.

„Bernd. Bernd – er ist tot.“

Tot? Hatte sie das richtig gehört?

„Er – er ist tot?“

„Ja.“

Alles drehte sich um Romy. Sie umklammerte das iPhone.

„Oh Gott. Was ist passiert?“

„Ich weiß nicht viel darüber. Nur dass er mit einem Kunden in der Brenta war. Am Crozzon. Und dort hat ihn der Blitz getroffen. Es ist vorgestern passiert, gestern hat ihn die Bergwacht heruntergeholt. Es tut mir so leid.“

Oh nein. Bernd. Ein Schluchzer stieg aus Romys Brust.

„Ich muss das erst mal – oh nein! Nein!“

Cora griff nach dem Handy.

„Hallo Janine. Hier ist Cora. Können wir dich heute Abend zurückrufen?“

„Ja, ich bin daheim. Vielleicht weiß ich dann ein bisschen mehr."

Romy spürte, wie sich Coras feste Arme um sie legten und sie an ihre Brust zogen. Tränen sprangen aus Romys Augen und wollten und wollten nicht aufhören.

Beim Abendessen brachte Romy keinen Bissen hinunter. Sie fühlte sich dumpf, schwer. Was für ein sinnloser, schrecklicher Tod. Ein Blitz. Und aus war es. So schnell konnte das gehen im Gebirge. Sie sah Bernds Gesicht vor sich, hörte, wie er heiser stammelte, dass er sie liebte. Hörte ihn lachen. Sah ihn geschmeidig wie eine Katze klettern.

Wenigstens hatte er die Woche mit ihr genossen. Und sie die Zeit mit ihm.

Wie es Gerda erging, wollte sie sich nicht vorstellen. Sie tat Romy leid. Gerade erst hatte sie erfahren, dass ihr Ehemann sie betrog. Und jetzt war er tot. Das musste eine furchtbare Mischung von Gefühlen sein ...

Sie rief Janine an, aber sie wusste nichts Neues. Nur dass die Beerdigung am nächsten Mittwoch sein sollte.

Romy wäre gerne hingegangen. Aber Gerda wusste Bescheid. Es wäre eine Unverschämtheit, dort zu erscheinen.

***

Vor Romy glitt die Glastüre zur Seite, und sie betrat den Flur mit dem weißen Marmorboden. An der Tür mit dem Schild „S. Hauser" blieb sie stehen.

Hauser war ihr unmittelbarer Vorgesetzter. Sie musste ihn fragen, wie es mit ihrer Arbeit stand, was gerade anlag. Er war es, der ihre Plakate im Auftrag von Philipp abgelehnt hatte. Und das war nicht der einzige Fall dieser Art gewesen. Er war Philipps rechte Hand und er hatte sie oft unfair gerügt und ihr Termine gesetzt, die sie einfach nicht schaffen konnte.

Sie wollte ihn zur Rede stellen, ihm klarmachen, dass sie sich von ihm nichts mehr gefallen lassen würde. Aber sie fürchtete sich davor. Was für ein Quatsch! Als sie an einem Ast über dem Abgrund hing, das war wichtig gewesen. Das hier war ein Nichts. Hauser würde sie nicht auffressen.

Sie atmete tief durch und klopfte.

„Herein!“, dröhnte es von innen.

Sie öffnete die Tür und trat ein.

Hausers massige Gestalt drehte sich in ihre Richtung. Auf seinem teigigen Gesicht prangte ein Lächeln.

„Schön, dass Sie zurück sind, Frau Maiwald.“

Er deutete auf den Stuhl gegenüber seinem Schreibtisch.

Romy grüßte und setzte sich.

„Ich hoffe, Sie sind gut erholt“, fuhr Hauser fort. „In letzter Zeit haben Sie auf mich den Eindruck gemacht, als würden Sie die Anforderungen des Berufslebens sehr anstrengen.“

Romy gab sich einen Ruck. Es hatte keinen Sinn, die Sache hinauszuschieben.

„Das war teilweise Ihr Verdienst, Herr Hauser, und das meines Mannes.“

Hauser wich ihrem Blick aus.

„Der Chef handelt im Interesse seiner Firma, und ich unterstütze ihn, so gut ich kann.“

„Hat er angeordnet, dass Sie meine Plakatentwürfe für Gaggelmeier ablehnen sollen?“, fragte Romy.

Es dauerte ein paar Sekunden, bis Hauser antwortete.

„Ja, und damit hatte er recht. Da war einiges zu verbessern, das wissen Sie doch selbst.“

Das wissen Sie doch selbst – was für eine manipulative Masche!

„Nein, das weiß ich nicht!“, gab Romy zurück. „Sie haben die Plakate zuerst gut gefunden, mich dafür gelobt. Dann haben Sie einen Rückzieher gemacht, weil Philipp das wollte. Und das war nicht der einzige Fall, in dem so etwas passiert ist. Sie haben mich in seinem Auftrag gemobbt!“

Hauser lehnte sich in seinem Stuhl zurück und musterte sie schweigend. Nach einer Weile sagte er: „Es ist heutzutage bei Arbeitnehmern in Mode gekommen, sich über Mobbing zu beklagen, wenn sie kritisiert werden. Und Ihr Mann hatte zu entscheiden, ob Ihre Entwürfe geeignet waren. Ich würde Ihnen empfehlen, mit ihm darüber zu sprechen. Er ist schon seit sieben Uhr da, um die Rückstände von seinem Urlaub aufzuarbeiten. Klären Sie das am besten mit ihm. Und danach möchte ich Sie bitten, wieder zu mir zu kommen, um Ihre weitere Arbeit zu besprechen. Es gibt eine Menge zu tun."

Er blickte zur Türe. Romy stand noch nicht auf. „Und wie war es mit dieser Website für Hopster Music? Und der Kampagne für Kindermüsli? Haben Sie mich da ausgebremst oder war es Philipp – oder Sie beide? Ich möchte eine klare Antwort, und zwar von Ihnen. Vergessen Sie bitte nicht, dass ich einigen Einfluss auf meinen Mann habe."

Hausers Lippen wurden schmal.

„Nun, wenn Sie meinen, dass Sie das wissen müssen: Ja, es war Ihr Mann, der stets das letzte Wort hatte."

„Warum hat er es mir dann nie selber gesagt, dass ihm meine Arbeit nicht gefällt?"

Hausers Miene war unlesbar.

„Herr Maiwald ist ein viel beschäftigter Mann."

„Sie hätten mir erklären müssen, dass es Philipp war, der meine Entwürfe abgelehnt hat!"

„Das spielte für die Änderungen und Neukonzeptionen keine Rolle."

Hauser war wie eine Gummiwand, alles prallte von ihm ab. Und Teamarbeit war für ihn ein Fremdwort.

Romy stand auf. Sie hätte ihm gerne gesagt, dass er ein hinterhältiger Arschkriecher war, aber es war klüger, damit zu warten, bis sie einen neuen Job hatte.

Philipp hatte sich mit den Insignien der Macht umgeben, die zu einem Firmenchef gehörten.

Auf seinem mit poliertem Kupfer beschlagenen Schreibtisch hätte man ein Buffet für vierzig Personen anrichten können. An der dahinterliegenden Wand prangte ein Siebdruck von Sigmar Polke. In einer Ecke des Saals plätscherte ein Springbrunnen, umrahmt von Palmen und Orchideen. Durch das Panoramafenster blickte man auf die Äcker und Gemüsebeete am Stadtrand.

Romy ließ sich in einen weißen Ledersessel sinken.

„Na Philipp, hast du gut meditiert im Urlaub?"

Er hob den Blick vom Computer.

„Ich freue mich, dass du wieder da bist, Romy. Nein, ich war nicht meditieren, da hat unsere Frau Sollner etwas missverstanden. Wie geht es dir?"

Sie hatte keine Lust, ihm etwas vorzumachen.

„Nicht besonders."

„Das ist kein Wunder nach Bernds Tod. Seine Familie tut mir leid."

Romy hatte damit gerechnet, dass er davon wusste. In der Kletterszene sprach sich so etwas schnell herum.

„Wer hat dir davon erzählt, Philipp?"

„Niemand."

Was sollte das jetzt? Sie sah ihn an, versuchte, in seinem Gesicht zu lesen.

Er drehte einen Faserschreiber in seiner Hand und schien die lederne Schreibtischunterlage zu studieren.

Das Schweigen zwischen ihnen dehnte sich. Endlich blickte er auf und sah sie voll an.

„Ich war dabei. Ich hatte ihn als Bergführer engagiert."

Romy hatte das Gefühl, in einer Achterbahn durch Kurven geschleudert zu werden, vor ihr öffnete sich ein Abgrund, sie fuhr auf die Kante zu.

„Warum – warum hast du …?"

Philipp lächelte bitter.

„Ich wollte in die Berge und hatte keinen Partner. Und ich wollte Bernd kennenlernen, die uralte Frage beantworten –

was hat er, das ich nicht habe? Warum hast du ihn vorgezogen?“

Die Achterbahn stürzte in den Abgrund. Bernds Tod kam Philipp sehr gelegen. Romy schoss wieder nach oben. Ein Blitz? Philipp konnte doch keinen Blitz herbeirufen!

Er sah sie mit jenem durchdringenden Blick aus seinen blauen Augen an, mit dem sie früher echtes Interesse an ihr verbunden hatte. Mittlerweile hielt sie dieses Festhalten mit den Augen für einen Trick aus seiner Management-Lektüre.

„Romy. Komm zurück zu mir. Nach Hause. Ich will – nichts von dir. Nur dass du da bist.“

„Nein. Ich suche mir eine Wohnung.“

Er räusperte sich.

„Das ist hart. Aber ich verstehe das, du trauerst um Bernd. Das ist okay. Aber ich bitte dich, wenigstens einen Versuch zu machen, unsere Ehe zu retten. Es kann doch nicht einfach alles zwischen uns vorbei sein. Mach eine Paartherapie mit mir, Romy. Vielleicht gelingt uns ein neuer Anfang.“

Er redete wie jemand in einer Fernsehserie. Wie viel davon war echt? Es war ihr egal. Sie empfand nichts mehr für ihn außer Abneigung.

„Nein. Es ist aus mit uns. Und das hat mit Bernd nichts zu tun, das habe ich dir doch schon gesagt!“

Philipp senkte den Kopf. Seine Stimme war so leise, dass sie ihn gerade noch verstand.

„Du stehst noch unter Schock. Du wolltest Bernd heiraten, du hast ihn geliebt. Er wollte seine Familie für dich aufgeben.“

„Du fantasierst. Als ich von Gerda erfuhr, habe ich die Beziehung sofort beendet.“

„Das kann nicht stimmen“, gab Philipp zurück. „Ich weiß, wann Gerda aufgetaucht ist. Und ich habe euch danach noch gesehen, in enger Umarmung.“

„Blödsinn. Du bringst da irgendetwas durcheinander.“

„Ich verstehe nicht, warum du das nicht zugibst, Romy. Ich habe euch gesehen, oben am Aussichtsplatz unter der Burg.“

„Oh je. Da hast du etwas falsch verstanden. Diese Umarmung hat mich überrascht, aber dann habe ich mich doch dagegen gewehrt! Bernd wollte einfach nicht akzeptieren, dass ich Schluss gemacht habe. Genau so war es, ob du es nun glaubst oder nicht."

„Hast du ihn denn nicht geliebt?"

Darüber hatte Romy in letzter Zeit oft nachgedacht.

„Das weiß ich nicht genau. Vielleicht war es nur Verliebtheit, nicht Liebe. Wir waren ja nicht lange zusammen."

„Und ich? War das mit mir auch nur Verliebtheit?"

Seine Augen hefteten sich mit solcher Intensität auf sie, dass sie ihnen auswich.

„Ich habe den Menschen geliebt, den du dargestellt hast, deine Fassade: stark, optimistisch, charmant, romantisch. Du warst mein Rosenkavalier. Aber dann habe ich gemerkt, dass du es nicht aushältst, wenn ich mein eigenes Ding durchziehen will. Statt mich zu unterstützen, hast du versucht, mich zu manipulieren, so wie du es mit allen Menschen machst. Deine Mobberei hat mir dann den Rest gegeben. Ich will nichts mehr mit dir zu tun haben. Bernd spielt dabei überhaupt keine Rolle."

Über Philipps Gesicht lief ein Zucken.

„Geh", sagte er. „Geh und lass dich hier nicht mehr blicken. Du bist entlassen."

Sie arbeitete sich aus dem Sessel empor und ging zur Türe. Dort drehte sie sich halb um und warf einen Blick auf Philipp.

Er hatte die Ellenbogen auf den Schreibtisch gestützt und sein Gesicht in den Händen vergraben.

***

Dunkelheit floss durch Philipp. Ihm war eiskalt.

Bernds Tod. Sinnlos.

Er hob den Kopf, nahm die Arme vom Schreibtisch und starrte zum Fenster hinaus. Ein Maisfeld. Eine Straße mit parkenden Autos. Zwei Männer mit Aktenköfferchen, beide beschäftigt mit ihren Handys.

Alles sinnlos.

Plötzlich packte Philipp ein krampfhaftes Lachen und schüttelte ihn, er keuchte, spuckte, stöhnte, konnte nicht damit aufhören.

Das Lachen versiegte. Endlich wieder Luft.

Egal, das mit Bernd. Die Rache an seinem Rivalen hatte Spaß gemacht. Philipp war ein Sieger.

17. KAPITEL

Es war ausgeschlossen, jetzt noch mit Philipp im selben Haus zu leben. Und in der Garage von Romys Eltern war kein Platz. Romy zog bei ihrer Freundin Hanna ein und schlief im Keller auf einer Isomatte. Hanna hatte sie mit offenen Armen aufgenommen und ihr gesagt, sie könne so lange bleiben, wie sie wolle, ein weiterer Mitbewohner spiele bei fünf Kindern, einem Hund und einem erwachsenen Kindskopf überhaupt keine Rolle. Mit dem Kindskopf meinte sie Friedrich, ihren Lebensgefährten, der behauptete, nie Zeit zu haben, um die zum Heiraten nötigen Papiere zu beschaffen. Die Nächte verbrachte er mit Hanna und seinen Computern – in dieser Reihenfolge –, und wenn er ausgeschlafen hatte, musste er das Abendessen zubereiten und die Kinder ins Bett bringen.

Romy zog die Schubladen am Schreibtisch ihres alten Arbeitsplatzes auf und checkte sie mechanisch durch. Philipp hatte ihr eine SMS geschickt: Bitte hole deine Sachen im Büro ab. Er lenkte ein, war sogar höflich. Und er hatte ihr nicht einmal einen Aufpasser zur Seite gestellt, wie das sonst bei fristlosen Kündigungen üblich war. Vielleicht konnte sie doch eine vernünftige Scheidung mit ihm aushandeln.

Romy lächelte. Zur Zeit erlebte sie allerhand Neues. Das Frühstück heute Morgen... Die fünf Kleinen schrien durcheinander, verstreuten Haferflocken und verschütteten Milch und Saft, während Hanna Zeitung las. Hanna hatte wirklich gute Nerven. Mit ihr zusammen zu sein war wie Baldriantee trinken.

Eine Schuhschachtel genügte für ein paar CDs mit Arbeitsproben, Haarbürste, Spiegel und Lippenstift, eine angebrochene Kekspackung und eine Kaffeetasse mit dem Aufdruck „Take it easy“.

Die Kollegen schlichen um sie herum und brachten nur „Tschüss, mach's gut" oder „nette neue Frisur" über die Lippen. Hauser ließ sich nicht blicken.

Dieser Abschnitt ihres Lebens war vorbei.

Romy klemmte die Schachtel unter den Arm, ging zum Aufzug und fuhr in die Tiefgarage des Bürohochhauses hinunter.

Dann stand sie vor dem Parkplatz mit der blau aufgemalten Nummer 26.

Der Ferrari war nicht mehr da.

War sie so durcheinander zur Zeit? Hatte sie sich die Nummer nicht richtig gemerkt?

Sie ging an den Reihen der Autos entlang, auf und ab. Nichts.

Ein Ferrari war kaum zu übersehen, selbst dann, wenn er nicht da war.

Hatte ihn jemand gestohlen? Oder hatte Philipp – ja, er besaß einen Zweitschlüssel.

Er hatte sie ausgetrickst, um sein Lieblingsspielzeug zurückzubekommen. Jetzt stand sie ohne Auto da.

Verdammt, sie hatte Mao auf dem Beifahrersitz zurückgelassen!

Sie kramte ihr Handy aus ihrer Tasche und rief Philipp an. Er war nicht in seinem Büro. Am iPhone meldete sich nur die Mailbox.

Erst gegen elf Uhr abends erreichte sie Philipp zu Hause.

„Fährst du jetzt wieder Ferrari?", fragte Romy mit möglichst neutraler Stimme.

„Ja. Ich hoffe, die S-Bahn nach Pasing war nicht wieder mal überfüllt."

„Du hättest mich fragen können wegen dem Auto."

„Ich war beschäftigt."

„Du kannst deine Benzinschleuder behalten. Aber ich hätte gerne Mao zurück."

„Fehlt dir etwas Kuscheliges im Bett? Brauchst du einen Ersatz für Bernd?“

Romy umklammerte den Hörer, dass ihre Knöchel schmerzten.

„Ich hole Mao morgen Vormittag daheim ab, wenn du im Büro bist. Bitte setze ihn auf den Küchentisch, dann finde ich ihn gleich.“

„Ich fürchte, du kannst dein Kätzchen nur abholen, wenn ich zu Hause bin. Ich habe heute alle Schlösser austauschen lassen.“

„Das – das ist – so was von unfair! Das ist auch mein Haus!“

„Die Villa gehörte schon vor unserer missglückten Ehe mir. Und die paar Klamotten und Bücher, die du nicht mitgenommen hast, schicke ich dir mit der Post.“

„Und Mao?“

„Den behalte ich als Andenken.“

„Das geht nicht, du verdammter… Das ist Diebstahl! Ich zeige dich an!“

„Aber Stupsi. Du kannst mich doch nicht auf die Herausgabe eines Kuscheltiers verklagen. Mehr als fünfzig Cent ist die alte Katze nicht wert.“

Romy wurde die Kehle eng. Sie glaubte zu ersticken, machte aber einen letzten Versuch. „Sei vernünftig, Philipp. Ich möchte keinen widerlichen Scheidungskrieg mit dir führen. Aber dafür erwarte ich, dass du mir Mao zurückgibst. Schicke ihn einfach per Post an Hannas Adresse.“

„Darüber muss ich noch nachdenken. Ich melde mich.“

Das war am Dienstag gewesen. Am Donnerstag hatte sich Philipp immer noch nicht gemeldet. Romy rief ihn im Büro an.

„Wie steht es mit Mao?“

„Er sitzt daheim und wartet auf dich. Genau wie ich. Komm zurück zu mir, Romy, dann wird alles gut.“

Wie widersprüchlich sein Verhalten war! Es wechselte zwischen Unverschämtheit und Versuchen, sie zur Rückkehr zu bewegen. Begriff er nicht, dass es sie abstieß, wenn er sie mit Mao unter Druck setzte? Ihren Job kündigte? Den Ferrari wie selbstverständlich wieder an sich brachte?

Sie wusste immer noch nicht, ob es Philipp gewesen war, der damals das Seil mit Batteriesäure präpariert hatte. Vielleicht versuchte er sie jetzt nach Hause zu locken, um sie zu ermorden. Andererseits musste ihm klar sein, dass er als Ehemann höchst verdächtig wäre und es dort schwierig sein würde, eventuelle Spuren zu verwischen. Aber er konnte sie auch mit der Pistole bedrohen und zwingen, mit ihm irgendwohin zu fahren ...

Auf jeden Fall war sie in Hannas Haus mit den vielen Menschen und einem Bernhardiner sicherer als in der Villa, die sie mit Philipp bewohnt hatte.

Romy starrte finster auf Hannas Schreibtisch, auf dem ein Mac neuesten Typs mit zwei Bildschirmen thronte.

Es fiel ihr schwer, sich auf Bewerbungsschreiben zu konzentrieren, wenn sie um ihr Leben fürchtete. Dabei war ein neuer Job dringend angesagt. Auf ihrem Konto waren zweihundert Euro. Und sie war keine Angestellte in Philipps Firma gewesen, sondern freie Mitarbeiterin. Sie stand vor dem Nichts.

Warum war es eigentlich so verdammt schwierig, einen Job zu finden? In den letzten Tagen hatte sie mit mehreren Firmen telefoniert, die sie bereits kannte, aber nirgends schien etwas frei zu sein.

Seufzend griff sie zum Telefon. Inzwischen müsste Elvira aus dem Urlaub zurück sein. Sie war eine nette Frau, mit der sie vor ihrer Heirat öfter zusammengearbeitet hatte.

Romy tippte die Nummer ein.

„Guten Tag, mein Name ist Hiebelein, was kann ich für Sie tun?“

„Hallo Elvira! Wie geht's?“

Nach ein paar höflichen Einleitungssätzen erzählte Romy ihr von ihrer Situation und fragte, wie es denn in ihrer Firma gerade mit Jobs aussähe.

„Wir könnten Verstärkung brauchen“, sagte Elvira. „Aber ich fürchte, deine Chancen stehen schlecht.“

„Warum denn?“

„Es passt gerade nicht, ich rufe dich zurück, sobald ich frei habe.“

Am späten Nachmittag meldete sich Elvira wieder.

„Ich konnte vor den anderen im Büro nichts sagen“, erklärte sie. „Aber ich finde, du solltest Bescheid wissen.“

„Was ist los, Elvira?“

„Es gibt in der Branche Gerüchte über dich und deinen Mann. Dass du dich scheiden lassen willst. Und dass du Interna an die Konkurrenz weitergegeben hast, um deinem Mann eins auszuwischen.“

„Das ist ja unglaublich! Das ist kompletter Blödsinn!“

„Das glaube ich dir gerne“, erwiderte Elvira.

„Weißt du, woher diese Gerüchte stammen?“, fragte Romy.

„Ich tippe auf Hauser. Der hat gestern mit meinem Chef über dich geredet und die Sekretärin hat es mir weitererzählt.“

„Hauser lässt sich von Philipp zu jeder Gemeinheit anstiften. So ein Arsch!“

„Das finde ich auch. Vielleicht solltest du mit weiteren Bewerbungen warten, bis sich die Gerüchteküche ein anderes Opfer gesucht hat. Oder gleich ins Ausland gehen. Auf jeden Fall wünsche ich dir viel Glück!“

Eine solche Intrige war typisch für Philipp. Jetzt verstand Romy besser, warum bei so vielen Mordfällen die Ehepartner die Täter waren.

Sie packte ihren Rucksack und fuhr mit der U-Bahn zur Kletterhalle in Thalkirchen, um ihre Wut an ein paar besonders fiesen Boulderproblemen auszulassen.

Sie zwang sich, zuerst ihr Aufwärmprogramm im Boulderraum des älteren Teils der Halle zu absolvieren. Das fehlte gerade noch, dass sie sich verletzte!

Nach ein paar Stretchingübungen und dem „Sonnengebet“ zog sie ihre Kletterschuhe an, hängte das Band mit dem Chalkbag um ihre Taille und begann mit leichten Quergängen. Danach verbiss sie sich in einen schwarzen Boulder. Schwarz war verdammt schwer, aber meistens schaffte sie das nach längerem Üben. Doch bei diesem Problem fehlte es ihr wohl an Reichweite, jedenfalls auf den ersten Blick. Bernd hatte ihr gesagt, sie solle den Spruch „ich bin zu klein, ich kann das nicht“ einfach vergessen. Und probieren.

Sie studierte die aufgeschraubten Griffe und Tritte. Vielleicht ging es mit einem Dynamo? Sie packte die Untergriffe, setzte die Füße auf Minitritte, ging in die Knie, holte Schwung – Indianergeheul –, ihr Fuß rutschte ab, sie kippte rückwärts aus der Wand und knallte mit dem Hintern auf die Matte. Drei Buben rannten vorbei, tönten irgendetwas vom siebten Grad und kletterten zu einem der Fenster empor. Der Vater stand lächelnd daneben und bewunderte die Künste seines Nachwuchses.

Romy seufzte, konzentrierte sich erneut und stieg wieder ein.

Die Jungs spielten Fangen, warfen sich auf die Matten, wälzten sich unter Romy vorbei. Der Vater stand immer noch lächelnd daneben.

Romy kletterte an großen Griffen ab.

„Sehen Sie denn nicht, dass das gefährlich ist?“, knurrte sie. „Und dieser Lärm nervt. Bitte gehen Sie mit den Kindern woanders hin!“

„Klettern SIE doch einfach woanders“, erwiderte der Mann.

„Ich denke gar nicht daran! Das ist ein Boulderraum und kein Kinderspielplatz! Kinder dürfen hier nicht herumtoben!“

Der Mann hatte schlaffe Arme und roch nach Aftershave, er war das Gegenteil eines richtigen Kletterers.

„Das ist wieder mal typisch deutsch“, sagte er und trat einen Schritt auf Romy zu. „Kinderfeindlich und geil auf Vorschriften. So was finde ich unmöglich.“

Romy platzte der Kragen.

„Ich gehe jetzt und beschwere mich über Sie!“

Sie zog ihre Kletterschuhe aus, warf sie auf die Matte, schoss barfuß hinaus auf den Flur, eilte die Treppe hinunter – war das nicht – doch, der schwarzhaarige Kopf und die muskulösen Schultern da unten im Treppenschacht: Das war Philipp! Sollte sie hinter ihm herrennen? Ihn wegen der Gerüchte über sie zur Rede stellen?

So wie sie jetzt drauf war, würde sie mit den Fäusten auf ihn losgehen. Das war lächerlich, und er war der Stärkere.

Romy blieb stehen, sammelte sich. Dann ging sie durch die Glastür ins Reich des Hallenmanagements.

Kurz darauf stand sie mit einem breitschultrigen jungen Mann im Boulderraum.

Die Kids und ihr bescheuerter Vater waren verschwunden.

Plötzlich wollte Romy nur noch ins Bett, sich einmummeln und schlafen.

„Schon gut“, sagte sie zu dem Breitschultrigen. „Lassen wir’s.“

„Na ja, da können wir nichts machen“, erwiderte er. „Jedenfalls kannst du jetzt in Ruhe bouldern. Viel Spaß!“ Er ging hinaus.

Romy hob ihre Schuhe auf und ging zu der Matte, neben der sie ihren Rucksack abgestellt hatte.

Da war kein Rucksack.

Jemand hatte ihn geklaut.

Scheiße! Verdammte Scheiße! Sie war eben zu leichtsinnig. Aber sie war nur um die Ecke gewesen, wenige Meter weiter, und sie hatte niemanden kommen hören. Ach so, klar, die Kids waren ja ziemlich laut gewesen.

Oberriesendrecksscheiße! Ihr Geldbeutel war in der Deckeltasche. Das Geld war nicht so wichtig. Aber die Papiere! Führerschein, Perso, Kreditkarte, Kletterhallenausweis, Krankenversicherungskarte ... Was für ein Theater, bis sie all das zurückbekam!

Sie schluchzte auf. Was hatte sie aber auch für Pech! Zuerst die Sache mit Mao, dann die Probleme mit einem neuen Job – nein, kein Pech! Das war alles Philipp gewesen. Und das hier hatte gerade noch gefehlt. War das auch Philipps Schuld? War er tatsächlich so gemein, ihren Rucksack zu klauen?

Ja. War er.

Sie musste ihn anrufen – verdammt, auch ihr Handy war im Rucksack!

Romy fuhr schwarz nach Pasing, mit einem Paar löchriger Kletterschuhe und einem Magnesiabeutel im Schoß.

Hanna öffnete, sah Romy an und zog sie an ihre warme, üppige Brust. Eine Weile brachte Romy keinen Ton hervor.

„Komm, Romy, jetzt mach ich dir erst mal einen heißen Kakao."

Romy folgte Hanna in die Küche und schob sich auf die Eckbank. Dort sank sie in sich zusammen. Erst als sie die schokoladige Süße schlürfte, war sie imstande, Hanna alles zu erzählen.

„Es war schon ein komischer Zufall, dass Philipp gerade zu dieser Zeit in der Kletterhalle und obendrein im alten Boulderraum war, er ist sonst nie dort", schloss sie.

Hanna schüttelte ihre kastanienrot gefärbten Locken.

„Das war kein Zufall. Tut mir leid, Romy, da habe ich einen Fehler gemacht. Philipp hat nämlich heute Abend angerufen und gefragt, wo du bist. Angeblich wollte er dir Mao zurückgeben. Und ich habe mich schon für dich gefreut!"

„Du kannst nichts dafür, Hanna."

„Meldest du den Diebstahl der Polizei?", fragte Hanna.

„Kommt drauf an. Jetzt rufe ich erst mal Philipp an."

Hanna ging ins Wohnzimmer und kehrte mit dem Telefonhörer zurück. Sie reichte ihn Romy. Es war halb elf. Um diese Zeit war Philipp normalerweise zu Hause.

„Ja, Maiwald?", dröhnte er.

„Betätigst du dich neuerdings als Dieb, Philipp?"

„Oh – wie kommst du denn auf diese abenteuerliche Idee?"

„Mein Rucksack. Hast du meinen Rucksack geklaut?"

„Hmmm – sicher nicht. Selbst wenn ich das getan hätte, wäre es kein Diebstahl. Schließlich habe ich diesen Rucksack bezahlt. Wie so ziemlich alles, was du besitzt."

Romy blieb fast die Luft weg. Sie hatte Mühe zu antworten. „Und – und mein Geldbeutel mit den Ausweisen und mein Handy? Was ist damit?"

„Wahrscheinlich hast du deinen Geldbeutel schon wieder verschlampt. Und das Handy habe ich ja schon oft an unmöglichen Orten gefunden, im Blumentopf oder in der Wäschetruhe. Du bist eben zur Zeit nicht ganz zurechnungsfähig, Stupsi. Tschüss, mein Schatz. Träum was Schönes."

„Du verdammter, hinterhältiger –"

Romys Geschimpfe verpuffte. Philipp hatte aufgelegt.

Sie knirschte mit den Zähnen und trommelte mit den Fäusten auf den Tisch.

Das würde sie sich nicht gefallen lassen!

18. KAPITEL

Am Freitagmorgen parkte Holger das Wohnmobil vor der Villa, in der Romy mit Philipp gelebt hatte.

Zuerst hatte es Romy mit dem Schlüsseldienst versucht. Aber dort fragte man sie nach ihrem Ausweis. Da könne ja jeder daherkommen und Häuser leerräumen.

Romy musste einbrechen.

Holger blieb im Auto sitzen, Romy und Cora stiegen aus und gingen zum Gartentor. Es war verschlossen. Lächerlich. Sie schwangen die Beine über den Zaun und folgten dem Plattenweg Richtung Haus. Die Rosen leuchteten dunkelrot und weiß vor dem samtigen Grün des Rasens; der Gärtner hatte die welken Blüten abgeknipst und das Unkraut akribisch gejätet.

Vor etwa einer Viertelstunde hatte Cora bei Philipps Sekretärin angerufen und erfahren, dass er im Büro war.

Holger sollte die Straße beobachten. Wenn Philipp wider Erwarten anrückte, würde er Cora per Handy warnen. Immerhin besaß Philipp eine Pistole. Und er hatte sich in letzter Zeit benommen, als sei er nicht ganz richtig im Kopf.

Nun standen Romy und Cora unter dem Birnbaum, der die westliche Mauer der Villa beschattete. Romy blickte hinauf zum Dach. Das Kippfenster der Toilette stand einen Spalt weit offen, wie immer bei schönem Wetter.

„Ich bin schon mal über den Baum aufs Dach geklettert, weil ich den Hausschlüssel vergessen hatte“, sagte Romy. „Das war nicht schwierig. Nur der Dynamo am Anfang war ein Problem. Ich bin fünf- oder sechsmal hochgesprungen, bis ich den untersten Ast erwischt habe.“

„Du solltest am High Jump Contest bei den Stadtmeisterschaften mitmachen“, erwiderte Cora. „Aber mir ist nicht wohl dabei, wenn du da hinaufkletterst, Birnbaumäste brechen leicht. Wir könnten eine Fensterscheibe einschlagen …“

„Mütter!“, sagte Romy. „Mütter haben zu viel Fantasie. Stell dich nicht so an, Mama. Das ist höchstens ein Dreier, wenn man den Einstiegssprung geschafft hat. Das habe ich im Free Solo locker drauf. Und ich passe auf, versprochen.“

„Na gut. Aber hochhüpfen musst du dieses Mal nicht.“

Cora lehnte sich mit dem Rücken an den Stamm und formte mit den Händen eine Trittstufe. Romy stellte sich in die Räuberleiter. Nun kam ein wackliger Move. Sie stützte beide Hände auf Coras Kopf, stieg auf ihre Schultern, reckte sich – gut! Ihre Hand umklammerte die raue Rinde eines Astes. Schnell packte sie mit der anderen Hand zu.

Etwas Heißes raste durch sie hindurch, sie keuchte auf – hing an einem Ast über dem Abgrund – ihre Finger wurden weich, schienen sich aufzulösen –

„Gut so, Romy!“

Coras Stimme riss sie zurück in die Wirklichkeit. Sie stand auf den Schultern ihrer Mutter. Wenn sie den Ast losließ, landete sie schlimmstenfalls unsanft auf dem Boden. Aber wie würde sie sich weiter oben fühlen? War es nach ihrem schrecklichen Erlebnis in der Wand von San Paolo gefährlich für sie, free solo auf einen Baum zu klettern?

Nein. Nicht, wenn sie wie damals die Nerven behielt. Sie wusste jetzt, dass sie das konnte. Für eine Kletterin war es einfach lächerlich, sich vor einem mit griffigen Ästen ausgestatteten Baum zu fürchten.

Sie schwang ein Bein über den Ast, hielt sich mit einer Hand am Stamm und stützte sich mit der anderen hoch.

„Astreiner Mantle!“, lobte Cora, „und jetzt konzentriere dich!“

Wie auf einer Leiter stieg Romy an den Ästen empor, bis sie sich auf Höhe der Dachterrasse befand. Letzten Herbst hatte sie dort noch Birnen gepflückt ...

Sie hielt sich an einem soliden Ast, während sie das linke Bein zu dem schmiedeeisernen Geländer hinüberstreckte. Nun das Gewicht auf den linken Fuß verlagern, die Balustrade ergreifen und darüberklettern.

Die Terrassentür war verschlossen, das Fenster auch.

Romy stellte sich mit einem Fuß auf die Fensterbrüstung, mit dem anderen aufs Geländer, wälzte sich aufs Dach und stand auf.

Die Fläche war nur leicht geneigt; sie konnte aufrecht zu dem offen stehenden Kippfenster hinübergehen. Die Ziegel knackten unter ihren Füßen.

Sie warf einen Blick hinunter zur Straße.

Holger lehnte am Wohnmobil und blickte zu ihr empor. Philipp war offenbar nicht in der Nähe. Er unterschätzte sie wieder einmal, sonst hätte er das Dachfenster geschlossen.

Romy setzte sich vor die Öffnung, hob die Scheibe ein Stück höher und schob ihre Beine in die Lücke. Dann rollte sie sich auf den Bauch und ließ sich langsam hinabrutschen, wobei sie sich am Fensterrahmen festhielt. Ihre Füße berührten etwas Hartes – der Rand der Kloschüssel.

Sie drehte sich um und hüpfte auf den Boden. Geschafft!

Ihr Geld! Ihre Papiere!

Romy eilte die Treppe hinab in den Keller und in den Vorratsraum. Philipp hatte ihren Rucksack neben dem Regal mit dem Kletterzeug auf den Boden geworfen. Mit zittrigen Fingern löste sie die Schnalle an der Deckeltasche, hob sie an und zog den Reißverschluss an der Innenseite auf.

Sch... Der Geldbeutel war weg! Ob Philipp ihn in den Müll geschmissen hatte?

Wenigstens war das Handy drin.

Sie wühlte im Rucksackbauch. Gut. Da waren noch ihr Klettergurt und das zweite Paar Kletterschuhe, das genau richtig eingeklettert war und perfekt passte – die Schuhe, die sie bei Flügen in den Kletterurlaub immer im Handgepäck verstaute.

Romy durchsuchte die Regale und Schränke und nahm noch ein paar Sachen heraus – ein neues 9,8-mm-Seil, einen Satz Link Cams, Klemmkeile, ihren Goretex-Anorak. Sie stopfte alles in den Rucksack, schulterte ihn und ging hinauf ins Erdgeschoss, um Cora die Haustür zu öffnen. Es ging nicht. Mist. Philipp hatte den Schlüssel umgedreht.

Kein Problem. Sie würde das Küchenfenster öffnen. Romy grinste. Das gab ein hübsches Bild für die Nachbarn ab, wenn die grauhaarige Frau durchs Fenster kraxelte. Dass sie die Polizei riefen, war kaum zu befürchten, sie kannten ihre Eltern.

Romy betrat die Küche.

Der vertraute Geruch nach Zitronenputzmittel schlug ihr entgegen. Alles war sauber aufgeräumt.

Alles bis auf den Küchentisch.

Dort lagen Stoffteile herum, ein Wiegemesser. Überall Schaumfitzel.

Ein abgeschnittenes Katzenköpfchen.

Romys Atem stockte. Als sie wieder Luft bekam, sprang ein spitzer Schrei aus ihrer Kehle.

Philipp hatte Mao zerstört!

Romy stützte sich schwer auf die Tischplatte. Ihre Beine waren wie Teig, drohten wegzusacken. Ihr Gesicht wurde feucht.

So stand sie lange.

Es tat so weh.

Sie gab sich einen Ruck, öffnete das Fenster und half Cora herein.

„Du bist ja ganz blass. Was ist passiert?“

Romy zeigte stumm auf den Tisch. Cora erstarrte. Dann stieß sie hervor: „Philipp ist total verrückt. Mein Gott, du musst auf dich aufpassen!“

Romy hatte sich inzwischen etwas gefangen. „Es ist – war ja nur ein Kuscheltier. Aber ich kann die Reste nicht hier bei Philipp lassen. Ich will nicht, dass er Mao in den Müll wirft.“

Sie nahm eine Plastiktüte aus einer Schublade und legte Kopf, Schwanz, Körper und Beinchen hinein. Dann steckte sie die Tüte in ihren Rucksack und warf ihn zum Fenster hinaus.

Cora rief Holger an.

„Ist die Luft noch rein?“

„Alles klar.“

„Dann hole bitte den Rucksack ab, er steht draußen vor dem Küchenfenster. Wir kümmern uns jetzt um den Computer.“

Anders als bei Romys letztem Besuch war Philipps Arbeitszimmer perfekt aufgeräumt.

„Es reicht, wenn wir die Festplatte mitnehmen“, sagte Cora und bückte sich, um das Kästchen abzustöpseln. „Friedrich wird schon herauskriegen, welche Seiten Philipp beim ‚privaten Surfen‘ aufgerufen hat. Natürlich könnten es auch bloß ein paar Pornoseiten sein.“

Romy schüttelte den Kopf. „Er hätte keinen Grund, das zu verheimlichen, schon gar nicht, seit ich ausgezogen bin.“

Sie öffnete den Aktenschrank.

„Was suchst du?“, fragte Cora.

„Philipps Laptop. Vielleicht ist da etwas Interessantes drauf. Und es lohnt sich, ihn zu verkaufen. Schade, dass Philipp keine chinesischen Vasen aus der Ming-Zeit sammelt.“

Cora lachte. „Du bist skrupellos! Gibt es sonst noch etwas Nützliches hier?“

Romy zog die Laptop-Tasche aus einem Regalfach. „Das Wichtigste habe ich schon – meine guten Kletterschuhe. Am besten machen wir uns jetzt aus dem Staub.“

„Und was ist mit der Pistole?“, fragte Cora.

Sie durchsuchten das ganze Haus. Sie war nirgends zu finden.

***

Das Einbrechertrio saß mit Hanna am Gartentisch. Er war mit Kaffeegeschirr, Muffins und Heidelbeerkuchen beladen. Ein Sonnenschirm beschattete die Terrasse. Rundherum wuchsen Rittersporn, Mohn und Margeriten, es duftete nach Honig und Kräutern.

Die Kinder hatten sich zusammen mit dem Bernhardiner in einen von Büschen verdeckten Winkel des Gartens verzogen und waren bis auf ein gelegentliches Kichern ungewöhnlich still.

Es war ein Idyll. So ähnlich hätte Romy auch gerne gelebt. Wobei sie das Klettern niemals wie Hanna der Kinder wegen aufgeben würde.

Cora häufte Schlagsahne auf ihren Kuchen.

„Philipp ist besessen davon, dass Romy zu ihm zurückkehren soll. Offenbar sind ihm alle Mittel recht – Diebstahl, Erpressung, Intrigen."

„Ein bisschen kann ich ihn verstehen", sagte Holger. „Ich würde auch alles Mögliche versuchen, wenn du mir davonlaufen würdest."

Romy schüttelte heftig den Kopf.

„Nein, Papa. Du würdest Cora nie so behandeln. Ich finde, Philipp benimmt sich völlig bescheuert. Er müsste doch wissen, dass mich sein Verhalten total anwidert und nur noch weiter von ihm wegbringt."

Cora stieß einen Seufzer aus.

„Nein. Weiß er nicht. Er ist ein Egomane und Psychopath."

Hanna warf einen misstrauischen Blick in Richtung des Gebüschs, aus dem Kindergesichter hervorspähten.

„Habt ihr inzwischen das Ergebnis von der DAV-Sicherheitsforschung? Ist das Seil tatsächlich wegen Batteriesäure gerissen?"

Holger nickte. „Ja. Und so wie Philipp sich in letzter Zeit benommen hat, könnte man ihm eine derartig hinterhältige Attacke durchaus zutrauen. Aber ich verstehe nicht, warum er dann so hartnäckig versucht, Romy zur Rückkehr in die Villa zu bewegen."

Romy lehnte sich in dem geflochtenen Korbsessel zurück und fuhr sich durch ihr fingerkurzes Haar.

„Vielleicht will er beweisen, dass er der Stärkere ist und mich dazu zwingen kann. Er liebt Machtspielchen –"

Eine Schar Kinder brach kreischend aus den Büschen, gefolgt von einem wild bellenden Hund.

„Überfall! Überfall!“

Hände streckten sich nach dem Kuchen aus, Muffins flogen durch die Luft, Laura riss die Sahneschüssel an sich und flitzte davon, Emily hatte Gartenhandschuhe angezogen und wedelte drohend mit einem Büschel Brennnesseln, Beat feuerte ununterbrochen aus seiner Wasserpistole und schrie „Hände hoch! Hände hoch!“, und die dreijährige Nina hopste auf und ab und klatschte begeistert in die Hände.

Der Sonnenschirm schwankte. Romy griff schnell danach und bekam eine Ladung Wasser ins Gesicht.

Sie wischte es aus den Augen. Ihr Heidelbeerkuchen war weg. Die Kinder auch. Gejohle kam aus dem Gebüsch, dann wurde es plötzlich still. Wahrscheinlich verzehrten sie dort ihre Beute. Der Bernhardiner hatte sich auf dem Rasen ausgestreckt und fraß einen Muffin.

„Es geht nichts über ein friedliches Kaffeekränzchen im Garten“, sagte Holger. „Aber auch in diesem Idyll lauern Räuber. Vielleicht wäre es ratsam gewesen, sie vorher durch Tribut in Form von Kuchen oder Eis gnädig zu stimmen?“

Hanna strahlte. „Die haben gerade erst eine ganze Himbeertorte gegessen. Aber meine Kleinen haben eben einen guten Appetit. Ich schaue mal, ob wir noch ein paar Kekse haben. Ah, Friedrich, bist du schon fertig?“

Eine dürre Gestalt mit schulterlangen Haaren schlich zu einem Stuhl und starrte ins Leere. „Äh – ja.“

„Und, hast du etwas herausbekommen?“, fragte Romy.

„Hab ich. Ja. War ganz leicht. Dieser Typ hatte keine Ahnung, wie man seine Daten schützt.“

„Jetzt rede schon, Friedrich!“, sagte Hanna.

„Sorry. Ich bin noch nicht ganz da. Gleich.“

Romy musterte Friedrichs blasses Gesicht. Er war zehn Jahre jünger als Hanna, sah aber älter aus als ihre lebensprühende Freundin.

„Danke, dass du dich gleich um die Computer gekümmert hast“, sagte sie.

Friedrich runzelte die Stirn. Seine Stimme war leise.

„Der Typ hat ein paar schräge Websites besucht. Die Liste ist echt irre: spezielle Autounfälle, das Vortäuschen von Selbstmord mithilfe von Tabletten oder aufgeschnittenen Pulsadern, die verschiedensten Gifte, zum Beispiel Satanspilz, Strychnin, Digitalis, Tollkirsche, Beryllium. Dazu alles über gemahlenes Glas im Essen und Lebensmittelvergiftungen. Außerdem hat sich Philipp über die Nachweisbarkeit von DNA-Spuren informiert und wann eine Obduktion angeordnet wird.“

Romy sog scharf die Luft ein.

„Er war es. Er hat Bernd umgebracht. Verdammt. Aber wir haben kein Fitzelchen von Beweis dafür. Und ich kann auch nicht zur Polizei gehen und behaupten, dass mein Mann mich vielleicht umbringen will und ich ihn für zu allem fähig halte, weil er mein Kuscheltier zerstört hat.“

Coras Stimme überschlug sich. „Romy! Du darfst nicht hierbleiben! Geh ins Ausland, irgendwohin ...“

Romy schüttelte den Kopf.

„Vor Philipp abzuhauen wäre Blödsinn. Ich müsste dann dauernd Angst haben, dass er mich findet.“

Holgers sonst gutmütiges Gesicht wirkte grimmig.

„Wir müssen die Initiative ergreifen. Wir zeigen ihn an, trotz deiner Bedenken, Romy.“

„Nein! Ich habe eine bessere Idee!“

Alle sahen Romy gespannt an.

„Philipp hat Bernd umgebracht. Wir sollten da genauer nachforschen. Vielleicht finden wir etwas, das für eine Anklage reicht.“

19. KAPITEL

Um elf Uhr morgens schlief Friedrich natürlich noch, Hanna war mit den Kindern im Zoo. Nur der Hund leistete Romy bei ihrem Frühstück in der Küche Gesellschaft, was beim Nachdenken günstiger war als eine Bande Kinder zwischen drei und neun Jahren.

Sie starrte in ihre Kaffeetasse.

Sie hatte schlecht geschlafen, immer wieder dieselben Fragen im Hirn hin- und hergewälzt. Warum war Bernd mit Philipp auf Tour gegangen?

Sie war sicher, dass er keine Lust auf Gespräche mit ihrem Ehemann gehabt hatte. Und nach ihrem Unfall mit dem gerissenen Seil musste er Philipp misstrauen. Es sei denn, er hatte das Seil selbst präpariert. Oder er wusste, dass es Gerda war.

Sie spürte etwas Feuchtes an ihrem Knöchel und bückte sich unter den Tisch.

Eine Hundeschnauze.

Sie kraulte die Hängeohren des Bernhardiners und richtete sich wieder auf.

Rums! Die Tischkante. Etwas Warmes lief ihr ins Genick – Kaffee.

Sie wischte über ihren Hals und ging zu einem Regal, um eine Rolle Küchenpapier herauszunehmen. Dann wandte sie sich dem überschwemmten Tisch zu und saugte mit den Tüchern den Kaffee auf. Sie stutzte. Klar! So musste es gewesen sein!

Bernd war seinem Rivalen nie begegnet – Philipp hatte einen falschen Namen benutzt!

Manchmal kamen einem die besten Ideen, wenn man irgendetwas anderes tat als nachdenken.

Romy warf das nasse Papier in den Müll und setzte sich wieder hin.

Wenn Philipp Bernd ermorden wollte, war das Gebirge der ideale Ort, da gab es viele Möglichkeiten.

Aber ein Mord durch einen Blitz – das ging doch nicht!

Oder doch?

Nachmittagsgewitter waren im August in der Brenta fast der Normalfall. Philipp hätte Bernd mit einem Stein niederschlagen und am Grat liegenlassen können – nein, da würde man Spuren sehen. Oder er hatte ihn vom Grat geschubst, und der Blitz hatte ihn danach zufällig getroffen.

Wo genau hatte man Bernd gefunden?

Sie wusste einfach zu wenig.

Im Internet hatte sie eine Reihe von Zeitungsartikeln gefunden. „Drama in der Brenta" hieß es da, oder „Tod im Gewitter". Die einzige sachliche Information war, dass Bernd am Crozzon durch einen Blitz gestorben war. Und zwei oder drei Blätter schrieben über den „heldenhaften Alleingang des Kletterkameraden", der Hilfe geholt hatte. Philipp, der Held des dritten Grades! Bestimmt hatte er sich in der Aufmerksamkeit der Medien geaalt.

Von Janine hatte sie noch ein bisschen mehr erfahren. Im Bekanntenkreis von Bernd wurde herumerzählt, Philipp hätte die Bergwacht erst auf der Tosa-Hütte alarmiert, weil der Akku seines Handys leer gewesen sei.

Seit Romy ihn kannte, war ihm das noch nie passiert.

Wer wusste noch etwas über das Geschehen am Crozzon? Die Retter natürlich. Und vielleicht die Hüttenwirte der Tosa- und Brentei-Hütte. Aber Romy konnte nur ein paar Worte Italienisch. Sie würde ihre Mutter bitten, dort anzurufen.

Die beste Informationsquelle war bestimmt Gerda. Aber sie konnte sie unmöglich über Bernds Tod ausfragen!

Warum eigentlich nicht?

Romy nahm einen Schluck Kaffee, dann schälte sie eine Orange. Der Duft stieg in ihre Nase, während sie einen Schnitz nach dem anderen in den Mund schob. Dann waren nur noch die Schalen übrig. Und jetzt?

Sie war feige. Sie traute sich nicht, Gerda anzurufen. Es war ihr zu peinlich.

Aber das war einfach lächerlich. Sie wäre beinahe gestorben, damals in der San-Paolo-Wand. Was zählte da schon Kleinkram wie „ist mir peinlich“?

Sie holte ihr iPhone, setzte sich wieder an den Tisch, rief Janine an und bat sie um Gerdas Nummer.

„Sie will bestimmt nicht mit dir reden, Romy“, sagte Janine. „Ich glaube, sie versucht zu verdrängen, dass Bernd ihr untreu war. Deshalb erzählt sie überall herum, was für ein wunderbarer Ehemann durch einen tragischen Unfall von ihr gegangen ist.“

Romy sah vor sich, wie Janine die Augen bei diesen salbungsvollen Worten verdrehte.

„Vielen Dank, Janine. Gib mir bitte sofort Bescheid, wenn du etwas Neues erfährst.“

Sie legte ihr Handy auf den Tisch. Dort lag es gut.

Der Bernhardiner blickte zu ihr empor und schmiegte sich an ihr Knie. Sie streichelte ihn.

Verzögerungstaktik.

Romy holte tief Luft und wählte Gerdas Nummer.

„Gerda Luchner.“

Die Stimme klang matt.

„Hier ist Romy. Bitte lege nicht gleich auf. Es geht um etwas, das auch für dich sehr wichtig ist. Bernds Tod tut mir furchtbar leid. Aber da ist einiges unklar, und ich würde gerne mehr darüber wissen.“

„Was geht dich das an?“

Romy räusperte sich.

„Du weißt doch Bescheid über Bernd und mich. Von Janine. Bernd hat mir wirklich etwas bedeutet …“

Oh je. Das war ungeschickt.

„Dass du dich nicht schämst, mich anzurufen!“ Gerdas Stimme überschlug sich. „Du hast meine Familie kaputt gemacht!“

Sollte sie Gerda sagen, dass Bernd ihr Frau und Kinder verschwiegen hatte? Das würde ein schlechtes Licht auf Bernd werfen.

„Es war nur eine kurze Affäre“, erwiderte Romy. „Sie war schon vorüber, als Bernd in die Brenta gefahren ist.“

Gerdas Tonfall wurde weinerlich.

„Das ist doch jetzt alles nicht mehr wichtig. Bernd kommt nicht wieder. Er wurde von einer höheren Macht bestraft.“

Romy schluckte eine Entgegnung hinunter. Die Frau war total daneben.

„Bei Bernds Tod kommt mir einiges merkwürdig vor. Zum Beispiel frage ich mich, warum er ausgerechnet mit meinem Ehemann unterwegs war.“

Schweigen. Romy hörte Gerdas schnellen Atem. Dann ein Flüstern: „Wie – wieso – dein Ehemann?“

„Bernd war doch mit Philipp unterwegs!“

„Philipp ist dein Mann? Was für ein Unsinn. Ich kenne ihn –“

„Ich auch!“, fiel ihr Romy ins Wort. „Ich bin mit ihm verheiratet!“

„Aber – aber – wie heißt du mit Nachnamen?“, stammelte Gerda.

„Maiwald. Philipp Maiwald ist mein Mann. Und ich finde es verdächtig, dass er Bernd als Bergführer engagiert hat. Es könnte sein, dass er etwas mit Bernds Tod zu tun hat. Wir sollten miteinander reden.“

„Nein!“, schrie Gerda. „Nein! Ich will dich nicht sehen und nie wieder von dir hören!“

„Bitte denke noch einmal darüber nach.“

Romy bekam keine Antwort. Gerda hatte aufgelegt.

***

Gerdas Blick schweifte über das Voralpenland, das tief unter ihr ausgebreitet lag, die blaue Fläche des Kochelsees zwischen bewaldeten Hügeln, dann weiter weg kleine, blaue

Sprenkel von Seen, rötliche Moore und in der Ferne die dunstige Ebene mit den Vororten von München.

Philipp hatte einen Ausflug zum Herzogstand vorgeschlagen und erklärt, frische Luft, Bewegung und eine schöne Aussicht würden ihr bestimmt guttun.

All das bedeutete ihr nichts.

Philipp berührte leicht ihren Ellenbogen.

„Gehen wir ein Stückchen. Unterwegs schauen wir dann nach einem Platz, wo wir uns unterhalten können."

Hunderte von Menschen hatten auf der Suche nach Ruhe und Natur denselben Weg eingeschlagen, der im Zickzack zum Pavillon auf dem Herzogstand emporführte. Es roch nach den Latschen, die den Hang bedeckten, und die Luft war heiß und stickig. Schon nach wenigen Minuten klebte Gerdas Bluse an ihrem Rücken. Am liebsten hätte sie umgedreht und wäre wieder mit der Seilbahn hinuntergefahren.

Was tat sie hier eigentlich auf diesem sinnlosen Berg mit diesem fremden Mann, der verrückterweise Romys Ehemann war? Bei ihrem Anruf hatte sie ihn angeschrien und beschimpft, weil er ihr das verheimlicht hatte. Aber er hatte vollkommen gelassen reagiert und ihr ein Treffen vorgeschlagen.

Und sie hatte zugestimmt. Das hatte er verdient, nach all dem, was er für sie und ihre Familie getan hatte. Er hatte die Kosten für die Beerdigung und die Bewirtung der Trauergäste übernommen, sie in den Tagen danach fast täglich besucht und ihr hunderttausend Euro für die Ausbildung ihrer Kinder zukommen lassen.

Philipp hatte ihr erklärt, er fühle sich schuldig und das sei das Mindeste, was er tun könne. Er war durch und durch ein verantwortungsbewusster, freundlicher Mann – mit außergewöhnlichem Charme. Wie hatte dieses widerliche Weib ihn nur betrügen können? Sie verdiente einen Mann wie Philipp nicht. Manchmal, in starkem Sonnenlicht, glaubte sie seine Aura zu sehen, ein gelbliches Flimmern. Dieses Gelb bedeutete, dass Philipps Denken durch seine geistige Kraft geläutert war. Er war etwas Besonderes.

Gerdas Schritte waren langsam und gleichmäßig, sie wusste, wie man im Gebirge ging. Hin und wieder überholten sie Familien mit kleinen Kindern und junge Leute, die zu schnell losgestürmt waren und nun schwer atmend und schweißüberströmt am Wegrand hockten. Ein paar junge Männer fotografierten ausgiebig, um nicht zugeben zu müssen, dass sie eine Pause brauchten.

Oben am Pavillon ging es zu wie auf einem Volksfest, nur ohne Bier.

„Gehen wir weiter?“, fragte Philipp.

Gerda nickte. Die fröhlichen Massen nervten. Sie wandten sich dem Grat zu, der vom Herzogstand zum Heimgarten hinüberführte. Er war „für Geübte“ und nur ein kleiner Teil der Wanderer wagte es, dort weiterzugehen.

Es ging steil über Schutt und kleine Felsstufen hinab. Rechts von ihnen öffnete sich eine schaurige Schlucht, aus der ein Felszacken mit einem schmiedeeisernen Kreuz ragte. Kühler Wind wehte aus der Tiefe zu ihnen empor.

Gerda blieb stehen, starrte hinunter.

Philipp ergriff ihre Hand.

„Was denkst du, Gerda?“

„Nur ein Schritt, und alles ist vorbei. Es geht so schnell.“

Philipps Stimme war weich.

„Bernd ist viel zu früh gestorben. Manchmal habe ich ihn gehasst, aber das hätte ich ihm bestimmt nicht gewünscht.“

Gerda stiegen die Tränen in die Augen.

„Warum bist du mit ihm auf Tour gegangen? Warum?“

„Ich wollte ihn kennenlernen. Begreifen, was Romy an ihm findet. Und ihn überzeugen, dass er mit ihr Schluss machen muss.“

Gerda wischte sich die Tränen aus dem Gesicht.

„Das verstehe ich sehr gut. Aber warum hast du mir nicht erzählt, dass du Romys Mann bist?“

Er drückte ihre Hand fester.

„Ich wollte dir das nicht antun. Dass Bernd so plötzlich gestorben ist, muss ein Schock für dich gewesen sein. Ich wollte dich nicht auch noch damit belasten, dass Bernd eine Affäre hatte. Du hast mir ja erst nach Romys Anruf erzählt, dass du davon gewusst hast."

Darüber musste Gerda noch nachdenken. Zwei junge Frauen überholten sie.

„Griaß enk!" – „Servus", und schon waren sie an ihnen vorbei.

Noch einmal so jung und unbeschwert sein! Ihr Leben war vorbei. Kaputt.

Hinter ihnen ertönte Gelächter und Gekreisch.

„Da jeht es aber janz doll runter, pass bloß uff!" – „Wau, is dat cool!"

Sie ließen die Wandergruppe aus dem hohen Norden passieren und folgten ihr in einigem Abstand.

Der Pfad war schmal, manchmal felsig, besonders ausgesetzte Stellen waren mit Drahtseilen gesichert. Es war nicht möglich, nebeneinander zu gehen.

Gerda hatte die Nase voll von dem Gelaufe. Nur noch bis zu diesem kleinen Zwischengipfel knapp neben dem Hauptpfad wollte sie durchhalten, dann würde sie umdrehen.

Sie stiegen die paar Meter hinauf und ließen sich auf einer sonnenwarmen Felsplatte nieder.

Philipp zog eine Siggflasche aus dem Rucksack.

„Magst du eine Apfelschorle?"

„Gern."

Sie griff nach der Flasche und trank gierig. Erst jetzt merkte sie, wie durstig sie war.

Sie versuchte ihre Gedanken zu ordnen.

„Du hast mir also nichts von Bernds Affäre gesagt, um mich zu schonen."

Philipp nickte langsam. „Ja. Tut mir leid, wenn …" Er beendete den Satz nicht.

Gerda blickte über die blaugrün schimmernde Fläche des Walchensees, aus dem dunkle Hügel emporstiegen. In der Ferne glitzerten bläulich-weiß die Gipfel des Karwendel und Wetterstein. All diese Schönheit war der pure Hohn.

„Wir sind Leidensgenossen im Kummer", sagte Philipp leise. „Meine Frau hat mich betrogen. Und jetzt macht sie mir das Leben zur Hölle. Wegen Romys Affäre habe ich Bernd als Bergführer engagiert. Ich fühle mich furchtbar. Immer wieder muss ich daran denken, dass ich schuld bin an seinem Tod."

Gerda durchzuckte etwas Wildes, Heißes.

„Sie! Sie war schuld, nicht du! Der Blitz hätte Bernd nicht getroffen, er wäre nicht gestorben, wenn sie ihn nicht verführt hätte!"

Sie schüttelte Philipps Hand ab.

„Sie! Sie ist schuld an allem. Sogar die Erinnerung an ihn hat sie kaputt gemacht, ich kann nicht mehr an Bernd denken ohne ihn mit – mit ihr zusammen zu sehen! Ich hasse sie! Hasse sie! Sie hätte sterben sollen in dieser Wand!"

***

Romy fuhr auf einen Bauernhof zwischen blühenden Wiesenhängen zu, in die braun-weiß gefleckte Kühe ihre Mäuler senkten.

Das obere Stockwerk war mit Holz verkleidet, rundum lief ein mit lila und weißen Geranien geschmückter Balkon.

So sah also der Hof von Gerdas Eltern aus, auf dem sie mit den Kindern das Wochenende verbrachte. Warum sie ihre Meinung geändert und Romy eingeladen hatte, war ein Rätsel.

Der Kies knirschte, Romy parkte den von Hanna geliehenen Kleinbus neben einem Stallgebäude. Als sie ausstieg, schlug ihr der Geruch von Kuhfladen und Heu entgegen. Lisa und Maxl blickten nur kurz von ihren Straßenbauarbeiten im Sandkasten auf, als sie an ihnen vorbeiging.

Sie klingelte. Eine rundliche Frau mit Lachfältchen und kurzem weißem Haar öffnete ihr.

„Grüß Gott. Haller mein Name. Ich bin die Mutter von der Gerda. Sie hat mir gsagt, dass sie B'such kriegt."

Romy stellte sich vor und gab ihr die Hand.

„Wie geht es ihr?"

„Sie hockt so rum", sagte ihre Mutter. „Und dann brennt sie Räucherstäberl ab und sagt komische Sachen. So esoterisches Zeug, des i ned versteh. Mei, sie is halt schlechd beinand, des mit dem Bernd is ja no ned lang her."

Romy folgte ihr durch einen düsteren Flur in einen Raum mit einem Kachelofen und einer Eckbank, über der ein Kruzifix hing.

Gerda saß darunter und blickte Romy entgegen.

„Ich lass euch jetzt alleine", sagte ihre Mutter. „Soll ich einen Kaffee oder Tee machen?"

„Nein danke", sagte Gerda. „Wir wollen bloß reden."

Romy hätte gern einen Tee gehabt, wagte aber nicht, darum zu bitten. Sie setzte sich Gerda gegenüber auf einen Holzstuhl.

„Danke, dass du mit mir reden willst", begann sie vorsichtig.

Gerdas Gesicht war verschwollen, die Augen rötlich.

„Der Fluch der bösen Tat holt jeden irgendwann ein, auch dich. Was passiert ist, war deine Schuld! Irgendwann wirst du dafür bezahlen!"

Das klang wie aus einem Schundroman.

„Eigentlich wollte ich mehr darüber erfahren, was bei Bernds Tod passiert ist und nicht mit dir über meine Schuld oder Unschuld diskutieren."

„Aber ich mit dir!", sagte Gerda. „Dein Mann wäre nie mit Bernd gegangen, wenn du nicht wärst. Du bist schuld, dass Bernd gestorben ist!"

Sie atmete schwer, ihre Brust hob und senkte sich, als wäre sie schnell gerannt. Wahrscheinlich hatte sie Romy nur herbestellt, um ihr diesen Vorwurf entgegenzuschleudern. Es war sinnlos, darauf einzugehen.

„Hat Bernd gewusst, dass Philipp mein Mann ist?"

„Sicher. Philipp wollte ihm klarmachen, dass er mit dir Schluss machen muss."

„Woher weißt du das?"

Gerdas Augen bohrten sich in die von Romy.

„Von Philipp natürlich. Du bist es nicht wert, einen so warmherzigen, guten Mann zu haben! Und jetzt ist das Unglück passiert, Bernd ist tot und du, du verdammte Scheißhure, bist an allem schuld!"

Romy wäre am liebsten aufgestanden und gegangen.

„Und Bernd war an unserer Affäre völlig unbeteiligt?"

„Du hast ihn verführt, du Hexe! Du bist an allem schuld, nur du!"

Romy nahm sich zusammen. Sie musste die Beleidigungen dieser Verrückten an sich abprallen lassen.

„Es war Bernds und Philipps Entscheidung, an diesem Tag am Crozzon di Brenta zu klettern. Ist es eigentlich ganz sicher, dass Bernd durch einen Blitzschlag gestorben ist?"

Gerda bekreuzigte sich.

„Ja. Es muss eine Strafe Gottes gewesen sein. Ich – ich habe Bernd gesehen. Sein Gesicht, sein schönes Gesicht – es war ganz schwarz!"

Gerda legte die Arme auf die Tischplatte, ließ ihren Kopf darauf sinken und wimmerte vor sich hin.

„Das muss furchtbar für dich gewesen sein", sagte Romy leise. „Es tut mir leid, dass ich dir wehgetan habe."

Gerda fuhr hoch. „Das soll es auch! Du sollst bereuen, was du getan hast! Du hast ihn umgebracht! Fast wäre Philipp auch noch gestorben, aber Gott hat ihn bewahrt …"

„Was ist eigentlich am Berg passiert?", fragte Romy.

Gerdas Worte kamen zuerst abgehackt, dann erzählte sie immer flüssiger. „Sie – sie sind früh aufgebrochen. Bernd – Bernd war so ein – so ein guter Bergführer, hat Philipp gesagt, sie waren schnell. Am Crozzon-Gipfel hat Bernd gedacht, das Wetter hält noch, und sie sind weitergegangen. Ach wenn – und dann – dann der Sturm und die Blitze …“

Gerdas Gesicht hatte einen fernen Ausdruck. Sie war dabei, auf dem Grat.

„Die Luft hat gesirrt und gezischt – Bernd ist plötzlich umgefallen. Er war ohnmächtig, aber Philipp hat keine Verletzungen gesehen. Er ist bei Bernd geblieben und hat gewartet, ob er wieder aufwacht. Dabei hat es links und rechts von ihm eingeschlagen, er hat die Erdströme gespürt. Nach ungefähr einer halben Stunde hat Philipp die Hoffnung aufgegeben und ist zur Hütte abgestiegen, um Hilfe zu holen. Aber der Heli konnte wegen Nebel und starkem Wind nicht fliegen. Die Bergwachtler waren erst am nächsten Tag oben und haben Bernd – geborgen.“

„Wo haben sie ihn gefunden?“, fragte Romy.

„Genau da, wo ein Gewitter am schlimmsten ist. Am Grat, am mittleren Gipfel. Der Blitz hat – hat meinen Bernd – noch ein paar Mal getroffen, als Philipp schon weg war. Ich weiß nicht, ob Bernd noch einmal aufgewacht ist.“

Sie starrte Romy böse an.

„Die Karabiner an seinem Gurt waren geschmolzen. Und er war total verschmort. Es waren schreckliche Wunden.“

Romy sah scheußliche Bilder vor sich. Das war genau das, was Gerda wollte. Sie musste versuchen, ihre Vernunft anzusprechen.

„Ich kenne Philipp gut, und ich habe ihn stark im Verdacht, dass er an Bernds Tod beteiligt war.“

Gerda schüttelte heftig den Kopf.

„Nein. Das kann nicht sein. Philipp ist ein guter Mensch. Und wie hätte er einen Blitz herbeirufen können?“

„Ich habe mich in verschiedenen Führern und im Internet über diese Gratüberschreitung informiert“, sagte Romy. „Nach dem Mittelgipfel kommt eine Abseilstelle. Das Gewitter war dort wohl nahe oder schon da. Vielleicht hat Philipp als Erster abgeseilt und das Seil abgezogen, bevor Bernd nachkommen konnte. Bernd musste oben bleiben und war dem Gewitter voll ausgesetzt."

Gerda wirkte plötzlich ruhiger.

„Ich wollte alles wissen über Bernds letzte Stunden. Ich habe mir sogar den Bericht der Bergwacht übersetzen lassen. Philipp hat so gut wie nur möglich für Bernd gesorgt. Er hat ihn in eine Rettungsdecke gewickelt und einen Seilstrang für ihn hängen lassen. Romy, du fantasierst, damit du deine Schuld auf Philipp abwälzen kannst. Aber das kannst du nicht. Denk dran, immer: Du hast ihn umgebracht! Du!

20. KAPITEL

Romy beobachtete Cora, die mit dem Telefon in der Hand auf- und abging und immer wieder italienisch anmutende Sätze von sich gab, die fragend klangen. Eine steile Falte stand zwischen ihren Brauen.

Endlich legte sie mit einem Seufzer den Hörer auf den Gartentisch und setzte sich zu Romy und Holger.

Er blickte sie bewundernd an.

„Du hast doch bloß ein Jahr lang Italienisch gelernt. Wie schaffst du es nur, aus diesem kurzfristig herangezüchteten Fundus fremdländischer Wörter so viel Brauchbares abzurufen? Du bist ein Sprachgenie, mein Schatz."

„Der Hüttenwirt ist vermutlich anderer Meinung", erwiderte Cora. „Aber er hat sich wirklich Mühe gegeben."

„Jetzt sag schon, Mama, was hat er erzählt?", fragte Romy.

„Nicht viel. Philipp hatte unter dem Namen ‚Maiwald' bei ihm reserviert. Den Vornamen ‚Philipp' hat der Wirt erst erfahren, nachdem das Unglück passiert ist. Und auf der Brentei-Hütte gibt es, wie auf den meisten italienischen Hütten, kein Hüttenbuch, also hat Philipp dort auch nichts eingetragen. Aber jetzt hört gut zu. Vielleicht ist das eine Chance."

Cora goss Grapefruitsaft aus einer Kanne in ein Glas und nahm einen Schluck.

„Der Wirt hat mitgekriegt, dass Philipp und Bernd mit zwei jungen Frauen geredet haben, die am nächsten Tag auch auf den Crozzon wollten, und zwar über den ‚Franzosenpfeiler'. Er kannte ihre Vornamen – Anna und Julia – und wusste sogar, dass sie aus Garmisch waren."

„Klar", warf Holger ein. „Eine Frauenseilschaft, die schwere Alpintouren macht, ist eine Absonderlichkeit, die überall Beachtung findet. Wir könnten uns in der Garmischer Szene nach ihnen erkundigen."

Hanna, die bisher rund um die Gartenterrasse Unkraut gejätet und alles mitgehört hatte, wischte sich den Schweiß von der Stirn.

„Alpinismus ist immer noch ein Männerspiel, da hat sich in den letzten zweihundert Jahren wenig geändert. Aber wie steht es eigentlich mit der Bergwacht, die Bernds Leiche heruntergeholt hat? Hast du die schon angerufen, Cora?"

Cora nickte.

„Ja. Im Wesentlichen haben sie Gerdas Erzählung bestätigt. Es ist gut möglich, dass Bernd zuerst ohnmächtig war und später noch vom Blitz getroffen wurde. Sie haben nichts erzählt, was wir gegen Philipp verwenden könnten."

Romy rief in der Kletterhalle in Garmisch an. Dort wusste man, dass die beiden Alpinistinnen Julia und Anna zu einem internationalen Frauenklettertreffen in der Nähe von Arco gefahren waren. Nach ein bisschen googeln fand Romy heraus, dass das Treffen diese Woche auf dem Campingplatz in Pietramurata stattfand.

Romy und ihre Eltern beschlossen, im Wohnmobil gen Süden zu fahren. Wenn das Wetter passte, wollten sie den Spuren von Bernd und Philipp am Crozzon di Brenta folgen. Plan B war, die beiden Alpinistinnen zu finden und über ihre Begegnung mit Bernd und Philipp zu befragen.

Und wenn Romy schon mal in Arco war, konnte sie vielleicht noch an ihrem Projekt „Abissi" arbeiten.

Einen neuen Personalausweis und Führerschein hatte sie schon beantragt. Aber dank Philipp war sie fast pleite, sie hatte nicht einmal eine Kreditkarte.

Beim Abschied von Hanna und Friedrich sagte sie: „Es ist mir peinlich, meinen Eltern auf der Tasche zu liegen."

„Dann müsstest du eigentlich nach einer Arbeit suchen", erwiderte Friedrich. „Aber das ist eben typisch für euch Kletterer. Climb now, work later – die Einstellung gefällt mir."

„Mir auch", sagte Romy. „Aber mir geht es jetzt nicht ums Klettern. Ich muss Philipp irgendwie drankriegen, seit der Sache mit Mao habe ich richtig Angst vor ihm. Und es wäre zu blöd, wenn ich zwar einen Job in Aussicht hätte, aber tot wäre."

Friedrich nickte düster. „Er hat sich im Netz ja eine Menge Mordmöglichkeiten angesehen. Du musst gut auf dich achtgeben. Sag bloß niemandem, wohin du fährst!"

***

Der Campingplatz von Pietramurata lag nördlich von Arco im Sarcatal und war ein guter Ausgangspunkt für die berühmten Routen und Klettersteige am Piccolo Dain und Casale.

Die sexy herausgeputzte Italienerin an der Rezeption schickte Holger, Cora und Romy in eine Richtung, aus der Gelächter in den oberen Stimmlagen herüberwehte.

„Was ist das eigentlich für ein Frauenklettertreffen?", fragte Romy. „Komisch, dass ich bisher nichts darüber gehört habe."

„Ich schon", sagte Cora. „Das Treffen heißt Rendez-vous Hautes Montagnes, RHM, und früher war es nur für die Stars der alpinen Szene gedacht. Inzwischen gehen da angeblich ganz normale Menschen hin, auch Sportkletterinnen."

„Männer auch?", fragte Holger.

Cora fletschte die Zähne. „Halt dich da fern, Holger! Die fressen dich!"

Die Frauen, die in Grüppchen unter dem Vordach einer großen Holzhütte saßen, sahen eher ungefährlich und höchst unterschiedlich aus: Rundliche Damen mit kernigen Waden unterhielten sich mit gestählten Sportlerinnen, junge Mädchen mit Irokesenfrisur mit wettergegerbten Seniorinnen, italienische, deutsche und englische Sätze schwirrten durch die Luft. Es roch nach Knoblauch, Zwiebeln und Grillwürstchen, einige schnippelten Gemüse, andere köchelten mit Campinggas Spaghetti mit Tomatensauce. Ein paar Männer saßen auch dazwischen und wirkten so, als gehörten sie dazu.

Cora wandte sich an eine grauhaarige Frau mit Blümchenbluse, die gerade in mehrere Gläser Rotwein einschenkte.

„Hallo. Wir suchen zwei Frauen, die Anna und Julia heißen. Sie sind aus Garmisch und sollen sehr gute Alpinistinnen sein."

„Klar kennen wir die. Jetzt sind sie noch in der Pala, aber im Gebirge ist das Wetter schlecht und ich schätze, dass sie spätestens morgen hierherkommen."

Sie verbrachten den Abend mit den Frauen des Klettertreffs. Als emanzipierter Mann und Lieferant erstklassigen Rotweins wurde auch Holger freundlich aufgenommen.

Am nächsten Morgen musste Romy lange ausschlafen. Als sie gegen zehn aus ihrem Zelt kroch und ein paar anderen etwas ramponierten Gestalten begegnete, erfuhr sie, dass die gesuchten Mädels Anna und Julia gestern mitten in der Nacht angekommen waren.

„Knallhart, die zwei", sagte eine rundliche Kleine mit Brille. „Heute Morgen sind sie ganz früh aufgebrochen, weil es irgendwann am Nachmittag regnen soll."

„Was haben die beiden denn vor?", fragte Romy.

„So eine superschwere Route an der Colodri-Südwand, die ‚Sotto Vuoto'."

„Wann sind sie weggefahren?"

„Um neun Uhr, glaube ich. Das bringen echt nur Wanderer und Alpinisten fertig."

Es war schwülwarm, der Himmel trübe. Romy blickte zur Südwand des Colodri empor. Ja, das mussten sie sein, zwei Punkte in den Überhängen knapp rechts vom Klettersteig.

„Gib mir mal das Fernglas, Papa!"

Er reichte es ihr, sie setzte es an die Augen und erblickte einen Kreis, über den schwarze und ockerfarbene Streifen huschten. Sie versuchte das Glas ruhiger zu halten, ließ es langsam von unten nach oben wandern – da, ein roter Fleck. Die Vorsteigerin. Romy bewegte das Glas abwärts, fand die zweite Kletterin. Sie reichte das Fernglas ihrer Mutter.

„Also mir wäre es für eine so schwere Route viel zu warm. Sie soll so zwischen acht plus und neun minus sein, wenn man alles frei klettert."

„Das sind alpin erfahrene Damen", sagte Holger. „Sie können auf Trittschlingen und andere technische Tricks zurückgreifen, ohne deshalb an schlechtem Gewissen zu leiden wie du."

„Wenn ich eine Route mit Hakenhilfe mache, könnte ich gleich eine Eisenleiter hinstellen", gab Romy zurück.

Cora lachte. „Sei doch nicht so streng! Ich nehme gewissenlos die Haken, wenn mir das passt. Und ob ich eine Route Rotpunkt gemacht habe oder nicht, ist mir total egal."

„Du wirst langsam alt, Mama."

Sie beschlossen, eine Weile an den Blöcken am Zustieg zum Colodri-Klettersteig herumzubouldern und Julia und Anna dann unten am Parkplatz beim Schwimmbad abzupassen.

Um die Mittagszeit machten sie es sich auf der Terrasse des Restaurants vor dem Schwimmbad bequem und behielten dabei den VW-Bus mit der Garmischer Nummer im Auge. Die Löcher im Rost waren teilweise mit Plastikblümchen überklebt, auf den Sitzen lagen zerknüllte Klamotten, Seile und Topos herum – ein typisches Kletterer-Auto.

Romy checkte ihre SMS und dann die Mailbox. Philipp! Seine Stimme war weich wie Katzenfell.

„Romy. Ach Romy. Es tut mir so leid. Ich muss verrückt gewesen sein, sonst hätte ich dir all das nicht angetan. Es tut mir wirklich leid. Bitte versuche es noch einmal mit mir. Ich werde mich bessern. Ich vermisse dich. Bitte rufe mich an. Du bist mir wichtiger als alles andere."

Über Romys Rücken rieselte etwas Kühles.

21. KAPITEL

Zwei Frauen hatschten auf das Blümchen-Auto mit Garmischer Nummer zu. Sie hatten ihre Helme, Karabiner und Klemmkeile an den Klettergurt gehängt, es klimperte und schepperte bei jedem Schritt. Ihre nackten Knie waren blutig zerschrammt.

Die eine war drahtig und hatte kurz geschorene braune Haare. Die andere wirkte stämmig, ihre blonden Löckchen klebten an ihrer Stirn. Ihr Gesicht strahlte.

„Ha – endlich! Durst! Hab ich einen Brand!"

Sie öffnete den Kofferraum, hob einen Rucksack heraus und zog eine Wasserflasche daraus hervor, die sie ihrer Freundin reichte.

„Du zuerst, Julia! Das hast du echt verdient, weil du die Schlüssellänge geführt hast! Das war eine saugeile Tour! So viel Luft unterm Arsch hab ich schon lang nicht mehr gehabt."

„Danke, Anna." Julia nahm die Flasche, trank gierig und reichte sie zurück. „Puh. Bin ich froh, dass ich in der Crux nicht rausgefallen bin, da kommt man nicht mehr an die Wand ran."

Anna deutete auf die Reepschnurschlingen, die hinten an Julias Gurt baumelten.

„Schon mal was von prusiken gehört?"

„Logo. Aber ich finde es einfach gruslig."

Während Romy noch überlegte, wie sie die beiden ansprechen sollte, stand Cora auf und ging auf sie zu.

„Hallo", sagte sie. „Wir haben euch in der Route gesehen. Gratuliere, das war wohl ein harter Brocken."

Die beiden wandten sich ihr zu, nickten freundlich.

„Stimmt", sagte Anna. „Und eine super Linie war's auch."

Sie nahm einen tiefen Zug aus der Flasche.

„Ich hab beim Frauenklettertreffen von euch gehört", fuhr Cora fort.

„Bist du auch beim RHM?“, fragte Julia.

Cora schüttelte den Kopf.

„Nein. Aber wir wollten unbedingt mit euch reden.“

Sie wies auf Holger und Romy und nannte ihre Namen.

„Was wollt ihr denn wissen?“, fragte Anna. „Braucht ihr ein paar Routentipps?“

„Vielen Dank, das ist es nicht“, sagte Romy. „Ich weiß, das hört sich seltsam an. Aber wir suchen Informationen über einen Mann – eigentlich zwei –, denen ihr in der Brenta begegnet seid.“

Julia blickte Romy erstaunt an.

„Warum? Was ist los mit denen?“

„Der eine ist tot. Vielleicht hat ihn der andere ermordet.“

Julia riss die Augen auf, Anna stieß hörbar die Luft aus.

„Na so was. Ah – Brenta – ja, da ist doch einer umgekommen, oben am Crozzon, oder?“

„Habt ihr die beiden kennengelernt?“, fragte Romy.

„Ja, schon“, erwiderte Julia. „Aber wir haben nur kurz mit ihnen geredet.“

„Ich würde gern alles über dieses Gespräch wissen“, sagte Romy.

„Bist du Polizistin?“, fragte Julia.

„Nein. Nur die Ehefrau des Überlebenden. Aber das ist eine längere Geschichte.“

„Klingt ja spannend, wenn auch ein bisschen gaga“, sagte Anna und nahm ein paar Plastiktüten und eine Isomatte aus dem Kofferraum. „Kommt doch einfach mit, wir wollten noch picknicken, bevor wir einkaufen fahren. Aber ein Mord? Das klingt ja voll nach Kino. Ist hier irgendwo eine versteckte Kamera?“

Romy lachte.

„Nein. Das ist alles echt. Großes Ehrenwort!“

Am Hang neben dem Pfad zum Klettersteig legten Julia und Anna ihre Isomatten in die Wiese und machten sich gierig über ihre Vorräte her. Sie rissen Stücke von einer Oliven-Ciabatta ab und stopften sie in den Mund. Romy, Cora und Holger setzten sich dazu und erzählten in groben Zügen, worum es ging: dass Romys Mann einen Bergführer engagiert hatte, der sein Rivale war. Und dass sie es für verdächtig hielten, dass der Bergführer dann am Crozzon gestorben war.

„Mein Mann überlebte", fuhr Romy fort. „Es ist der mit den schwarzen Haaren und den dicken Muskeln. Habt ihr seinen Namen mitgekriegt?"

Anna klaubte Krümel aus ihrem Ausschnitt.

„Äh – wieso? Hast du ihn nicht gefragt, wie er heißt, bevor du ihn geheiratet hast?"

Romy lachte. „Schon. Aber ich wüsste gerne, welchen Namen er euch gesagt hat."

„Paul. Der Schwarzhaarige hieß Paul", sagte Anna.

„Paul?", fragte Romy. „Seid ihr da ganz sicher?"

„Ja, so hat ihn Bernd vorgestellt", erwiderte Julia. „Der Schönling war Paul. Ich glaube, Anna hatte ein Auge auf ihn geworfen." Sie zwinkerte ihrer Freundin zu.

„Wenn mich einer interessiert hat, dann Bernd", gab Anna zurück. „Er war sympathisch. Kein Machotyp."

„Könntet ihr beschwören, dass sich mein Mann Paul nannte?", hakte Romy nach.

Beide nickten.

„Da gibt es keinen Zweifel", sagte Julia. „Wir haben uns nicht verhört. Aber warum –"

„Jaaa – wir haben ihn!", rief Romy aus. „Er hat sich einen falschen Namen zugelegt!"

Sie umarmte ihre Mutter.

Anna und Julia sahen verwirrt aus.

„Romys Mann heißt Philipp, nicht Paul", erklärte Holger. „Philipp hat also gegenüber Bernd einen falschen Namen benutzt. Bernd sollte nicht wissen, dass er mit Romys Mann unterwegs ist! Für uns ist damit klar, dass er Übles im Schilde führte. Aber für eine Anklage vor Gericht reicht das niemals."

Julia wischte eine Ameise von ihrer Ciabatta. „Ein komischer Typ war das schon, dieser Paul – oder Philipp. Mürrisch. Hat kaum etwas gesagt. Vielleicht wollte er nicht, dass wir uns an ihn und seinen falschen Namen erinnern."

„Klingt logisch", sagte Romy. „Und worüber habt ihr geredet?"

„Bernd wollte Infos zum Abseilen über die Nordkante", sagte Anna. „Julia hat sie gewarnt, das bei Nebel zu tun. Und dann haben wir mit unseren coolen Touren angegeben und Bernd mit seinen. Paul hat, glaube ich, kein Wort gesagt."

Sie zuckte die Schultern.

„An mehr kann ich mich beim besten Willen nicht erinnern."

„Ich auch nicht", sagte Julia.

Eine Weile schwiegen sie. Anna machte sich daran, einer Salami die Haut abzuziehen.

Endlich sagte Romy: „Habt ihr die beiden am nächsten Tag am Crozzon gesehen?"

Julia nickte.

„Ja, wir haben sie sogar ziemlich lange von der Hütte aus beobachtet. Eigentlich wollten wir ja zum ‚Franzosenpfeiler', aber wir haben dann doch einen Ruhetag gemacht, weil uns das Wetter nicht gefallen hat."

„Könnt ihr etwa einschätzen, wann die beiden am Crozzon-Gipfel waren?", fragte Romy.

„Hmmm", machte Julia. „Sie waren sehr schnell. Im oberen Drittel der Wand haben wir sie nicht mehr gesehen, da sind schon Wolken aufgezogen. Ich schätze, sie waren zwischen zwölf und eins auf dem Gipfel mit der Biwakschachtel."

Romys Herz klopfte heftig. Wenn die beiden schon so früh dort oben gewesen waren ...

„Ich habe mir das Topo angeschaut und den Führer studiert. Wenn das stimmt, müssen sie spätestens um zwei Uhr am Mittelgipfel zwischen Crozzon und Tosa angekommen sein, eine längere Pause macht man ja nicht, wenn ein Gewitter vorhergesagt ist. Wann hat das Gewitter denn angefangen?“

Anna überlegte.

„Das weiß ich nicht mehr so genau. Aber ich denke, erst wesentlich später, vielleicht so um drei Uhr. Eigentlich hätten die beiden es bis dahin hinüber zum Tosa-Gipfel schaffen müssen.“

Romy nickte.

„Es sei denn, auf dieser Strecke ist irgendetwas passiert. Ich gehe jede Wette ein, dass Philipp etwas eingefädelt hat, damit Bernd am Mittelgipfel bleiben musste. Aber wie, verdammt noch mal, hat er das hingekriegt? Und wie können wir ihm das nachweisen?“

Ein paar Stunden lang saßen Romy, Cora und Holger herum, dachten nach, diskutierten und entwickelten einen Plan.

Ein wichtiges Thema war dabei das passende Sicherungsgerät: Es musste sich für die zwei Stränge eines Doppelseils eignen. Und es sollte bei einem Sturz automatisch blockieren, auch dann, wenn der Sichernde beide Hände vom Seil nahm. Der Smart Alpine war dafür ideal.

Sie durchdachten alles genau. Das größte Fragezeichen war Philipps Reaktion, wenn Romy plötzlich mit ihm klettern gehen wollte. Er hatte sie derart fies attackiert, dass eigentlich jeder vernünftige Mensch bei einem solchen Vorschlag Verdacht schöpfen musste. Aber Philipp war unfähig, sich in andere hineinzudenken; vielleicht glaubte er, Romy würde es bereuen, einen derart tollen Mann verlassen zu haben. Und Geld spielte eine zentrale Rolle in seinem Leben. Er konnte Romys „Versöhnungsversuch“ für einen Trick halten, um ihn bei der Scheidung zu schröpfen. Aber hatte er überhaupt Interesse daran, mit ihr auf Tour zu gehen? Wenn er von Gerda wusste, dass Romy ihn verdächtigte, würde er die Gelegenheit ergreifen, sie auszuhorchen. Oder versuchen, sie umzubringen. Auf jeden Fall war es höchst gefährlich, mit einem Mörder zu klettern. Cora war dagegen, aber Romy argumentierte, in der gewählten Route würden ein paar Dutzend Klettersteiggeher zuschauen, Philipp könne ihr dort nichts antun. Und es wäre ein viel größeres Risiko, darauf zu warten, dass Philipp sie bei passender Gelegenheit erschoss.

Bevor Romy ihn anrief, übte sie mit ihren Eltern, was sie zu ihm sagen wollte. Sie korrigierten ihren Tonfall, schlugen ein paar Ähs und Alsos vor. Es sollte schüchtern und ängstlich klingen und auch ein bisschen reuevoll.

Als Romy Philipps Stimme hörte, gelang ihr das nicht ganz, wahrscheinlich wirkte sie eher sachlich.

„Zwischen uns ist viel passiert. Aber vielleicht finden wir irgendwie eine neue Basis. Gehen wir doch einfach mal wieder zusammen klettern. Ich bin mit meinen Eltern in Arco."

Ein paar Sekunden verstrichen.

„Das ist aber eine Überraschung!", tönte Philipps Stimme an ihr Ohr. „Das ist ja wunderbar! Stupsi, bist du wirklich in Arco?"

„Ja."

„Weißt du noch, wie wir damals in unseren Flitterwochen die ‚Katja' am Colodri geklettert sind? Ach Romy, wir sollten noch einmal von vorne anfangen. Ich fahre heute noch los, für dich lasse ich alles stehen und liegen."

***

Eine Viertelstunde später rief Philipp bei Gerda an und erzählte ihr, er wolle Romy in Arco besuchen.

Gerda war empört.

„Warum lässt du dich darauf ein? Liebst du sie noch immer, obwohl sie dich betrogen hat?"

„Genau das möchte ich herausfinden", erwiderte er.

Das musste als Erklärung genügen. Und jetzt das Lockmittel.

„Sie ist schon wieder in Arco, ich fürchte, sie hat nichts anderes im Kopf als Klettern und Spaß und Urlaub. Dabei hast du Erholung und Entspannung viel nötiger als sie, nach allem, was du durchgemacht hast.“

Gerdas Stimme klang belegt.

„Das ist wahr. Aber das Schicksal ist nicht gerecht.“

„Komm doch einfach mit!“, sagte Philipp betont munter. „Vielleicht kann dich das ein bisschen von deinem Kummer ablenken. Oma und Opa können ja ein paar Tage auf die Kinder aufpassen.“

„Ich weiß nicht“, sagte Gerda. „Ich –“

„Bitte komm mit, Gerda, ich lade dich ein, ich zahle dir gerne das Hotel und fahre mit dir an den See oder zum Sightseeing oder Shoppen, was immer du möchtest. Das bin ich Bernd schuldig.“

Auf der Fahrt nach Arco überkamen Philipp merkwürdige Gefühle. Gerda war ein ideales Werkzeug für seine Pläne, man würde ihn nie drankriegen. Und doch... war da etwas wie Bedauern? Er hatte Romy geliebt, auf Händen getragen. Aber sie hatte ihn lächerlich gemacht und betrogen. Und sie verdächtigte ihn; wenn er jetzt weich wurde, konnte sie ihn vielleicht ins Gefängnis bringen.

Es gab keine andere Möglichkeit. Gefühlsduseleien konnte er sich nicht leisten.

Philipp musste sich zusammenreißen, Gerda verständnisvoll und fürsorglich zu behandeln. Sie laberte fast die ganze Zeit, was ihm wahnsinnig auf die Nerven ging. Und was für ein durchgedrehter Blödsinn das war! Sie sprach im selben Atemzug von der Strafe Gottes und Romys schlechtem Karma, vom Gehängten, den sie in den Tarotkarten aufgedeckt hatte, und von der Kraft ihres Schutzsteins.

Kurz vor Trento bat er Gerda, sein iPhone aus dem Handschuhfach zu nehmen.

„Ich möchte noch das Hotel reservieren“, erklärte er.

Gerda öffnete die Klappe, das Licht des Innenfachs sprang an. Philipp warf einen amüsierten Blick zu Gerda hinüber. Ihr Mund stand offen und ging auf und zu wie bei einem Karpfen. Dann stieß sie hervor: „Eine Pistole!“

Philipp gab seiner Stimme einen beruhigenden Klang.

„Ja. Die habe ich immer dabei. Sorry, ich hätte dich warnen müssen. Aber keine Angst, sie ist gesichert.“

Gerda zog die Waffe mit spitzen Fingern heraus und starrte eine Weile darauf.

„Ist die wirklich gesichert? Wie denn?“

Es funktionierte! Großartig! Witzig der Versuch, ihr Interesse zu verbergen.

Er zeigte auf den Sicherungshebel.

„Solange der Hebel da nicht zurückgeschoben ist, kann das Ding nicht losgehen.“

Es war schon dunkel, der Ferrari raste durch die Nacht, die Lichter von Trento flogen an ihnen vorbei.

„Wozu brauchst du eine Pistole, Philipp?“

Die Antwort hatte er sich gut überlegt.

„Wegen Autodieben vor allem. Ein Ferrari ist für sie ein verlockendes Objekt. Und vielleicht glauben auch manche Gauner, dass sich bei einem Ferrarifahrer ein Raubüberfall oder eine Entführung lohnt. Wenn das passiert, will ich mich wehren können. Ich hasse es, hilflos zu sein.“

„Eine Pistole ist ein machtvoller Gegenstand. Kannst du denn damit umgehen?“, fragte Gerda.

Die Frage war perfekt. Nun konnte er das Wichtigste erklären.

„Ich habe damit geübt und es hat mir Spaß gemacht. Aber es ist extrem schwierig, damit etwas zu treffen, was mehr als ein paar Meter entfernt ist.“

Er schielte zu ihr hinüber. Hatte sie das wirklich kapiert?

Sie lächelte. Zum ersten Mal, seit sie von Kochel losgefahren waren.

„Ich weiß. Ich schaue ganz gern Krimis im Fernsehen.“

Sie war nicht dumm. Es konnte klappen.
„Gibst du mir jetzt bitte das Handy?“
Gerda legte die Pistole vorsichtig auf den Boden und fischte das iPhone aus dem Handschuhfach. Ihre Finger zitterten.
Während Philipp das Hotel anrief, stellte Gerda den Sitz flacher, lehnte sich zurück und schloss die Augen. Bis zur Ankunft in Arco tat sie so, als ob sie schliefe. Offenbar war ihr nicht mehr nach Reden zumute. Was ihr wohl durch den Kopf ging? Philipp war ziemlich sicher, dass es das Richtige war.

22. KAPITEL

Philipp schlug Gerda vor, mit dem Ferrari auf Sightseeing-Tour zu gehen, während er mit Romy in der Wand war.

Gerda fürchtete sich vor diesem Auto, aber Philipp erklärte ihr, ein Ferrari FF sei nicht schwerer zu handhaben als ein Golf. Sein Vertrauen schmeichelte ihr. Und außerdem kam ihr das sehr gelegen.

Sie ließ sich die wichtigsten Handgriffe erklären, dann fuhr sie mit Philipp auf dem Beifahrersitz ein paar Kilometer auf Nebenstraßen herum. Dabei gab sie nur vorsichtig Gas. Alles ging gut.

Jedes Mal, wenn Gerda daran dachte, dass Philipp heute mit Romy einen ganzen Tag zum Klettern gehen wollte, stieg es kochend heiß aus ihrem Magen empor. Dass er noch immer in den Fängen dieser Hure war!

Sie musste Philipp retten. Und für Gerechtigkeit sorgen. Erst dann würde die Macht zufrieden sein, die ihr ständig zuflüsterte: Sie ist schuld ... sie hat es verdient ... es ist deine Aufgabe ...

Gegen halb zehn fuhr Gerda Philipp zum Parkplatz beim Camping Arco. Dort wollte er sich mit Romy treffen.

Philipp stieg aus und deutete zur Wand empor. „Romy traut sich ganz schön was zu. Die Schwierigkeiten in ‚Sotto Vuoto‘ liegen zwischen acht plus und neun minus. Das kann sie höchstens nachsteigen!“

„Wo ist die Route denn genau?“, fragte Gerda.

Philipp erklärte es ihr.

„Wir kommen etwas unterhalb vom Colodri-Gipfel heraus“, fügte er hinzu. „Von dort steigen wir dann ab, bis wir auf den Klettersteig stoßen.“

Das war alles, was Gerda zu wissen brauchte. Sie wollte Romy nicht begegnen, deshalb verabschiedete sie sich hastig von Philipp und fuhr zurück ins Hotel. Es war noch zu früh, um ihren Plan auszuführen.

***

Romy stieg zwischen Boulderblöcken, Gebüsch und Bäumen mit lederharten Blättern zum Einstieg des Colodri-Klettersteiges hinauf.

Philipp ging voran; über seinen Rücken hing ein Bündel mit einem Strang des Doppelseils.

Er war ein Mörder. Er wollte sie umbringen. Sie war so gut wie sicher, dass er es gewesen war, der damals das Seil mit Batteriesäure präpariert hatte.

Dieses Mal war das keine Gefahr. Das Seil war neu und es war in einer verschlossenen Kiste gewesen, bis sie es heute Morgen herausgenommen hatte.

Mit Philipp zu klettern war trotz der vielen Beobachter am Klettersteig riskant. Hatte sie ihn richtig eingeschätzt und wirklich alles bedacht?

Schwere Wolken zogen von Süden heran. Die von Pinien umrahmte Burg von Arco stand schwarz gegen den düsteren Himmel. Gegen Abend sollte es regnen und es war kühl für die Jahreszeit. Für die Colodri-Südwand waren die Bedingungen ideal.

Romy hatte Philipp die „Sotto Vuoto“ vorgeschlagen und er hatte Begeisterung geheuchelt, mit ihr in eine so lange und schwere Route einzusteigen. Er hatte genau so reagiert, wie sie es von ihm erwartete.

***

Philipp ging Richtung Klettersteig bergauf. Er hatte sich genau so verhalten, wie Romy es von ihm erwartete. Offenbar hatte sie keine Angst vor ihm, obwohl sie ihn wegen Bernds Tod verdächtigte – wie dumm!

Das war ein sauber geplantes und cool durchgezogenes Manöver gewesen. Philipp bereute seine Tat nicht, einen Rivalen auszuschalten war in Ordnung. Und für dessen Kinder hatte er gut gesorgt.

Jetzt war Romy an der Reihe. Trotz allem, was sie ihm angetan hatte, fühlte sich das seltsam an, irgendwie falsch.

Er hatte ja noch versucht, ihr zu zeigen, dass sie ihn brauchte, aber sie hatte sich nicht unter Druck setzen lassen und auch nicht auf seine Bitten reagiert.

Sie würde nie zu ihm zurückkehren.

Mit dieser gemeinsamen Tour wollte sie ihn nur um den Finger wickeln, um so viel Geld wie möglich aus ihm herauszupressen. Und wahrscheinlich erwartete sie auch noch von ihm, dass er die Schlüsselseillänge vorstieg, damit sie diese hammerharte Route abstauben konnte.

***

Am Einstieg des Klettersteigs setzten Romy und Philipp die Helme auf.

„Ich geh noch mal in die Büsche", sagte Romy und verzog sich ein paar Schritte weit in den Wald.

Das hätte sie auch getan, wenn es nicht notwendig gewesen wäre. Es war besser, wenn Philipp auf dem Klettersteig vorausging.

Wenig später kraxelte Romy die erste Steilstufe empor. Sie klinkte sich nicht am Drahtseil ein; Philipp hätte es sehr merkwürdig gefunden, wenn sie sich bei einem Klettersteig dieser Schwierigkeit gesichert hätte.

Sie hielt ein paar Meter Abstand von ihm. So konnte er sie nicht hinunterschubsen.

Nach etwa fünfzig Metern liefen sie auf ein halbes Dutzend bestens ausgerüsteter Klettersteiggeher auf – ein Kurs mit einem braun gebrannten Bergführer, der Romy an Bernd erinnerte.

Bernd. Sein Lachen. Seine sanften, warmen Hände. Die sehnsüchtige Melodie seiner Mundharmonika an jenem Abend am Fluss.

Philipp hatte ihn ausgelöscht.

Und dann kein Job für sie, kein Geld. Und Mao.

Rote Glut brodelte in Romys Bauch, während sie Philipp beobachtete. Er wartete darauf, dass sich in der Schlange vor ihm etwas tat und stand lässig da, ohne sich am Drahtseil zu halten.

Ein kräftiger Tritt …

Sie umklammerte den Eisenstrang mit beiden Händen, versuchte, die kochende Lava einzudämmen. Nein. Nein! Das wäre eine saudämliche Kurzschlussreaktion. Sie könnte dabei aus dem Gleichgewicht geraten und selber abstürzen. Sie musste ihrem Plan folgen.

Endlich bewegte sich weiter vorne jemand, es ging weiter. Romy und Philipp stiegen hinter der Gruppe her und huschten so bald wie möglich vorbei, begleitet von ärgerlichen und bewundernden Blicken.

Wo der Klettersteig an der ersten großen Kehre nah an die Überhänge der Colodri-Wand heranführte, bog Philipp ab und wartete unterhalb einer etwas brüchigen Platte. Als Romy zu ihm aufschloss, sagte er: „Eigentlich müssen wir uns jetzt noch nicht anseilen."

Romy schluckte. „Mir wäre es schon lieber."

Um Philipps Lippen spielte ein Lächeln.

„Du hast recht. Man kann nicht vorsichtig genug sein."

Sie wickelten die Seile ab, Philipp band sich ein und kletterte flink empor. Dabei nutzte er die Bohrhaken der ersten Seillänge von „Primi Sogni", der wesentlich leichteren Nachbarroute von „Sotto Vuoto".

An einem Feigenbaum machte er Stand.

Nun seilte sich auch Romy an und steckte ihre Turnschuhe in ihren Minirucksack. Und zwar so, dass das Klappmesser und die kleine Tragetüte mit ihrem iPhone obenauf lagen.

Sie presste sich in ihre Kletterschuhe, setzte ihren Rucksack wieder auf und zog die Gurte an, bis er sich anfühlte wie ein Teil ihres Körpers. Diesen Mini-Pack, der eigentlich für Radler konstruiert war, hatte sie schon oft bei längeren Routen dabeigehabt.

Romy tänzelte die Platte hinauf. Das war maximal ein Vierer. Im Solo hätte sie Philipp hier eine gute Gelegenheit verschafft ...

Sie erreichte den Stand, klinkte sich hastig ein. Der herbwürzige Duft des Feigenbaums hüllte sie ein.

Jetzt musste sie Philipp dazu bringen, die übernächste Länge mit der Crux zu übernehmen. Romy blickte empor zu der von einem Riss durchzogenen Verschneidung, die zwischen Dächern und Bäuchen über ihr hing. Im Vergleich dazu wirkte die senkrechte erste Seillänge der „Sotto Vuoto“ flach.

Philipp war ein Feigling, der seine Ängste gekonnt versteckte, aber er war auch ehrgeizig. Sie wusste, wie sie ihn motivieren konnte, in dieses Monster da oben einzusteigen.

„Na, bist du gut drauf heute?“, fragte sie.

„Ich bin okay“, sagte Philipp. „Und du?“

„Nicht so besonders.“ Romy wies nach oben. „So steil hat es von unten gar nicht ausgesehen. Das ist ja super athletisch, da braucht man bestimmt viel Kraft. Und die Crux soll leichter sein, wenn man groß ist. Angeblich ist das dann ein guter Deal, eher ein Achter als neun minus.“

Philipp schaute ihr in die Augen.

„Klar mach ich das, Stupsi. Wie früher. Da habe ich auch immer die Schlüsselstelle übernommen. Magst du die erste Länge vorsteigen?“

Der freundliche Klang verdeckte Herablassung. Sie bezwang ihren Ärger und spielte weiter die Ängstliche.

„Äh – ich probiere es mal. Im Notfall mache ich es eben technisch.“

Das hatte sie sowieso vor, obwohl die schwerste Stelle dieser Seillänge nur mit sieben plus bis acht minus angegeben war. Philipp sicherte mit dem Tuber. Wenn sie stürzte, konnte er sie durchrauschen lassen und sie würde auf den Boden knallen. Das passierte mit diesem Sicherungsgerät nicht allzu selten. Philipp musste dann mit einer Anklage wegen fahrlässiger Tötung rechnen, aber das nahm er vielleicht in Kauf.

Sie durfte nicht stürzen. Auf keinen Fall.

***

Philipp beobachtete Romy, die zaghaft die ersten glatten Sintergriffe anpackte, und ließ das Seil durch den Tuber gleiten. Das Gerät war das perfekte Mordinstrument. Aber er wollte nicht vor den Richter, und sein Plan war viel besser – einfach genial.

Jetzt klinkte Romy den zweiten Karabiner ein und zog sich daran höher zum nächsten Griff. So weit her war es wirklich nicht mit ihrer Kletterkunst, obwohl sie viel mehr trainiert hatte als er. Ihr fehlte es einfach an Power. Und trotz des Sturztrainings, auf das sie so stolz war, hatte sie ganz offensichtlich Angst.

***

Romy versuchte, sich zu dem Haken am Beginn der Verschneidung hinüberzuschieben. Die Fingerspitzen ihrer rechten Hand gruben sich in eine Schuppe, die so schmal war wie ein Messerrücken, ihr Körper spannte sich von den Zehenspitzen bis zu ihrer zitternden Hand, in der sie den Damenretter mit dem offenstehenden Karabiner hielt. Näher – noch näher – klick – der offene Karabiner schnappte zu. Aufatmend ergriff Romy die Expressschlinge und klinkte sie an ihrem Gurt ein, um auszuruhen. Ihr Atem ging stoßweise, ihre Unterarme waren bretthart. „Scheiß Längenzüge!“

„Das hast du super gemacht, Romy!“, kam Philipps Stimme von unten.

Grrrr.

Jetzt wurde es leichter; trotzdem nutzte sie jeden Haken für eine Pause.

Der Stand war ein relativ bequemer Absatz. Romy fixierte sich an den Haken und holte das Seil ein.

***

Philipp wartete darauf, dass sich das Seil straffte. Ihm war flau im Magen. Mit dem Seil von oben war die erste Seillänge bestimmt kein Problem, aber die zweite mit der Crux musste er vorsteigen. Das Gemäuer hing gewaltig über da oben. Gruselig. Aber die Haken waren angeblich gut und er konnte nirgends aufschlagen, wenn er stürzte. Wenn er diese Route auf Anhieb schaffte, wäre es ein super Erfolg. Damit würde er sein Ranking in 8a.nu deutlich verbessern.

Wenn dann noch Gerda alles richtig machte, wäre sein Sieg perfekt.

Er war nicht glücklich damit. Aber es gab keine andere Lösung. Romy musste sterben.

Und wenn Gerda scheiterte?

Da Romy wieder mit ihm kletterte, war das überhaupt kein Problem.

***

Romy hörte Philipps Keuchen und ein paar unterdrückte Flüche, während sein Helm sich ruckweise zu ihr emporbewegte. Aber er kletterte alles ohne Hakenhilfe! Offenbar war er überzeugt, dass sie ihn gut sicherte. Er schien ihr die Versöhnungsgeschichte zu glauben. Und mit einem Sicherungsgerät wie dem Smart Alpine konnte nichts schiefgehen, wenn die Seile richtig eingelegt waren.

Romy spähte hinunter zur Zickzackspur des Klettersteiges. An der untersten Kehre wanderte ihr Blick nach rechts – ja, dort! Das war Coras blauer Helm. Wie geplant kletterten ihre Eltern die „Primi Sogni“. Von dort aus konnten sie alles beobachten, was sich zwischen Romy und Philipp abspielte. Und es war Coras Aufgabe, die Polizei und die Bergwacht anzurufen.

Philipp tauchte unter Romy auf, er strahlte übers ganze Gebiss.

„Toll. Ich hab alles geflasht. Eine super Route. Schade, dass du damit nicht zurechtgekommen bist, Stupsi.“

Heuchler! Arsch, intriganter.

Er erreichte den Stand, klinkte sich ein. Romy übergab ihm ihre restlichen Karabinerpaare. Sein Schweiß roch scharf, einfach widerlich.

„Es ist so schön, wieder mit dir unterwegs zu sein“, sagte er. „Vielleicht ist doch noch nicht alles aus zwischen uns.“

Romy gab keine Antwort.

Er schob sich an ihr vorbei; dabei streifte er ihren Oberschenkel und ihre Schulter. Ihr schauderte bei der Berührung des Mörders. Und diesen Mann hatte sie früher anziehend gefunden!

Philipp sah skeptisch zu der Verschneidung empor. Romy folgte seinem Blick.

Es war ein furchterregender Riss. Pflänzchen hingen heraus, an ein paar schwärzlich-feuchten Stellen wuchsen Algen.

Philipp griff in den Magnesiasack und chalkte ausgiebig.

„Sieht nicht ganz easy aus.“

Weiß bis zu den Ellenbogen griff er die Verschneidung an, die Beine weit gespreizt, die Hände im Riss.

Ein Busch versperrte ihm den Weg. Philipp wand sich hindurch und zog sich am Stamm empor. Ästchen knackten und fielen an Romy vorbei in die Tiefe.

Philipp stieg höher und höher. Für eine reine Sportkletterroute waren die Haken ziemlich weit auseinander, das hatten Anna und Julia korrekt beschrieben. Seine Bewegungen wirkten verkrampft, immer wieder stieß er „Scheiße!" hervor oder „Pass auf!".

Nun war Philipp zehn bis fünfzehn Meter über Romy. Bald war es so weit.

Er probierte an einem fetten Überhang herum, mal links, mal am rechten Rand.

Nach Annas Beschreibung war das die Schlüsselstelle.

„Aufpassen!", brüllte Philipp. „Pass auf!"

Er wuchtete sich über den Wulst, seine Beine strampelten in der Luft.

Verdammt, Philipp würde doch nicht plötzlich eine Acht plus on sight schaffen?

Romy ließ den Smart los, griff mit beiden Händen ins Seil und zog kräftig daran.

Philipps Schrei gellte in Romys Ohren.

„Aaaaaaah!"

Er flog durch die Luft.

Das Seil straffte sich – der Smart hatte blockiert.

Philipp schwang am Seil über Romy hin und her, weit weg von der Wand.

Das hatte geklappt.

„Verdammte Scheiße! Was hast du da angestellt? Kannst du denn nicht sichern? Jetzt komme ich nicht mehr an die Wand ran!"

„Genau so wollte ich es", gab Romy zurück.

„Was redest du da für einen Quatsch? Spinnst du?"

Er griff hinten an seinen Gurt und klinkte den Karabiner mit den Prusikschlingen los.

Damit hatte Romy gerechnet. Sie würde es nicht zulassen, dass er die Schlingen ins Seil knüpfte und sich damit zum Haken emporarbeitete.

„Ich habe dich schon einmal in der Wand hängen lassen", sagte Romy. „Jetzt tust du, was ich dir sage, oder ich lasse dich fallen!"

„Was? Was, bist du wahnsinnig?“, plärrte Philipp.

„Schmeiß die Prusikschlingen runter! Sofort!“

Philipp reagierte nicht.

Romy schob den rüsselförmigen Hebel des Smart nach oben, das Seil flutschte durch. Philipp kreischte, etwas pfiff an Romy vorbei – Hebel zurück – das Seil blockierte.

Philipp baumelte etwa fünf Meter über Romy und ein paar Meter weiter draußen in der Luft. Den Karabiner mit den Prusikschlingen hatte er verloren.

„Romy – Romy! Du – du bist verrückt!“

Betont ruhig entgegnete sie: „Du bist der Verrückte. Ich bin völlig klar. Ich weiß, dass du Bernd umgebracht hast.“

„Du fantasierst! Das war doch ein Blitz! Ein Blitz, dafür kann ich doch nichts!“

„Oh doch, Philipp. Und du sagst mir jetzt genau, wie du das gemacht hast. Wenn nicht, dann stirbst du.“

Sie nahm ihren Rucksack ab, hängte ihn an einen Haken und klappte den Deckel auf. Dann zog sie die von ihrem Stand herabhängenden Stränge des Doppelseils ein paar Meter hoch und hielt sie mit einer Hand fest. Mit der anderen Hand fischte sie das Klappmesser aus dem Rucksack und ließ es aufspringen.

„Ich schneide jetzt das Seil ab.“

„Romy! Nein!“

Sie hielt die aus dem Smart laufenden Seilstränge so, dass sie eine Schlaufe bildeten, und machte sich daran, sie durchzuschneiden.

Wahrscheinlich konnte Philipp nicht genau sehen, was sie tat. Er zappelte und schrie.

„Nein! Neeein!“

Holger hatte das Messer superscharf geschliffen – geschafft! Zwei Seilenden peitschten in die Tiefe. Die Seilstücke, die jetzt noch aus dem Smart heraushingen, waren etwa fünf Meter lang. Romy klappte das Messer zu und steckte es in den Rucksack.

Philipp war plötzlich still. Hatte er inzwischen verstanden, was sie mit ihm vorhatte?

„Wenn du die Wahrheit sagst, passiert dir nichts. Bei jeder Lüge lasse ich das Seil ein Stück weiter durch den Smart laufen. Wenn es sein muss, mache ich weiter, bis das Seil ganz durchrutscht und du runterfällst. Kapiert?"

Philipp machte einen Klimmzug am Seil, noch einen. Er war stark.

Aber niemals so stark, dass er sich zehn Meter oder mehr bis hinauf zum Haken hangeln konnte!

Romy zog die Plastiktüte mit dem iPhone aus dem Rucksack, hängte sie an einen Haken und schaltete die Videofunktion ein. Sie brauchte keinen Film, aber eine Tonaufnahme.

Ein heftiger Ruck ging durchs Seil.

Philipp hing wieder unten.

Romy grinste ihn an.

„Du bist noch nicht ganz so gut wie Adam Ondra. Vielleicht solltest du ein bisschen abnehmen?"

Früher hatte Philipp sie gern mit Andeutungen geärgert, dass sie nicht dünn genug sei, um wirklich gut zu klettern.

Im Augenblick konnte er nicht antworten. Dazu fehlte es ihm an Luft.

„Jetzt meine erste Frage, Philipp. Warum hast du Bernd als Bergführer engagiert?"

Seine Stimme kam stoßweise, er war noch immer außer Atem.

„Ich – ich wollte – wollte mit – mit ihm reden."

„Du lügst. Dann hättest du ihm deinen richtigen Namen gesagt."

Romy zog am Hebel, das Seil glitt ein Stück hindurch. Philipp baumelte nun zwei Meter über ihr.

„Mach einen Knoten in die Seilenden, um Himmels willen!", schrie er.

„Ich denke gar nicht daran. Es liegt nur an dir. Ich weiß mehr, als du denkst. Gerade eben hast du gelogen."

„Du bist wahnsinnig, völlig durchgeknallt. Glaub mir, Stupsi, ich habe Bernd nichts getan – nichts!"

Romy ließ das Seil noch ein Stück durchrutschen.

Philipp schwebte tiefer. Jetzt hing er ihr direkt gegenüber. Er stierte auf die Seilenden.

Vielleicht war er jetzt reif.

„Wie hast du es hingekriegt, dass Bernd beim Gewitter noch am Mittelgipfel war?"

„Da war nichts – nichts!

Sie wartete.

„Ich bin unschuldig, ich schwöre es dir!"

Er wollte es nicht anders. Romy nahm das Messer aus der Tasche und klappte es auf.

„Romy, nein, neeein!"

Sie zog das Messer ein paar Mal über das Seil.

Philipp fiel.

Sein schrilles Geheul hallte von den Wänden wider.

***

Gerda war stolz auf sich. Wie geschickt sie Philipp manipuliert hatte, sie nach Arco mitzunehmen! Sie hatte seine Schuldgefühle wegen Bernd gut genutzt.

Als sie die Pistole in Philipps Auto gesehen hatte, war ihr für einen Augenblick ein Verdacht gekommen – aber nein, Philipp war harmlos und gutmütig. Es war ihre Aufgabe, ihn von dieser Frau zu befreien und sie für Bernds Tod zu bestrafen.

Gerda reihte sich in die Schlange am Klettersteig ein. Bis Philipp und Romy am Ausstieg der Route ankamen, hatte sie noch viel Zeit, aber sie wollte das Gelände da oben genau erkunden. Sie musste ein Versteck finden, von dem aus sie zuschlagen konnte.

Gerda war ein Werkzeug der Gerechtigkeit, aber Polizei und Richter würden das vielleicht anders sehen. Wenn sie schnell abstieg und die Pistole hinterher verschwinden ließ, würde ihr niemand etwas nachweisen. Sie war ohnehin keine verdächtige Person, eine Mutter von zwei Kindern, gut integriert in die Gesellschaft und ohne Vorstrafen.

Und wenn sie kein gutes Versteck fand?

Dann musste sie es dennoch tun. Ohne Rücksicht auf ihr eigenes Wohl. Das Böse musste vernichtet werden.

***

Philipp hing unterhalb von Romy. An einem Seil, das acht Millimeter dick war. Romy hatte nur einen Strang des Doppelseils durchgeschnitten, aber durch die Seildehnung war Philipp ein gutes Stück hinuntergefallen.

Auf seiner Hose breitete sich ein dunkler Fleck aus. Er rang nach Luft, brachte keinen Ton hervor.

„Ich wollte dich nur erschrecken“, sagte Romy. „Aber wenn du jetzt nicht die Wahrheit sagst, ist es aus mit dir.“

Sie drückte den Hebel des Smart und ließ Philipp ab, bis das Seilstück nur noch fingerlang war. Das reichte nicht einmal für einen Sicherungsknoten.

„Was hast du getan, damit Bernd am Mittelgipfel geblieben ist?“

„Gift“, würgte Philipp hervor, die Augen auf das Seilende gerichtet. „Ich habe ihn vergiftet.“

„Du verdammter Mörder! Sag das laut und deutlich! Sonst stirbst du!“

Sie legte ihre Hand auf den Hebel.

„Nein! Nein!“, brüllte Philipp. „Gift! Es war Gift! Ich habe Bernd vergiftet!“

Romy atmete tief durch. Das hatten alle im weiten Umkreis gehört, ihre Eltern und zwanzig oder dreißig Leute am Klettersteig. Und sie hatte eine Tonaufnahme.

Sie löste ihre Prusikschlinge vom Gurt, knüpfte sie in das Seil, das aus dem Smart heraus straff nach oben ging, und fixierte die Prusikschlinge an einem Haken. So. Nun war Philipp bestens gesichert. Sie wollte ihn ja nicht umbringen.

Romy zog das Handy aus der am Haken aufgehängten Tüte und wählte Coras Nummer.

„Mama, ruf die Polizei an."

„Ich habe es gehört! Gift! Das war es also!"

„Ja. Und gib bitte der Bergwacht Bescheid, damit sie uns hier heraushold."

23. KAPITEL

Cora ließ ihr Handy sinken. Geschafft. Wenn sie sich nicht schon gestern ein paar italienische Sätze zurechtgelegt hätte, wären die Anrufe bei der Polizei und Bergwacht wirklich schwierig geworden. Von den Antworten hatte sie kaum etwas verstanden. Nur „Si, si, veniamo subito".

Cora steckte ihr Handy ein, spürte, wie sich etwas in ihr löste. Sie blickte zu den beiden Gestalten in der Wand oben empor; Philipp schaukelte hilflos in der Luft. Ihrer Tochter konnte nichts mehr passieren.

Cora schaute hinaus ins Sarcatal mit seinen Weinstöcken und Apfelbäumen, aus dem Wälder zu schroffen Gipfeln emporstiegen. Romy hatte es geschafft. Philipp konnte ihr nichts mehr antun. Das Leben war schön. Schön!

Holger erreichte den Stand, klinkte sich ein und umarmte sie fest. Er lachte und weinte gleichzeitig.

„Gift! Er hat Bernd vergiftet! Das reicht auf jeden Fall für eine Anklage!"

Cora nestelte ihren Anseilknoten auf, um sich fürs Abseilen vorzubereiten.

„Philipp ist geliefert, wenn sie bei Bernd eine Obduktion machen. Und das werden sie."

Holger wischte sich die Tränen aus dem Gesicht.

Cora küsste ihn mitten auf den Mund.

„Machen wir, dass wir runterkommen. Wir müssen den Polizisten und Bergwachtlern erklären, was hier los ist."

Zwei Stunden später wimmelte es am Einstieg des Klettersteigs von Zuschauern, die sich um ein Dutzend blau-weiße Uniformen und Bergwachtler in roten Jacken drängten.

In der Mitte des Gewühls stand Philipp mit versteinertem Gesicht. Ein dicker Polizist, der ein bisschen Deutsch konnte, nahm Romys Personalien auf.

Zwei gelb-rote Hubschrauber knatterten Richtung Gardasee davon.

„Frau Maiwald, Herr Maiwald, jetzt bitte mitkommen zu stazione di polizia“, sagte der Dicke zu Romy und Philipp. „Und Signora Cora und Holger Weidinger auch, bitte schön.“

Cora schulterte ihren Rucksack. Ihr Blick schweifte über die Zuschauer; es waren mindestens dreißig Klettersteiggeher, dazu Touristen, die vom Campingplatz heraufgekommen waren, Kletterer und Boulderer von den Blöcken weiter unten – Stimmengewirr, fuchtelnde Hände, fragende Blicke, gezückte Handys und Kameras.

Die Polizisten schoben die Leute zur Seite, quasselten irgendetwas mit „prego“.

In der Mitte des Zuschauerrings war auf einmal Platz.

Eine Frau stürzte in den freien Raum, auf Philipp und Romy zu, in der Hand etwas Schwarzes.

Der Knall fuhr Cora durch Mark und Bein.

Philipp sank mit einem lauten Aufstöhnen zu Boden.

Gerda!

Ihre Augen waren weit aufgerissen, sie fletschte die Zähne, richtete die Pistole auf Romy.

„Du bist schuld!“

Cora hechtete auf Gerda zu, warf sie um, landete auf ihr. Wieder ein Knall.

Rufe und spitze Schreie ertönten, Cora wurde angerempelt, Leute hasteten weg.

Sie kniete auf Gerdas Bauch und umklammerte ihre Handgelenke. Ihre Gegnerin kreischte, wand sich, schlug mit den Beinen. Blätter wirbelten hoch, aus dem Augenwinkel sah Cora eine Hand in weißen Handschuhen, die eine Pistole aus dem Laub fischte. Sie ließ Gerda los und sprang auf.

Romy.

Sie lag auf dem Boden. Ein Bergwachtler hob ihren Körper an. Ihr Gesicht war eine blutige Maske.

Cora sank in etwas Schwarzes, Tiefes. Ihre Knie gaben nach. Jemand umfasste ihre Taille.

„Mit mir ist alles okay, Mama."

Romys Stimme!

„Sie hat mich nicht richtig getroffen. Ich hab nur eine Kopfwunde, das blutet wie verrückt."

Ein tiefer, tiefer Atemzug. Cora konnte wieder sehen. Die Welt war hell, alles strahlte, leuchtete in bunten Farben. Romy lächelte ihr mit blutverschmiertem Gesicht zu.

Cora zitterte am ganzen Körper.

Holger hielt sie fest umschlungen.

„Ganz ruhig, mein Schatz. Alles wird gut."

Cora folgte seinem Blick. Zwei massige Polizisten legten Gerda Handschellen an und führten sie weg.

***

„Ond do sagt mr, des Klättra wär gfährlich. Des send d'Menscha, die gfährlich send", sagte Wiebele und schenkte sich Holgers San Michele in ein Rotweinglas.

Holger lehnte sich in seinem Klappstuhl zurück und blickte empor zur schwarzen Masse des Colodri. Die Nacht war ohne Sterne, die Luft roch nach Regen.

„Das entbehrt nicht einer gewissen Logik, Willi. Homo homini lupus. Aber abgesehen davon halte ich das Klettern für eine höchst merkwürdige Erfindung, die den Fähigkeiten und Absichten des jeweiligen Menschen entsprechend gefährlich werden kann oder auch nicht."

Romy fummelte an ihrem Kopfverband herum.

„Papa, könntest du dich ein bisschen weniger kompliziert ausdrücken? Ich bin fix und fertig. Ich weiß nicht, ob das der Stress mit Philipp war oder der auf der Polizeiwache oder die drei Gläser Champagner, die ich jetzt intus habe."

„Das dritte Glas war deinen geistigen Fähigkeiten gewiss abträglich", sagte Holger.

Wiebele verabschiedete sich. Er war nur kurz vorbeigekommen und hatte seine Hilfe angeboten – für was immer eben Hilfe gebraucht wurde.

Cora blickte ihm nach.

„Ich habe schon befürchtet, der belabert uns den ganzen Abend. Aber dieser Schwabe hat mehr Einfühlungsvermögen, als ich es ihm zugetraut hätte."

„Ich finde ihn ganz nett, obwohl er nicht klettern kann", sagte Romy.

Ein Windstoß fuhr unter die vor dem Wohnmobil aufgespannte Plane, die Kerze auf dem Tisch flackerte und erlosch.

„Philipp ist tot", sagte Romy. „Ein seltsames Gefühl. Ich kann es noch immer nicht recht glauben."

„Ich frage mich, warum Gerda zuerst Philipp erschossen hat", sagte Holger.

Cora hüllte sich fröstelnd in ihren Faserpelz.

„Sie muss Philipps Geständnis mitgehört haben, zumindest das mit dem Gift. Stell dir das vor, Philipp hat ihren Mann ermordet und ihr gegenüber den großen Wohltäter gespielt! Janine hat mir erzählt, dass er für die Kinder hunderttausend Euro locker gemacht hat. Was für ein unglaublicher Betrug!"

„Vielleicht hatte er ein schlechtes Gewissen", sagte Romy.

Regentropfen pladderten auf die Plane. Die Luft war kühl, fast herbstlich.

Romy stemmte sich aus ihrem Klappstuhl hoch.

„Ich bin bettreif beziehungsweise isomattenreif."

Ihr Gang schlingerte etwas, als sie zu ihrem Zelt hinüberging.

Holger leerte sein Rotweinglas.

„Auf jeden Fall war Philipp raffiniert, ja brillant. Jemand anderen für einen morden zu lassen, ist das perfekte Alibi."

24. KAPITEL

Beim folgenden Prozess erklärte Gerda, sie sei nicht schuldig, da sie dem Willen einer höheren Macht gehorcht habe. Sie sei nicht am Monte Baldo gewesen, sondern zu ihren Eltern nach Kochel gefahren. Dort hätte sie eine Flasche Batteriesäure für Weidezäune mitgenommen und damit Romys Seil präpariert. Sie bedaure das nicht. Wäre Romy durch ihren Anschlag gestorben, so hätte Philipp keinen Grund gehabt, ihren geliebten Bernd umzubringen.

Im Lauf des Verfahrens gegen Gerda wurde Bernd obduziert. In seiner Leiche wurden Spuren von Tollkirschensaft und Konservierungsmitteln gefunden.

Gerda kam in die Psychiatrie. Die Großeltern kümmerten sich um die Kinder.

***

Im Frühling war das Gerichtsverfahren abgeschlossen. Hanna und Friedrich luden Romy, Cora und Holger zu einer kleinen Feier ein, deren Grund sie nicht nennen wollten.

Es war ein warmer, windstiller Tag und Hanna bat ihre Gäste auf die Terrasse.

Zwischen Kaffeegeschirr und Kuchen hockte ein Kuscheltier. Eine Katze.

Romy stieß einen kleinen Schrei aus, stürzte hin und riss sie an ihre Brust.

Ja, das war eindeutig Mao, der sie mit diesem liebenswert trotzigen Blick ansah. Sein Fell war abgeschabt, besonders an der linken Pfote.

„Das gibts doch nicht!“, rief Romy aus.

Hanna strahlte.

„Du hast die Plastiktüte mit den Resten des armen Kleinen doch hiergelassen. Ich habe alles in eine Kuscheltierklinik geschickt, und die haben das wirklich fantastisch hingekriegt."

„Du bist ein Schatz, Hanna!" Romy umarmte ihre Freundin. „Ich hätte nie gedacht, dass so etwas möglich ist."

Sie aßen Schokosahnetorte, tranken Kaffee und sogen den Vanilleduft der Hyazinthen ein. Dabei beobachteten sie Hannas Kinder, die in den Büschen Verstecken spielten und dieses Mal offenbar keine räuberischen Überfälle im Sinn hatten.

„Du bist jetzt eine reiche Witwe", sagte Hanna. „Was wirst du mit deinem Leben anfangen, Romy?"

„Der Chef von Philipps Firma zu sein, liegt mir nicht, obwohl es ein Genuss wäre, Hauser zu feuern. Aber ein Bürojob, bei dem ich von jemandem herumkommandiert werde, ist auch nicht mein Ding."

Hanna sah Romy über ihre Kaffeetasse hinweg kritisch an.

„Willst du denn nur noch klettern?"

Romy lächelte. „Sobald ich die Firma verkauft habe, mache ich mit meinen Eltern einen Klettertrip rund um die Welt. Dabei werde ich darüber nachdenken, welche Aufgabe zu mir passt. Nur klettern könnte irgendwann auch in Arbeit ausarten."

„Behältst du den Ferrari?", fragte Friedrich, der von dem Auto immer fasziniert gewesen war, obwohl er dabei ein schlechtes Gewissen hatte.

„Um Himmels willen! Ich habe ihn verkauft und das Geld Greenpeace gespendet."

Friedrich sah sie bewundernd an. „Ich fürchte, das hätte ich nicht fertiggebracht."

Hanna schenkte Cora Kaffee ein.

„Wie war es eigentlich letztes Wochenende in Arco? Hast du deine Traumroute geschafft, Romy?"

„Nein."

„Bist du enttäuscht?"

„Ach was. die ‚Abissi' ist doch bloß eine Route, die ist kein Frosch und hüpft nicht weg. Ich habe noch viel Zeit. Die Hauptsache ist doch, dass es mir gelungen ist, am Leben zu bleiben. Und jetzt fange ich richtig damit an."

GLOSSAR

Ablassen Am Ende der Route oder wenn der Kletterer aus Müdigkeit umkehrt, lässt ihn der Sicherungspartner durch kontrolliertes Durchlaufen des → Bremsseils zum Boden herunter.

Abseilen Vor allem bei Mehrseillängenrouten verwendete Methode, um wieder zum Boden zurückzukommen: Das Seil wird bis zur Hälfte durch den → Stand gefädelt; mit einem Bremsgerät lässt man sich ab; von unten zieht man das Seil an einem Strang ab.

Adam Ondra Er galt im Jahr 2013 als bester Sportkletterer der Welt, obwohl er erst zwanzig Jahre alt war.

Ausbouldern An einer Kletterstelle herumprobieren, bis man eine Möglichkeit findet, sie zu bewältigen.

Band Eine lang gestreckte, waagrechte Zone in einer Felswand, wie ein langer Balkon ohne Geländer.

Bandschlinge Aus Kunststoff gewobenes Band zu Sicherungszwecken; wird meist vernäht verkauft, entweder als → Expressschlinge oder als ringförmige Schlinge von 60 bis 240 cm Umfang.

Bouldern Klettern kurzer Passagen in Absprunghöhe ohne Seil. Der Ausdruck kommt vom englischen „boulder" = Felsblock. Manchmal wird Bouldern auch für das Herumprobieren an Kletterpassagen in einer mit Seil gekletterten Route verwendet.

Bremsseil Beim Sichern läuft das Seil durch ein → Sicherungsgerät. Die Seite des Seils, die dabei zum Kletterer führt, heißt Lastseil, die andere Bremsseil; mit dem Bremsseil hält man den Partner.

Camalot Klemmgerät zur Sicherung nach dem Prinzip der → Friends; als Marke einer Herstellerfirma namensgebend geworden.

Chalk Anderer Name für → Magnesia.

Chalkbag Säckchen für → Chalk.

Chalken Die Finger mit → Magnesiapulver einpudern.

Clippen Einhängen; damit kann das Einhängen von Karabinern in einen Haken gemeint sein oder das Einhängen des Seils in einen Karabiner.

Clipstick Dient zum Einhängen des Seils in Haken, die außerhalb der Reichweite des Kletterers liegen. Ein Clipstick ist eine (wie eine Antenne) ausziehbare Stange mit einer speziellen Haltekonstruktion für einen Karabiner an einem Ende. Um einen Haken einzuhängen, geht man wie folgt vor:
1) Man befestigt eine → Expressschlinge an dieser Konstruktion. Dabei steht ein Karabiner offen, der andere ist geschlossen.
2) Man hängt das Seil in den geschlossenen Karabiner ein.
3) Man schiebt die Stange zum Haken hinauf und hängt den offen stehenden Karabiner in den Haken.
4) Man zieht etwas an der Stange und der geöffnete Karabiner schnappt zu.
Damit ist das Seil normal eingehängt, wie sonst auch.

Crux Schlüsselstelle, also die schwerste Passage einer Route oder Wand.

Damenretter Eine Wortschöpfung Holgers für eine spezielle versteifte → Expressschlinge mit einem Spezialkarabiner. Mit dieser Konstruktion kann man das Seil in einen Haken einhängen, der sonst außerhalb der Reichweite des Kletterers (meist ist es eine Kletterin!) läge.

Doppelseil Statt eines dicken Seils (9–11 mm) verwendet man zwei dünne (7–9 mm). Der Vorteil: Man kann damit eine längere Strecke abseilen als mit einem gleich langen → Einfachseil, das zu diesem Zweck doppelt genommen werden muss. Doppelseile werden beim Sportklettern normalerweise nur in Routen mit mehreren Seillängen verwendet.

Drecksmantle Schimpfwort für einen → Mantle.

Dynamo Dynamische Kletterbewegung, zum Beispiel ein Sprung nach einem weit entfernten Griff.

Einfachseil Kletterseil, das in nur einem Strang verwendet ausreichend Sicherheit bietet; beim Sportklettern üblicherweise im Einsatz.

Expressschlinge Vernähte Bandschlinge mit zwei Karabinern. Einer wird in den Haken eingehängt, durch den anderen läuft das Seil.

Flashen Eine Route auf Anhieb frei klettern. Im Gegensatz zum → On Sight darf man bei einem Flash vorher jemanden in der Route beobachten und Informationen sammeln. Manchmal steht beim Flash ein Experte daneben und sagt dem Kletternden genau, welchen Griff und Tritt er verwenden soll.

Free Solo Klettern ohne Seil, in einer Höhe, bei der ein Absturz lebensgefährlich oder tödlich ist.

Freiklettern/Freeclimbing Die natürliche Urform des Kletterns: Man hält sich nur an den natürlichen Felsstrukturen fest, nicht an den Haken. Der Begriff entstand in den 1970er-Jahren als Gegenkonzept zum „künstlichen Klettern“, bei dem man schwierige Zonen überwand, indem man sich an Haken hinaufzog oder in eingehängten Trittleitern hochstieg. Mit Klettern ohne Sicherung (→ Free Solo) hat das Freiklettern nichts, aber auch gar nichts zu tun!

Friend Mobiles Sicherungsmittel ähnlich dem → Klemmkeil, das in Felslöcher und -schlitze geschoben werden kann und dort durch einen Hebelmechanismus klemmt.

Henkel Sehr großer Griff.

HMS-Karabiner Speziell geformter Karabiner, den man zur → Partnersicherung verwendet.

Hochmoven Sich nach oben bewegen; von englisch → Move.

Klemmkeil Mobiles Sicherungsmittel: Aluklötzchen mit sich verjüngenden Wänden, das in Felsschlitze gelegt wird und sich dort verklemmt.

Knieklemmer Technik zum Entlasten der Arme oder zum Rasten in einer Klettertour: Fußsohle und Knie/Oberschenkel werden zwischen zwei Seiten eines Risses oder in einem großen Felsloch gegeneinander verhebelt.

Längenzug Eine Kletterstelle, zu deren Überwindung man eine bestimmte Körpergröße braucht. Manche sagen dazu auch „Zwergentod".

Link Cam Eine Weiterentwicklung des → Friends, bei dem ein Gerät mehrere Friendgrößen abdeckt.

Magnesia Weißes Pulver (Magnesiumcarbonat), das Turner und Kletterer gegen schweißfeuchte Hände verwenden – auch unter dem Anglizismus → Chalk bekannt.

Mantle Ruckstemme; Klettertechnik, um den Körper über eine Kante in flacheres Gelände zu bringen, zum Beispiel auf ein → Band.

Material Kletterer-Slang für alles, was man zum Klettern braucht: Seil, Schlingen, Karabiner, Klemmkeile …

Mobile Sicherungsgeräte Zum Beispiel → Klemmkeile oder → Friends, die der → Vorsteiger in der Wand anbringt und die nach der Begehung wieder mitgenommen werden.

Move Bewegung.

Nachsteigen/Nachstieg Klettern mit Sicherung durch das Seil von oben, nachdem einer der Partner die Route bereits geklettert hat. Bei einem Sturz fällt der Nachsteiger aufgrund der Seildehnung maximal ein kurzes Stück. Bei Mehrseillängenrouten sichert der → Vorsteiger dabei vom → Stand, beim → Topropen vom Boden aus.

Normalweg Die einfachste oder gebräuchlichste Route auf einen Gipfel.

On Sight Eine Route auf Anhieb → frei klettern, ohne

sich an den Haken festzuhalten. Die Regeln sind streng: Man darf vorher niemanden nach Griffen und Tritten fragen, niemanden dort beim Klettern beobachten und auf keinen Fall die Route vorher probieren. Ob es erlaubt ist, über die Route abzuseilen und sie anzuschauen, ist umstritten. Informationen aus dem Kletterführer sind jedoch erlaubt. On Sight gilt als die sportlich wertvollste Art der Begehung einer Route.

Partnersicherung Außer beim → Free Solo sichert man sich üblicherweise beim Klettern: Beide Partner haben das Seil in ihre Klettergurte eingebunden, es läuft durch die Sicherungskette aus Haken oder → mobilen Sicherungsgeräten, → Expressschlingen und das → Sicherungsgerät.

Projekt Eine Route, um deren → Rotpunkt-Begehung sich ein Kletterer längere Zeit bemüht.

Prusiken Aufsteigen an einem fixierten Seil mit zwei → Reepschnüren (→ Prusikschlingen) dank eines Klemmknotens, der sich bei Belastung festzieht, bei Entlastung wieder verschieben lässt. Notfallmethode; bei längeren geplanten Aufstiegen am Fixseil (Höhlenbegehung, Expeditionen) werden statt Schlingen meistens Steigklemmen verwendet.

Prusikschlinge Mehr oder weniger kurze → Reepschnur zum → Prusiken. Dient auch als zusätzliche Sicherung beim → Abseilen.

Quergang Eine Kletterstrecke, die seitwärts führt.

Reepschnur Seilmaterial von 3 bis 8 mm Dicke; wird meist in kurzen Längen zu Sicherungs- oder Notfallzwecken verwendet. Im Gegensatz zu Kletterseilen sind Reepschnüre statisch, können also nicht durch Dehnung die Energie eines Sturzes aufnehmen.

Rotpunkt Spielregel beim → Sportklettern. Der Kletterer hält sich an den natürlichen Felsstrukturen fest, Haken und Seil dienen nur zur Sicherung, nicht zur Fortbewegung oder zum Rasten. Dabei ist es erlaubt, die Route vorher zu probieren. Manche Kletterer verbringen Tage, Wochen oder gar Jahre damit, eine bestimmte Route ein-

zuüben (→ auszubouldern), bis sie sie dann wie eine Kürübung beim Turnen in einem Zug durchsteigen können. Rotpunkt gilt als weniger wertvoll als → on sight, aber durch das Einüben lassen sich die höchsten Schwierigkeitsgrade erreichen.
Sobald jemand nur einen einzigen Haken zum Festhalten oder Pausieren benutzt, ist das nicht mehr Rotpunkt und unter Sportkletterern gilt die Route dann als „nicht gemacht".

Seillänge Die Strecke, die der Kletterer vom Sichernden bis zum nächsten → Standplatz oder → Umlenkhaken zurücklegen muss. Im Klettergarten misst eine Seillänge meist 15 bis 30 Meter, im Gebirge 30 bis 40 Meter.

Sicherungsgerät Ausrüstungsteil, durch das zum Sichern des Partners das Seil geführt wird. Durch die Geometrie oder Mechanik des Geräts entsteht Reibung. So wird die Handkraft des Sichernden, der das → Bremsseil festhält, verstärkt. Nur so können die Energien abgefangen werden, die beim Sturz ins Seil entstehen. Wollte man das Seil mit bloßen Händen halten wie im „Rambo"-Film, hätte man keine Chance.

Sinter Längliche Felsformation aus versintertem Kalk, eine Art Tropfstein im Freien, meist finger- bis armdick. Für manche Kletterer das Höchste, bei anderen weniger beliebt, weil Sinterkalk leicht rutschig wird und die Strukturen viel Handkraft fordern.

Smart Alpine → Sicherungsgerät, das sich für die zwei Stränge eines → Doppelseils eignet. Das Gerät blockiert bei einem Sturz normalerweise auch dann, wenn der Sichernde das Seil loslässt.

Solo Alleingang, entweder → Free Solo oder mit Selbstsicherung, wofür es verschiedene Methoden gibt.

Sportklettern Im Gegensatz zum Alpinklettern oder Bergsteigen ist beim Sportklettern nicht ein Gipfel oder eine Wand das primäre Ziel, sondern die sportliche Aufgabe. Diese wird meistens durch das Ideal des → Freikletterns definiert. Sportklettern wird heute als Massenbewegung in Kletterhallen betrieben, aber auch in Klettergärten und an natürlichen Felsen im Freien.

Stand, Standplatz Ensemble aus mehreren Haken oder → mobilen Sicherungsmitteln für Routen mit mehreren Seillängen. Während der eine Partner klettert, sichert der andere vom Standplatz aus. Manchmal erlauben dort Felsstrukturen (z.B. → Bänder) gemütliches Stehen oder Sitzen, in kompakten Wänden hängt man manchmal mit dem Klettergurt im Stand.

Topo Zeichnerische Darstellung einer Wand, in der die Kletterrouten und markante Strukturen zur Wegfindung eingetragen sind.

Toprope Um ein Toprope einzurichten, muss normalerweise ein Kletterer die Route zuerst → vorsteigen und das Seil in den → Umlenkhaken einhängen. Dann kann der nächste Kletterer vom Boden aus gesichert werden und das Seil kommt wie beim → Nachstieg von oben. Toprope ist die ungefährlichste Art des Kletterns, dabei kann der Kletterer sich jederzeit ins Seil hängen und so ausruhen.

Tuber/Tube Derzeit am weitesten verbreitetes → Sicherungsgerät. Er ist neuerdings umstritten, da der Tube recht häufig falsch bedient wird, was zu tödlichen Abstürzen führen kann.

Umlenkhaken Haken am Ende einer Kletterstrecke im Klettergarten oder in der Halle.

Untergriff Beim Greifen muss das Handgelenk so gedreht werden, dass die Fingerspitzen nach oben zeigen.

Verschneidung Felsformation, die aussieht wie ein aufgeklapptes Buch.

Vorsteigen/Vorstieg Klettern mit Seilsicherung „von unten" durch den weiter unten (auf dem Boden oder am → Stand) stehenden Seilpartner. Das Seil läuft von diesem zum Vorsteiger durch → Expressschlingen, die der Vorstei-

ger in Zwischensicherungen wie Haken oder → mobile Sicherungsmittel einhängt.
Beim Vorsteigen ist die mögliche Sturzhöhe größer als beim → Topropen, weil man die gleiche Strecke, die man über die Zwischensicherung hinaussteigt, auch an ihr vorbeifällt. Man sollte sich also seiner Sache sicher sein – und vorher abchecken, wie weit man fallen kann und ob man im Freien landet (bei überhängenden Routen) oder am Fels anschlagen kann.

Zug Kletterer-Slang für eine einzelne Bewegung.

8a.nu Bekannte Website für Kletterer mit Rangliste je nach Anzahl und Schwierigkeit der gekletterten Routen.

DANKE!

Ich möchte mich bei allen bedanken, die mich bei der Entstehung dieses Buchs unterstützt haben.

Ganz herzlichen Dank für Ideen, Tipps und geduldiges Probelesen an meinen Mann Andreas Dick, meine Schwester Wildtrud Huber, meine Kletterpartnerinnen Angelika Lorenz und Elli Busko und meinen Mentor beim Schreiben, Nico Mailänder.

Ein dickes Dankeschön an Beate de Nijs für die großartige Gestaltung des Covers.

Vielen, vielen Dank auch an Barbara Wickenburg, Klaus Wolfsperger und die Mannschaft vom Bergverlag Rother für ihr Vertrauen in ein noch nicht geschriebenes Buch und die kompetente Unterstützung.

Ganz herzlichen Dank an meinen Lektor Carlos Westerkamp fürs Mitdenken, Korrigieren und die vielen guten Hinweise.

Und schließlich bedanke mich bei den Frauen vom RHM (Rendez-vous Hautes Montagnes), denen ich die ersten Kapitel des Buches vorlesen durfte. Sie haben gelacht, mich ermutigt und mir wertvolle Tipps gegeben.

Irmgard Braun

Rother Bergkrimi – bereits erschienen:

ISBN 978-3-7633-7041-2

Tobs Thanner, der eigentlich nichts anderes tun möchte als bergsteigen und klettern, entscheidet sich notgedrungen für einen Job, der ihm, so hofft er, genug Freiräume lässt: Als Privatermittler will er sich um so lapidare Angelegenheiten wie das Beschatten vermeintlicher Ehebrecher oder die Rückführung eines gestohlenen Autos kümmern.
Doch gleich sein erster Auftrag wird zur Katastrophe. Der Fall lässt Thanner in tiefe menschliche Abgründe blicken und teilhaben an einer Beziehungsgeschichte mit grauenvollem Ausgang.
Hart, psychologisch fein geknüpft und mit einem melancholischen Grundton erzählt Stefan König diesen Krimi. Immer am Rand des Abgrunds – und dann auch darüber hinaus …

Rother Bergkrimi – bereits erschienen:

ISBN 978-3-7633-7062-7

Eigentlich könnte es Martin Keller bestens gehen: Er arbeitet erfolgreich bei einer Konstanzer Pharmafirma, hat eine attraktive neue Freundin und wohnt in unmittelbarer Nähe zu seinen geliebten Bergen.
Doch dann entdeckt er durch Zufall etwas, was er nie hätte erfahren dürfen. Nun muss er wählen zwischen Loyalität und ärztlichem Gewissen. Um sich über seine Situation klar zu werden, fährt er in die Tiroler Berge. Doch während einer Rast auf dem Gipfel muss er mit ansehen, wie zwei Männer seinen Campingbus im Tal aufbrechen und anschließend in seine Richtung loslaufen.
Eine gnadenlose Verfolgungsjagd durch das Gebirge beginnt, die für einen der Beteiligten tödlich endet.

Rother Bergkrimi – bereits erschienen:

ISBN 978-3-7633-7065-8

Tobs Thanner, sympathischer, aber bisher wenig erfolgreicher Privatdetektiv, ermittelt wieder.
Ein Kletterpartner ist bei einer schwierigen Tour auf mysteriöse Weise in den Tod gestürzt. Seine Angehörigen glauben, dass es sich nicht um einen Unfall handelt und bitten Tobs, der Sache nachzugehen. Während Tobs bei seinen Ermittlungen auf ein tragisches Geflecht von Liebe, Verrat und Eifersucht stößt, ereignet sich noch mehr Schreckliches, das ihn ganz persönlich betrifft: Der Hüttenwirt Jakob Brunner macht sich auf, um Rache zu nehmen an den Vergewaltigern seiner Tochter.
Ein Horrortrip für Jäger und Gejagte. Und Thanner wird einmal mehr mit den Abgründen der menschlichen Seele konfrontiert.